Nachhaltigkeit liegt uns am Herzen.

Hergestellt in Deutschland
Gedruckt auf FSC®-Papier
Lösungsmittelfreier Klebstoff
Drucklack auf Wasserbasis

Natürlich
magellan

Sarah Bergmann

Der Junge aus dem Trümmerland

magellan

Vorwort

Die Geschichte des Romans spielt im Jahr 1947, also kurz nach dem Zweiten Weltkrieg. Damals haben die Menschen noch anders gesprochen, als wir das heute tun. Paul beispielsweise verwendet ab und zu Begriffe wie »Neger« und »Zigeuner«. In der damaligen Zeit waren dies weit verbreitete Bezeichnungen. Manchmal waren sie neutral gemeint, oft aber abwertend. Die Begriffe tauchen im Roman auf, um die Sprache der Menschen damals treffend wiederzugeben und um deutlich zu machen, dass sie einer rassistisch geprägten Welt entstammen. Denn Paul und seine Freunde sind unter dem Einfluss des Nazi-Regimes aufgewachsen. Ihnen wurde schon seit früher Kindheit beigebracht, dass Menschen aufgrund ihrer Zugehörigkeit zu einer bestimmten Volksgruppe oder »Rasse«, wie man damals sagte, mehr oder weniger wert sind. Wir wissen heute, dass das vollkommen falsch ist.

Die oben genannten Begriffe sind deshalb, wie ihr bestimmt wisst, sehr beleidigend und sollten heutzutage unter keinen Umständen mehr verwendet werden.

Einige Begriffe werden im Glossar am Ende des Buches erklärt.

Karussell

Die Frühlingssonne schien Paul auf den Rücken. Es war das erste Mal seit Tagen, dass die Sonne rausguckte, und Paul freute sich darüber, wie kräftig ihre Strahlen jetzt in der Mittagszeit schon waren. Vielleicht, dachte Paul, hilft mir die Sonne dabei, groß und stark zu werden. Eigentlich wusste er, dass das Blödsinn war, Paul war schließlich keine Pflanze. Von Sonnenlicht konnte er sich nicht ernähren. Aber die Helligkeit verursachte bei ihm gute Laune und es ließ sich irgendwie alles besser aushalten.

Paul spürte nicht mal Hunger, was wohl daran lag, dass sein Magen in der Wärme entspannt war und weniger krampfte. Außerdem hatte es heute bei der Schulspeisung Grießbrei mit Rosinen gegeben. Das war zwar nicht gerade Pauls Leibgericht, aber es machte ganz gut satt.

Paul, der am Rande eines mit Wasser gefüllten Bombenkraters saß, ließ seinen Blick schweifen. Üblicherweise nahm er die Ruinen, die Mauerreste und Trümmerberge und die Eisenträger, die hier und da aus dem Schutt in den Himmel ragten, gar nicht besonders wahr. So sah es in seiner Heimat Berlin-Neukölln eben aus. Er konnte sich kaum noch erinnern, dass es je anders gewesen war. Aber jetzt in der Sonne sah alles ein bisschen verwandelt aus, beinahe schön. Die Gerippe der zerstörten Mietskasernen warfen interessante Schattenmuster auf die freie Fläche, die Paul umgab. Auf dieser Fläche hatten früher auch Häuser gestanden, aber das war schwer vorstellbar. Von ihnen waren wenig mehr als Staub und kleine Trümmerteile übrig geblieben.

Paul suchte den Schutt nach flachen Steinen ab. Er fand ein geeignetes Exemplar und kniete sich auf den Boden, um den Stein knapp über die Wasseroberfläche des Kraters schleudern zu können. Scharfkantige Trümmerteile schnitten ihm dabei in die Knie, aber Paul war ja keine Memme, er konnte das aushalten. Paul holte Schwung und flitschte den Stein über das Wasser. Drei Hüpfer. Nicht schlecht, aber er konnte es besser. Sein Rekord lag bei acht Hüpfern.

Unter seiner Lokführermütze aus schwarzem Leder wurde es Paul allmählich zu warm. Er lupfte die Mütze und wischte sich den Schweiß von der Stirn. Doch nichts und niemand konnte ihn davon abhalten, die Mütze zu tragen, wann immer er draußen unterwegs war. Die Lokführermütze war ein wenig zu groß für seinen Kopf, daher saß sie schief auf seinem dunkelblonden Haar. Paul fand, dass ihm das ein keckes Aussehen verlieh. Außerdem hatte er zarte Gesichtszüge und war für seine dreizehn Jahre eher schmächtig geraten. Die Mütze ließ ihn männlicher und markanter wirken. Doch das wirklich Entscheidende war, dass die Mütze seinem Vater gehört hatte. Als er in den Krieg gezogen war, hatte er sie Paul übergeben. Und einen Auftrag. »Pass gut auf Mutti auf, während ich weg bin«, hatte er zu ihm gesagt. Paul hatte es geschworen. Mit einem feierlichen Ernst, obwohl er damals gerade erst zehn Jahre alt gewesen war. Zum Glück war er zu diesem Zeitpunkt schon als Pimpf beim »Deutschen Jungvolk« aufgenommen worden. Dort hatte er nämlich gelernt, wie man richtig schwört, und überhaupt, wie man wichtigen Anlässen mit einer würdevollen Haltung begegnet.

Mit Stolz konnte Paul von sich behaupten, dass er seinen Schwur nie vergessen hatte. Er hatte angepackt, wo er nur konnte, um sich und seine Mutter durch die harten Zeiten zu bringen. Den letzten Winter zum Beispiel, der außergewöhnlich kalt gewesen war, hätten sie kaum überlebt, wenn Paul nicht immer Kohlen klauen gegangen wäre. Gemeinsam mit seinem besten Freund Henkelmann war er auf die kistenförmigen, nach oben hin offenen Eisenbahnwaggons geklettert, die Berge von Kohlen geladen hatten. Meist kamen sie mit reicher Beute zurück. Das ein oder andere Mal führte die Polizei eine Razzia durch, während sie gerade auf den Waggons beschäftigt waren. Dann hieß es, wieselflink abzuhauen. Einmal wurden sie erwischt. Zwar hatten sie ihre Kohlen an Ort und Stelle liegen lassen, doch ihre pechschwarzen Hände verrieten sie. Sie hatten jedoch Glück im Unglück. Der Polizist war gutmütig und ließ sie laufen, weil sie noch so jung waren und er Mitleid mit ihnen hatte. Ein andermal war es Paul und Henkelmann, während sie eifrig Briketts in ihre Zinkwannen schaufelten, entgangen, dass sich der Zug bereits in Bewegung gesetzt hatte. Als sie schließlich darauf aufmerksam wurden, hatte er schon ordentlich Fahrt aufgenommen. Paul bekam es mit der Angst zu tun, doch es half nichts, sie mussten runterspringen. Und zwar so schnell wie möglich, bevor der Zug noch schneller wurde. Zitternd fassten Henkelmann und er sich an den Händen und sprangen auf »eins, zwei, drei« ab. Bei diesem Sprung verstauchte sich Paul den rechten Knöchel. Henkelmann, der mit seinem Hemd an einem überstehenden Teil hängen geblieben war, wäre um ein Haar unter die Räder gekommen.

So gefährlich solche Aktionen aber auch waren, sie waren notwendig. Dank des Kohlenklaus war Paul und seiner Mutter das Schicksal der alten Frau Maschke aus dem Seitenflügel erspart geblieben. Die Kriegswitwe war eines Morgens in ihrem Stuhl sitzend gefunden worden. Erfroren. Ihre Beine sollen so blau gewesen sein wie die Pantoffeln, die sie trug.

Jetzt da Paul unter seiner Mütze schwitzte und die Sonne auf dem Wasser funkelte, schien das alles weit weg zu sein. Paul flitschte erneut einen flachen Stein. Sechs Hüpfer! Oder waren es sogar sieben? Auf jeden Fall war der Stein einmal quer über den ganzen Trichter bis ans andere Ende gesprungen.

Während Paul versonnen auf die Stelle starrte, an der sein Stein versunken war, bemerkte er auf einmal ein Blinken. Es unterschied sich vom Sonnenglitzern auf der Wasseroberfläche, es schien von weiter unten aus dem Trichter zu kommen. Paul sprang auf und lief ans andere Ende des Kraters. Tatsächlich. Am Grund des Kraters, fast vollständig verdeckt von moosbewachsenen Bruchstücken aus Beton, da glänzte etwas. Etwas Metallenes.

Paul zog einen Magneten, der an einer Schnur befestigt war, aus der Tasche seiner kurzen Hose. Pauls Mutter wunderte sich immer, weshalb er so viel mit sich rumschleppte, dass die Taschen seiner Hosen vollkommen ausgebeult waren. Paul wunderte sich darüber, dass seine Mutter sich wunderte. Alles, was er in den Hosentaschen mit sich trug, konnte er schließlich gut gebrauchen.

Paul ließ den Magneten ins Wasser hinab. Tatsächlich dockte der Magnet sofort an das Metallteil an. Es musste also Eisen oder Nickel enthalten. Während Paul den Gegenstand langsam hochzog, wuchs seine Spannung. Er ahnte, was er an der Angel hatte. Pauls Augen strahlten, als er das Eiserne Kreuz I. Klasse aus dem Wasser fischte. Ehrfürchtig betrachtete er den Orden, der einem Soldaten für seine besondere Tapferkeit im Feld verliehen worden war. Paul wog das Kreuz aus geschwärztem Eisen in seiner Hand und ließ seine Finger über den versilberten Rand gleiten. In der Mitte des Kreuzes befand sich ein Hakenkreuz. Außerdem stand die Jahreszahl 1939, der Beginn des Zweiten Weltkriegs, mit darauf.

Für welche Tat der Träger seine Auszeichnung wohl erhalten hatte? Vielleicht hatte er einem Kameraden das Leben gerettet. Ob Pauls Vater auch im Besitz eines Eisernen Kreuzes war? Paul spürte, wie sich etwas in seiner Brust schmerzhaft zusammenzog. Sein Vater galt als vermisst. Paul hatte ihn seit über zwei Jahren nicht mehr gesehen. Er wusste nichts von ihm. Nur dass er noch lebte. Daran glaubte er zumindest ganz, ganz fest.

Paul heftete sich das Eiserne Kreuz ans karierte Hemd. Mit soldatischem Stechschritt marschierte er auf und ab. Wenn der Feind jetzt auf mich schießen würde, dachte er, dann könnte er mich nicht töten, denn das Eiserne Kreuz schützt mein Herz.

Paul verschanzte sich hinter einem Mauerrest. Er nahm ein Stück Holz, das wohl von einem geborstenen Türrahmen stammte, in die Hand und tat, als sei das sein Maschinengewehr. Dabei stellte er sich vor, dass er auf einen Haufen dreckiger russischer und amerikanischer Soldaten schießen würde. »Nehmt das, ihr elenden Bastarde, ihr feigen Schweine!«, schrie Paul und ahmte Maschinengewehrsalven nach.

Am liebsten hätte er noch stundenlang mit dem Eisernen Kreuz auf der Brust Soldat gespielt. Und er hätte das Kreuz unheimlich gern seinem Vater überreicht, wenn dieser endlich nach Hause kam. Sein Vater hätte einen Orden verdient, denn er war ein Held. Aber Paul wusste, dass er seinen Schatz nicht behalten konnte. Er ließ sich gegen etwas Essbares eintauschen. Das nagende Hungergefühl war schon vor einer Weile wieder zurückgekehrt. Und Pauls Schwur, gut für die Mutter zu sorgen, galt ja auch immer noch.

Paul trottete zu der Straßenecke, an der sich die Schwarzmarkthändler tummelten.

Er kannte sich mit dem Schwarzmarkt gut aus und hatte ein sicheres Gespür dafür entwickelt, wen er ansprechen konnte. Bloß nicht die ausgekochten, die mit steinerner Miene und ruhiger Hand ihre Geschäfte machten. Die hauten einen ja doch nur übers Ohr. Viel besser waren die unerfahrenen, die ihre nervösen Gliedmaßen kaum unter Kontrolle halten konnten und sich ständig panisch umguckten, ob irgendwo die Polente in Sichtweite war. Paul steuerte einen jungen Schwarzhändler an, der sich am Eingang einer Ruine herumdrückte und einen ziemlich angespannten Eindruck machte. Paul hielt ihm das Eiserne Kreuz unter die Nase. »Wie viel geben Sie mir dafür?«, fragte er.

Der Schwarzhändler sah sich erschrocken nach allen Seiten um. »Das ist ja ein Nazi-Abzeichen! Weeßte denn nich, dass das total verboten ist? Komm, ick nehm dir das gefährliche Zeug ab, damit du keen Ärger nich bekommst!«

Der Schwarzhändler griff nach dem Eisernen Kreuz, doch Paul zog blitzschnell seine Hand zurück. Nicht mit mir, Freundchen, dachte er.

»Die Amis«, sagte Paul kühl, »sind total verrückt nach so was. Jeder weiß das, Sie auch. Also, wie viel?«

Ihm gefiel der Gedanke ganz und gar nicht, dass das heilige deutsche Abzeichen einen Amerikaner glücklich machen würde. Das stellte eine weitere Schmach für die Besiegten dar. Aber was sollte er denn tun? Dass er etwas zu beißen nach Hause brachte, ging vor.

Dem Schwarzhändler wiederum stand die Enttäuschung darüber ins Gesicht geschrieben, dass er den Jungen nicht hatte über den Tisch ziehen können. »Na jut, na jut«, meinte er und wiegte seinen Kopf hin und her. »Ein Hühnerei kann ick dir schon dafür geben.«

Paul sah dem Schwarzhändler fest in die Augen. »Drei Hühnereier!«, antwortete er.

Paul bog in seine Straße ein. Diese hatte den Krieg verhältnismäßig gut überstanden, alle Häuser waren noch bewohnbar. Aber Einschusslöcher und Granatenschäden vom Endkampf, der vor zwei Jahren stattgefunden hatte, sah man auch hier überall. Paul lief an der Fleischerei Kunze und der Eisenwarenhandlung Lüders vorbei und erreichte den Torbogen des Vorderhauses. Das Vorderhaus hatte eine herrschaftliche Fassade, über den Fenstern prangten ausladende Giebel aus Stuck. Aber die Fenster selbst waren zum Teil immer noch mit Brettern oder Pappe vernagelt. Durch die enormen Druckwellen der Bomben waren in weitem Umkreis zahlreiche Scheiben zu Bruch gegangen. Nicht jeder konnte es sich leisten, das Glas zu ersetzen. Paul und seine Mutter hatten Glück gehabt. Im Hinterhaus waren die Scheiben heil geblieben.

Durch den Torbogen lief Paul in den ersten Hinterhof, dann durch das erste Hinterhaus hindurch in den zweiten Hinterhof, wo zwischen unverputzten Backsteinmauern ein paar kleinere Kinder mit viel Gekreische an der Teppichklopfstange herumturnten. Paul durchquerte den Hof und betrat das zweite Hinterhaus. Er sprang die Treppe mit den ausladenden, durchgetretenen Stufen hoch in den ersten Stock und schloss die Tür zu seiner Wohnung auf.

Er hängte seine Lokführermütze an die Garderobe und ging in das Schlafzimmer, um seine Mutter zu begrüßen. Die Mutter saß, wie so oft, über ihre Nähmaschine gebeugt. Sie nähte, änderte und reparierte Kleider für die Leute in ihrem Mietshaus und verdiente damit ein wenig Geld.

Seine Mutter sah auf. »Hallo, Paul. Haste Hunger?« Ihre Augen sahen müde aus, doch sie versuchte ein kleines Lächeln. »Dumme Frage, ich weiß. Ich mach nur noch schnell die Jacke für Herrn Meißel fertig. Dann koch ich uns was.«

Über die Schulter sah er seiner Mutter zu, wie sie aus alten Uniformteilen eine Jacke zusammennähte. Er bewunderte, wie findig und geschickt sie war. Schließlich war die Jacke fertig und wurde auf dem Stapel für Herrn Meißel abgelegt. Die Mutter stand auf.

»Ich habe vorhin über zwei Stunden um Mehl angestanden«, sagte sie, während sie sich die Augen rieb, die von der

Näharbeit zu schmerzen schienen. »Als ich endlich dran war, war alles schon ausverkauft. Wir werden mal wieder Puffer aus Kartoffelschalen essen müssen.«

Das war keine gute Nachricht. Aber seine Mutter wusste ja nicht, was sich dieses Mal in Pauls ausgebeulten Hosentaschen befand.

»Aus Kartoffelschalen – und Ei!«, verbesserte Paul und zog drei Eier aus seinen Taschen hervor.

»Du bist doch ein Teufelskerl!«, freute sich die Mutter. »Wo hast du die denn her? Vom Schwarzmarkt?«

»Klar«, antwortete Paul.

Die Mutter strich ihm übers Haar. »Was würde ich nur ohne dich machen?«, fragte sie.

»Verhungern, was sonst«, sagte Paul und fühlte, wie der Stolz in ihm hochstieg.

Doch während Paul in der Küche am Esstisch saß und darauf wartete, dass die Kartoffelschalenpuffer in der Pfanne fertig brutzelten, war er es, der das Gefühl hatte zu verhungern. Der Speichel lief ihm im Mund zusammen. Paul schluckte ihn herunter, um damit den Hunger, der sich in seinem Magen wie ein wildes Tier gebärdete, ein wenig zu besänftigen.

Als die Puffer fertig waren, kostete es Paul viel Mühe, sie nicht in Nullkommanichts hinunterzuschlingen. Man musste langsam und sorgfältig kauen, dann hatte man mehr davon. Paul zählte die blau-weiß gemusterten Fliesen, die über Herd und Spüle angebracht waren.

Vierzehn Stück in einer Reihe. Dann nahm er einen Bissen vom Puffer und zwang sich, erneut die Fliesen zu zählen, bevor er wieder zulangte.

»Dank dir ist es noch ein echtes Festmahl geworden«, sagte die Mutter, die ebenfalls sehr bedächtig kaute.

»Na ja. Aber besser als Brennnesselsuppe auf jeden Fall«, meinte Paul.

»Auch besser als Steckrübeneintopf, stimmt's?« Die Mutter blinzelte ihm neckisch zu.

»Oder Steckrübenkoteletts oder Steckrübenbrot …« Paul verzog das Gesicht. Im ganzen letzten Winter hatten sie sich zu großen Teilen von Steckrüben ernährt, die seine Mutter auf einer kleinen Parzelle hinter dem Haus angebaut hatte. Wenn Paul an den süßlich-kohlartigen Geschmack auch nur dachte, wurde ihm schon fast schlecht.

Die Puffer dagegen waren zu schnell aufgegessen.

»Ist noch was da?«

»In der Pfanne.«

Paul ging zum Herd. In der Pfanne lag nur noch ein Puffer. Paul sah seine Mutter an. Ihre dünnen Arme, die raue Haut, das magere Gesicht. Er kämpfte mit sich. Sein Hunger fühlte sich nicht mehr wie ein wilde Bestie an, nur noch wie ein lästiges kleines Nagetier. Daran war er gewohnt, damit konnte er leben. Paul biss einmal vom Puffer ab und brachte den Rest entschlossen zu seiner Mutter.

»Für dich, Mutti, ich bin satt.«

»Nein, nein«, wehrte sie ab. »Du musst doch essen.«

Paul ging schnell zur Küchentür, bevor er in Versuchung kam, es sich anders zu überlegen.

»Ich geh mit der Bande spielen!«

Seine Mutter sah ihn besorgt an. »Aber nicht in den Trümmern, hörst du, Pauleken, ja?«

Mit großen Schritten lief Paul über die Trümmer. Natürlich war es in den Trümmern gefährlich. Mauern konnten einstürzen und einen unter sich begraben. Aber wo sollte er denn sonst spielen? Und Mütter machten sich nun mal immer Sorgen. Früher hatte sich die Mutter gesorgt, dass Paul in den engen Häuserschluchten, die oft vom Rauch der Fabrikschlote zusätzlich verdunkelt waren, zu wenig Sonne abbekam und rachitisch wurde. Nun, hier auf den Trümmerfeldern gab es jedenfalls keinen Mangel an Sonnenlicht.

Mist. Paul hatte mit seinem Stiefel ein scharfkantiges Stück Schutt gestreift und es hatte *ratsch* gemacht. Paul begutachtete den Schaden. Zum Glück nur ein kleiner Riss. Er hing an seinen schwarzen Stiefeln. Sie waren zwar löchrig und abgetreten, dafür bestanden sie aber aus echtem Leder. Einige von Pauls Mitschülern liefen immer noch barfuß, andere trugen hässliche Schuhe aus einem Kunststoff, der Igelit genannt wurde. Echte Lederstiefel, das machte schon was her.

Paul näherte sich der Ruine, in deren Keller die Bande ihren Treffpunkt hatte. Sie versammelten sich dort jeden Tag um vier Uhr. Über dem Kellereingang war ein dünnes Brett angebracht, auf welches Grille mithilfe von flüssigem Teer in sauberer Mädchenschrift »Hauptquartier« gepinselt hatte. Dieses Schild machte deutlich, dass die Trümmerbande, der Paul angehörte, etwas auf sich hielt. Nicht jede Bande hatte schließlich ihr eigenes Hauptquartier.

Das Vorhängeschloss an der morschen Kellertür war noch verschlossen. Paul hatte keinen Schlüssel dafür, den besaßen nur Falke und Hotte. Paul wunderte sich. Er glaubte eigentlich nicht, dass er zu früh dran war, eher etwas zu spät. Aber genau wusste er es nicht. Paul besaß keine Uhr mehr, seit die plündernden Russen bei Kriegsende auch die Wohnung von ihm und seiner Mutter heimgesucht hatten. Schmuck, Uhren und den Fotoapparat hatten sie den Russen aushändigen müssen. Dabei waren Paul und die Mutter noch glimpflich davongekommen. Die Russen waren nüchtern und höflich gewesen. Über eine junge Frau aus dem Vorderhaus war eine Horde betrunkener Russen hergefallen und hatte sie vergewaltigt. Die Frau hatte sich danach die Pulsadern aufgeschnitten. Paul lief ein kurzer Schauder über den Nacken, als er daran dachte. Das war eine schlimme Geschichte. Aber wirklich schlimm war es eigentlich nur, wenn man länger darüber nachgrübelte. Paul hatte viele schlimme Geschichten gehört, und er hatte, einmal nach einer Bombennacht, auch verbrannte Leichen gesehen. Am besten dachte man nicht zu viel an so was, das brachte ja auch nichts.

Paul sah sich um. Wo blieben denn die anderen? Da entdeckte er Henkelmann, der hastig auf ihn zugelaufen kam. Der Blechbehälter, den Henkelmann immer an seiner Hose festgebunden hatte, klapperte, während er selbst mit seinen kurzen Beinen über die Schuttberge stolperte. Dank dieses Blechbehälters, der »Henkelmann« genannt wurde, hatte Pauls Freund seinen Spitznamen weg. Henkelmann, der eigentlich Heiner hieß, trug ihn ständig bei sich, um damit Passanten anzubetteln. Henkelmann war klein und rundlich und in noch stärkerem Maße als Paul immer hungrig.

Schon von Weitem winkte Henkelmann Paul zu sich: »Komm mit, Paule! Falke hat was entdeckt!« Seine Stimme klang aufgeregt.

»Wir müssen ein bisschen laufen«, erklärte Henkelmann, als Paul bei ihm angekommen war. »Es ist noch hinter dem Britzer Damm.«

»Was hat Falke denn entdeckt?«

»Das wirst du schon sehen.«

Der Weg schien Paul sehr lange zu dauern, insbesondere weil er gerne wissen wollte, was Falke denn nun entdeckt hatte. Doch Henkelmann grinste nur vor sich hin und schwieg.

Schließlich sah Paul Ida von Falkenstein, genannt Falke, auf einem Schutthügel stehen. Ihr weizenblondes Haar war zu einem Kranz geflochten, was ihr ein majestätisches Aussehen verlieh. Mit ihren groben Gesichtszügen und ihrem stämmigen Körperbau war die sechzehnjährige Falke nicht gerade ein hübsches Mädchen, doch wie sie dastand, selbstbewusst, den Blick starr in die Ferne gerichtet, sah sie Ehrfurcht gebietend aus. Wie eine nordische Göttin, fand Paul.

Zu Falkes Füßen war der Rest der Bande versammelt. Da stand der große blonde Hotte, die durchtrainierten Arme in die Hüften gestemmt. Daneben Hottes Schwarm, die schöne Greta, genannt Grille. Grilles kleine Schwester, die achtjährige Wally, wühlte im Schutt, wobei sie mit Absicht jede Menge Staub aufwirbelte. Wally sah wie eine Zigeunerin aus. Nicht dass Paul schon mal eine Zigeunerin gesehen hatte, aber so stellte man sie sich ja allgemein vor: mit schmutzig brauner Haut, wildem Blick und Kleidung, die aus bunten Fetzen zusammengestoppelt war.

Auch das, was Falke entdeckt hatte, war nicht zu übersehen. Es handelte sich dabei um eine Flugabwehrkanone, kurz Flak, mit einem fünf Meter langen Kanonenrohr. Das Rohr befand sich auf einem drehbaren Untergestell, dieses wiederum war auf die Mitte eines großen Kreuzes montiert, sodass das Geschütz stabil auf der Erde stand.

Paul pfiff anerkennend durch die Zähne. »Eine Acht-Achter«, sagte er fachmännisch, um gleich mal zu zeigen, dass er sich auskannte. »Ist die noch heil?«

»Ja«, antwortete Falke, »sie lässt sich drehen. Wir können damit Karussell spielen.«

»Mensch, knorke!« Henkelmann guckte drein, als sei ihm soeben der Weihnachtsmann erschienen.

»Denn mal ran an die Bouletten!« Hotte lief auf das Geschütz zu.

»Stopp!«, rief Falke und sprang vom Schutthügel herunter.

Hotte drehte sich unwillig zu ihr herum. »Was denn?«, fragte er.

»Hier an dieser Flak«, sprach Falke, »haben Kameraden die deutsche Heimat verteidigt und dabei ihr Leben gelassen. Wir denken an sie in einer Schweigeminute.«

Die Bande stellte sich im Halbkreis um die Flak auf. Paul nahm eine stramm soldatische Haltung an. Hacken zusammen, Kreuz durchgedrückt, Blick feierlich geradeaus. Auch Hotte stand soldatisch da, aber in seinem Blick war Trotz zu erkennen. Grilles große braune Augen blickten traurig. Henkelmann fixierte einen Wildgetreidehalm, der vor ihm aus dem Schutt ragte.

Tu's nicht, dachte Paul. Aber natürlich tat Henkelmann es doch. Er bückte sich blitzschnell nach vorne, riss die Ähre ab und stopfte sich die Körner in den Mund, bevor er eilig wieder eine aufrechte Haltung einnahm.

»Henkelmann!«, herrschte Falke ihn an.

Henkelmann senkte beschämt den Kopf. »'tschuldigung«, nuschelte er.

Paul seufzte. Henkelmann war ohne Zweifel ein dufter Kumpel, aber ein Soldat war er nicht.

Es war schwierig für Paul, sich auf das Gedenken der toten Soldaten zu konzentrieren, während sich Wally ihm schräg gegenüber hingebungsvoll in der Nase bohrte. Zu ihr hatte Falke erst gar nichts gesagt. Wie jeder wusste, war bei Wally sowieso Hopfen und Malz verloren.

Falke beendete die Schweigeminute mit einem Räuspern. »Also. Einer hängt sich an das Rohr ran und wir anderen drehen.«

Hotte, der dem Kanonenrohr am nächsten stand, tätschelte es kurz, dann hängte er sich wie ein Klammeraffe unten ran und begann, sich am schräg in den Himmel ragenden Rohr nach oben zu hangeln. Falke pfiff ihn zurück: »Die Kleene darf zuerst.«

»Wieso?«, fragte Hotte.

»Die Kleene darf zuerst«, wiederholte Falke nur.

Wally sprang herbei, reckte ihre Faust in die Höhe und knuffte Hotte damit in die Seite. »Haste gehört, du Affe, ick darf zuerst!«

Es befriedigte Paul zu sehen, dass Hotte seinen Widerstand schnell aufgab. In letzter Zeit ließ Hotte öfter mal seine Muskeln spielen und versuchte gar, das Kommando an sich zu reißen.

Aber wenn er glaubte, Falke ihren Posten als Anführerin streitig machen zu können, hatte er sich gewaltig geschnitten.

Hotte sprang vom Rohr herunter und gab sich großzügig. »Weil du's bist«, sagt er zu Wally.

Umständlich kletterte Wally auf das Gestell. Sie setzte sich auf das Rohr und robbte vorwärts.

Paul sah, dass Grille ins Leere blickte. Dieser abwesende Blick bedeutete, dass sie mal wieder an ihre Eltern dachte. Ihr Vater war in der Normandie gefallen, ihre Mutter bei einem Bombenangriff ums Leben gekommen. Paul schnippte vor Grilles Gesicht mit den Fingern, um sie wieder ins Hier und Jetzt zurückzuholen. Grille lächelte ihn dankbar an.

Die Amis, dachte Paul bitter. Aus großer Höhe hatten sie oberfeige ihre Bomben auf Berlin geschmissen. Sie hatten Grilles Mutter getötet und Pauls Lieblingstante Hilde ebenfalls. Und jetzt marschierten diese »Sieger«, die nicht mal anständig Mann gegen Mann gekämpft hatten, mit einem arroganten Lächeln durch Berlin wie Graf Koks von der Gasanstalt.

Eigentlich hatte Paul gar nicht daran denken wollen, doch er konnte nicht verhindern, dass ihm seine Mutter in den Sinn kam. Und der Negersoldat, der in letzter Zeit immer häufiger bei ihnen ein und aus ging. Der hatte auch so ein widerlich breites Grinsen, das von einem Ohr zum anderen reichte. Paul konnte ja schon verstehen, der Ami hatte Geld. Wenn es nach ihm ginge, dann konnte man ihn ruhig ausnutzen bis aufs Blut. Das geschah ihm und seinesgleichen nur recht! Aber Paul hatte mittlerweile Zweifel, ob seine Mutter den Ami tatsächlich bloß ausnutzte. Der Blick, mit dem sie diesen Bill manchmal ansah … Was Falke wohl dazu sagen würde? Zum Glück wusste sie nichts davon.

»Jetzt alle drehen!«, drang Falkes hohe, scharfe Stimme an

Pauls Ohr. Wally war inzwischen an der Spitze des Kanonenrohrs angelangt und blickte erwartungsvoll auf sie herunter.

Beim Gedanken an den Ami hatte Paul jegliche Lust auf Karussell-Spielen verloren. Trotzdem reihte er sich bei den anderen ein, die sich um das Untergestell gruppiert hatten.

»Hau ruck!«

Mit vereinten Kräften stemmten sie sich gegen das Gestell und das Rohr setzte sich in Bewegung. Wally kreiste um sie herum, als würde sie auf einem Karussellpferd reiten. »Schneller!«, verlangte Wally.

Die Bande bemühte sich, noch schneller zu drehen. Wally juchzte. »Ick fliege!«, schrie sie und hob die Arme in die Höhe. Dabei verlor sie ihren Halt. In hohem Bogen segelte sie vom Kanonenrohr auf einen Trümmerberg und blieb dort liegen.

»Wally!« Grille lief sofort zu ihrer Schwester.

Wally setzte sich auf, als ob nichts geschehen wäre. An ihrem linken Arm war eine Schramme, die sie sich beim Sturz zugezogen hatte. Mit ihrer langen Zunge leckte sich Wally fröhlich das Blut vom Arm.

»Ick will noch mal«, rief sie aus.

»Später«, antwortete Falke. Sie stand breitbeinig neben der Flak und ließ den Blick über die Mitglieder ihrer Bande schweifen. »Paul darf als Nächster«, entschied sie.

Während Paul auf das Rohr kletterte, überlegte er, warum Falke ihn aufgerufen hatte. Weil er nach Wally der zweitjüngste war? Aber Henkelmann war nur wenige Wochen älter als er und im Gegensatz zu Paul noch ein richtiger Kindskopf. Vielleicht, hoffte Paul, war es eine Auszeichnung. Vielleicht hatte Falke endlich erkannt, was in ihm steckte. Er war loyal, mutig und stark. Er wartete nur auf eine Gelegenheit, mal richtig zeigen zu können, was er draufhatte.

Paul hockte sich vorne auf das Rohr, und die Bande begann, ihn zu drehen. Während er, rittlings auf dem Rohr sitzend, Fahrt aufnahm, flog ihm die Lokführermütze vom Kopf. Kurz blickte er ihr nach, doch dann genoss er, wie sein Haar im Wind flatterte. Wenige Augenblicke später hatte Paul das Gefühl, gar nichts mehr denken zu können. So als wären durch die Drehbewegung alle Gedanken aus seinem Hirn herausgeschüttelt worden. Der Vater, die Mutter, der Ami, Falke – nichts und niemand spielte mehr eine Rolle.

Paul fühlte sich leicht und frei, und er begann, an der Karussellfahrt Spaß zu haben. In immer schnellerem Reigen wirbelten die Ruinen, Bäume und Häuser um ihn herum. Was für ein Tanz aus Hell und Dunkel, aus Farben und Formen!

Während er das Rohr mit allen vieren fest umklammert hielt, ließ sich Paul vorsichtig zur Seite kippen. Er hing nun unter dem Rohr und verlor völlig die Orientierung. Wo war unten, wo war oben? Angst schoss ihm in den Körper, doch das Gefühl, das sich anschließend in ihm ausbreitete, war einfach herrlich. Paul schrie vor Begeisterung. Die Welt flog nur so an ihm vorbei und alles war in ein gleißendes Licht getaucht.

Helden, Schwächlinge und Verräter

In der Schlacht vom Teutoburger Wald glückte Hermann dem Cherusker und seinen Mannen das militärische Meisterstück, auf einen Streich drei römische Legionen zu vernichten«, las Paul. »Drei römische Legionen!«, hauchte er andächtig, dann fuhr er mit der Lektüre fort: »20.000 römische Soldaten fanden in dem deutschen Wald ihr kühles, schattiges Grab. Wie aber gelang den Germanen dieser glorreiche Sieg über die Römer, die ihnen zahlenmäßig bei Weitem überlegen und zudem viel besser ausgerüstet waren? Wie gelang es Germania Magna, ein freies Reich zu bleiben, obwohl die Knute der Knechtschaft bereits unmittelbar über ihren Köpfen dräute? Es gelang ihnen durch körperliche und geistige Stärke! Durch die Freiheit des Willens! Die Einheit des Volkes! Und den unerschütterlichen Glauben an den Sieg!«

Paul entfuhr ein begeisterter Seufzer. Schnell blickte er auf. Hatte Herr Kienhorn zu ihm hingesehen? Paul war sich nicht sicher, aber er hielt es für besser, sein Buch »Germanische Helden« schnell im Ranzen verschwinden zu lassen und für den Rest der Stunde nicht mehr hervorzuholen. Das Buch, das seinem Vater gehört hatte, trug Reichsadler und Hakenkreuz auf dem Titelblatt und war ganz sicher eine verbotene Lektüre. Dass der Lehrer das Buch konfiszierte, wollte Paul auf keinen Fall riskieren.

Paul versuchte, sich auf den Text zu konzentrieren, den sein Mitschüler Bruno gerade mit schleppender Stimme vorlas. Das Lesebuch, das sie verwendeten, war ein einziger Flickenteppich. Einige Seiten waren zusammengeklebt und viele Stellen waren geschwärzt. Weil da Dinge drinstanden, die jetzt auf einmal nicht mehr gelten sollten. »So etwas macht nur, wer Angst hat vor der Wahrheit«, hatte Falke dazu gesagt.

Um Paul herum flüsterte, wisperte und kicherte es verhalten. Fast sechzig Schüler gingen in Pauls Klasse. Herrn Kienhorn, der eigentlich noch studierte und im Eilverfahren für den Schuldienst ausgebildet worden war, gelang es nur selten, die erforderliche Ruhe herzustellen. Neben Paul döste Henkelmann vor sich hin. Aus seinem Bauch war ein knurrendes Geräusch zu vernehmen. Paul stützte den Kopf in die Hände und wünschte sich, zu seiner Privatlektüre zurückkehren zu können. Die war so fesselnd, dass er alles um sich herum vergaß.

»Der Kur… Kurfürst nickte wür…de…voll«, tastete sich Bruno mühsam durch den Text. »›Euer Gna…den sind zu gütig‹, sprach Anton zum Kur…fürsten und machte einen tiefen Bück… ling.«

»Was ist ein Bückling?«, fragte der Lehrer.

Niemand meldete sich.

»Heiner?«

Henkelmann schreckte hoch.

»Wie, was?«

»Was ist ein Bückling?«, wiederholte der Lehrer geduldig.

Über Henkelmanns Gesicht ging ein Strahlen, weil er die Antwort kannte. »Ein Fisch!«

Die Klasse prustete los. Auch Herr Kienhorn musste schmunzeln. »Denkt immer nur ans Essen, der Herr Kabelka. Na, zum Glück gibt's ja gleich Schulspeisung.«

In diesem Moment ertönte der Gong.

»Na also. Henkelmänner raus und dann tüchtig zugefasst«, sagte Herr Kienhorn noch, doch das ging im allgemeinen Lärm unter, da alle in Windeseile zusammenpackten und aus dem Klassenzimmer strömten.

Als sie in den Hof kamen, hatte sich vor den großen Töpfen bereits eine lange Schlange gebildet.

»Wie kann das sein?«, schimpfte Henkelmann. »Wir sind doch sofort losgelaufen.« Henkelmann war sogar derart gerannt, dass er sich auf der Schwelle vor dem Hofeingang beinahe auf die Nase gelegt hätte.

»Vielleicht durften sie früher raus, weil sie brav waren«, mutmaßte Paul. »Das sollte man Herrn Kienhorn mal vorschlagen. Dann wäre auch endlich Ruhe in der Kiste.«

Henkelmann hatte sich in die Schlange eingereiht, aber Paul zog ihn zurück.

»He!«

»Kiek doch«, sagte Paul. »Es gibt heute Erbsensuppe. Und das Dicke von der Suppe ist unten!«

»Und die sollen alle vor mir drankommen?« Henkelmann stemmte die Hände in die Hüften und glotzte mit aufgesperrtem Mund auf die Schlange, die mittlerweile schon ums Eck ging.

»Glaub mir, es lohnt sich.«

Schüler liefen an ihnen vorbei, ihren Henkelmann mit dampfender Suppe gefüllt und einen Kanten Brot in der Hand.

»Ich halt das nicht mehr aus!« Henkelmann trippelte von einem Bein aufs andere und versuchte, Suppenschwaden mit der Nase aufzusaugen. »Ich bin vor Hunger schon ganz schwach.«

»Reiß dich zusammen«, mahnte Paul.

»So, jetzt«, sagte er einige Minuten später, die ihm jedoch endlos vorkamen, weil Henkelmann sich neben ihm aufführte, als könnte er jeden Augenblick vor Hunger sterben. Es waren mittlerweile nur noch wenige Schüler übrig, die wohl ebenfalls auf den dicken Bodensatz der Suppe spekulierten.

Paul und Henkelmann waren fast die Letzten, die ihre Suppe und ihr Brot ausgeteilt bekamen. Henkelmann biss sofort in das Brot, während sie sich nach einem Platz umsahen. Die Plätze an den Bänken waren längst belegt. Zahlreiche Schüler saßen auf dem Boden, einige waren auf Bäume geklettert und löffelten Suppe in sich hinein, während sie die Beine baumeln ließen.

Paul zeigte auf die Mauer, die den Hof vom Park trennte. »Da ist noch was frei.«

Sie hüpften auf die Mauer. Paul tauchte seinen Löffel in die Suppe. »Da siehst du«, sagte er befriedigt. »Dick und sämig!«

Henkelmann antwortete nicht, er war vollauf damit beschäftigt, sich die Suppe wie ein Scheunendrescher in den Mund zu schaufeln.

Paul ließ sich das Essen schmecken. Sogar kleine Wurststückchen waren drin. Die lutschte er mehr, als dass er sie kaute.

Er sah auf, als er ein Lachen hörte, das den allgemeinen

Lärm des Löffelgeklappers und der fröhlich vor sich hin schnatternden Schülerschaft übertönte. Eine Gruppe älterer Schüler hatte sich vor einem etwa elfjährigen Jungen aufgebaut, der mit seinem blassen und schmalen Gesicht abseits von den anderen auf dem Boden saß. Obwohl der Schüler nicht in Pauls Klasse ging, wusste Paul seinen Namen. Erwin. Erwin hatte in letzter Zeit einige Bekanntheit erlangt, weil seine Mutter mit einem Amerikaner ging. Seit diese Zigarette rauchend, den jungenhaften amerikanischen Soldaten im Arm und mit angeberischen Nylonstrümpfen an den Beinen vor dem Schultor aufgetaucht war, hatte Erwin kein leichtes Leben mehr.

Einer der älteren Jungen bückte sich, hob eine Handvoll Dreck und Schotter vom Boden auf und ließ alles in Erwins Suppe rieseln. Die Jungen johlten, spuckten vor Erwin auf den Boden und beschimpften ihn. Einer trat Erwin noch auf die nackten Zehen, dann schlenderten sie achtlos weiter.

»Haste das gesehen?«, fragte Henkelmann. »Das ist so gemein!«

Erwin lief jetzt sogar eine Träne über die Wange. Schnell wischte er sie mit dem Ärmel fort. Er blinzelte, sichtlich damit kämpfend, die Tränen zurückzudrängen. Mit dem Löffel stocherte er in der Suppe herum. Offenbar versuchte er, noch essbare Teile herauszufiltern. Tapfer steckte er einen Löffel voll Suppe in den Mund und verzog augenblicklich das Gesicht. Kurz drauf spuckte er ein paar Steinchen aus. Trotzdem tauchte Erwin erneut den Löffel in die Suppe und aß weiter.

Paul war unbehaglich zumute. Erwin tat ihm leid. Er konnte ja schließlich nichts dafür. Paul biss vom Brot ab. Aber konnte

Erwin wirklich nichts dafür?, fragte er sich kauend. War es nicht Erwins Aufgabe, auf seine Mutter aufzupassen und darauf, dass sie keine Dummheiten machte?

Paul drehte sich in die andere Richtung, löffelte seine Suppe und aß sein Brot. Er hatte immer noch ordentlich Hunger, der Appetit jedoch war ihm vergangen.

Als Paul nach Hause kam, saß seine Mutter wieder über die Nähmaschine gebeugt. Paul legte seinen Arm um ihre Schultern.

»Grüß dich, Mutti!«

»Grüß dich, Paul«, erwiderte sie. Sie pausierte ihre Näharbeit und drückte ihn an sich, wobei er ihre Rippen spüren konnte. Plötzlich hielt die Mutter inne und befühlte sein Hemd. »Zerrissen?«, fragte sie. »Mensch, kannste nicht mal besser aufpassen?«

Paul hatte sich das Hemd beim Karussellspielen zerrissen, der Mutter war es bisher nicht aufgefallen. Er versuchte, schnell abzulenken. »Das ist aber ein schönes Muster, das du da hast!« Er wies auf den Stoff, den sie gerade mit der Nähmaschine verarbeitete. Der Stoff war luftig und hell mit kleinen roten Rosen darauf.

»Das ist eine olle Gardine«, sagte die Mutter. »Aber jetzt wird es ein Kleid für die Marie Radusch aus dem dritten Stock.«

»Das wird bestimmt toll aussehen!«

Seine Mutter betrachtete wehmütig den Stoff und streichelte mit dem Finger über eine der zartblättrigen gestickten Rosen. »Früher habe ich immer dafür gesorgt, dass wir frische Blumen in der Wohnung haben. Die schönen Sträuße auf dem Esstisch, weißte noch?«

Paul nickte.

Die Mutter seufzte. »Und jetzt? Wo man hinsieht nur Grau und Staub und Schutt. Es geht immer nur ums Überleben. Manchmal hab ich es so satt!«

»Rosen waren immer deine Lieblingsblumen«, erinnerte sich Paul.

Sie lächelte. »Das haste dir gemerkt?«

In diesem Moment hatte Paul eine Idee. Er wusste jetzt, was er seiner Mutter schenken konnte, die in ein paar Tagen Geburtstag hatte.

Die Mutter atmete durch. »An die Arbeit«, sprach sie resolut zu sich selbst. »Die Zeiten werden auch wieder besser werden!« Mit leiserer Stimme setzte sie hinzu: »Vielleicht sogar schon sehr bald.«

Pauls Mutter nähte einen Saum, doch nach kurzer Zeit unterbrach das gleichmäßige Rattern der Maschine. Das Garn hatte sich verheddert und die Nadel war stecken geblieben. »Das kommt davon, wenn man zu viel träumt«, schimpfte die Mutter mit sich und machte sich daran, das Kuddelmuddel vorsichtig mit dem Nahttrenner zu entwirren.

»Ich bin in meinem Zimmer«, sagte Paul und wandte sich zum Gehen. Dabei fiel sein Blick auf die Kommode. Darauf stand ein gläserner Parfumflakon. Pauls Blick gefror.

»War der blöde Ami schon wieder da?«

Die Mutter sah nicht auf. »Der Ami heißt Bill. Und er ist doch wirklich nett.«

Paul schnaubte verächtlich.

»Seine Schokolade hast du immer gerne genommen«, sagte sie spitz.

»Wenn die Amis uns nicht zerbombt hätten, hätten wir unsere eigene Schokolade. Und viel bessere noch dazu!«

»Theoretisier hier nicht rum«, erwiderte die Mutter. »Bill ist großzügig und freundlich und lachen kann man mit ihm auch.«

Ein komisches Gefühl stieg in Paul auf. Irgendetwas hatte sich schleichend verändert. Zu Anfang schien alles ganz einfach zu sein. Die Mutter flickte Bills Uniform und seine Zivilklamotten und dafür brachte der Ami ihnen ab und an Dinge zu essen mit. Fleisch, Gemüse und Suppen, alles in Dosen, auch Bohnenkaffee, der Paul nicht interessierte, aber die Mutter in Begeisterung ausbrechen ließ. Dazu Brot, so weiß, wie Paul es noch nie gesehen hatte, und dann die besonders leckeren Sachen wie Kekse und Schokolade und natürlich das Milchpulver, das Paul immer genüsslich aus seiner Hand schleckte. Milchpulver schmeckte süßlich und lag körnig auf der Zunge, sodass man sich fast einbilden konnte, Brausepulver zu lecken.

Paul hatte nichts dagegen, dass seine Mutter Brot, Kaffee und Schokolade pries. Aber in letzter Zeit hatte er das Gefühl, dass es vielleicht darum ging, ihm etwas ganz anderes anzudrehen. Diesen Ami nämlich. Hm, lecker, lecker, saftiger Ami. Lecker, lecker, fein, fein!

Diese Vorstellung sorgte dafür, dass sich Pauls Gesicht vor Ekel verzerrte. Paul zog den Glasstopfen aus dem Flakon und roch am Parfum. »Das stinkt!«, sagte er.

»Ach, Paul!« Die Mutter sah ihn an. In ihrem Blick war zu lesen, dass sie keine Lust hatte, mit ihm zu streiten. Genauso wenig, wie er eigentlich mit ihr streiten wollte. Während ihre Augen tastend über sein Gesicht wanderten, schien sich die Mutter zu überlegen, ob sie noch etwas sagen sollte. Zärtlichkeit lag in ihrem Blick und ein wenig Angst. Schließlich seufzte sie nur kurz auf und wandte sich dann wieder ihrer Näharbeit zu.

»Ich will nicht, dass dieser Ami hier ein und aus geht, als würde ihm die Wohnung gehören! Verstanden?«, sagte Paul mit fester Stimme. Er drehte sich um und ging aus der Tür.

Im Flur hängte er seine Lokführermütze an den Haken, zog die Stiefel aus und ließ seinen Ranzen unter der Garderobe auf den Boden plumpsen. Eigentlich hatte er noch Schularbeiten zu erledigen, aber dafür fehlte ihm jetzt jede Lust.

Paul machte die Tür zu seinem Zimmer auf. Das Zimmer war klein, eigentlich mehr eine Kammer als ein richtiger Raum, aber es war sein Reich. Sein Bett stand darin, ein kleiner Tisch mit Stuhl, außerdem hatte ihm die Mutter aus ein paar Dielenbrettern ein Regal gezimmert. Paul ließ sich auf das Bett fallen. Er betrachtete lange die Fotografie, die am Kopfende des Bettes hing. Sie zeigte ihn mit seinem Vater, vor einer großen Lok posierend. In würdig aufrechter Haltung trug der Vater seine Lokführeruniform inklusive der Mütze, die mittlerweile zu Pauls Markenzeichen geworden war. Der Vater hatte den Arm um Paul gelegt, welcher als pausbäckiger Knirps – Paul war damals erst acht Jahre alt gewesen – glücklich in die Sonne blinzelte.

Paul griff unter sein Bett und holte ein großes, dünnes Brett hervor. Auf diesem Brett hatte er versucht, die Bedienelemente des Lokführerstands, die ihn schon immer sehr fasziniert hatten, nachzubilden. In den Trümmern hatte er einige Absperrventile aus defekten Wasserleitungen ausgebaut. Diese sahen recht ähnlich aus wie die Ventile in einer echten Lok, nur dass sie deutlich kleiner waren. Außerdem hatte Paul diverse Holz- und Metallteile als Hebel, Knöpfe und Regler auf das Brett genagelt. Ein altes Badethermometer diente ihm als Druckanzeiger.

Fachkundig legte Paul Hebel um, drehte an den blumenförmigen Oberteilen der Ventile, kurbelte am Handrad und drückte verschiedene Knöpfe. Beim Steuern einer Dampflok, insbesondere beim Anfahren, gab es viel zu beachten. Und ein gutes Gespür für das Regeln der Dampfdruckverhältnisse brauchte man obendrein. Paul hatte das Gefühl, dass er seine »Lok« voll im Griff hatte, und das gefiel ihm.

Das Rattern der Nähmaschine aus dem Nebenzimmer lieferte ihm das passende Hintergrundgeräusch für einen fahrenden Zug. Paul stellte sich vor, dass er nach Sibirien fuhr, um seinen Vater abzuholen. Er glaubte nämlich, dass der Vater dort in einem russischen Kriegsgefangenenlager eingesperrt war. Paul versuchte, sich Landschaften vorzustellen, die am Fenster der Lok vorbeizogen. Ausgedehnte Wiesen. Felder mit Getreide, Mais und Kartoffeln. Dichte dunkle Tannenwälder. Ab und an drehte Paul am Handrad und betätigte den Dampfdruckregler. Es dauerte allerdings nicht lange, bis ihm dabei etwas langweilig wurde. Er begann, auf die Geräusche im Haus zu lauschen. Frau Müller von oben hustete mal wieder. Die Hauswartin, Frau Peters, zeterte im Treppenhaus.

Der Wind wehte heute so, dass Paul die Glocken des Kirchturms hören konnte. Paul war erleichtert, als es Viertel vor vier schlug und es für ihn damit an der Zeit war, sich mit der Bande zu treffen. Er wischte sein Armaturenbrett sorgfältig mit einem Stofflappen ab und verstaute es unter dem Bett.

Zusammen mit Henkelmann, Falke und den anderen lief Paul über ein ausgedehntes Trümmerfeld. Trümmerfrauen waren an der Arbeit. Paul taten die Frauen ordentlich leid, die Ziegelsteine zu Haufen stapelten oder Mörtel von den Ziegeln klopften. Es war eine schweißtreibende und staubige Arbeit, die sie verrichten mussten. Und eine gefährliche noch dazu. Schutzkleidung gab es keine, nur ein paar Frauen hatten sich Teile von alten Autoreifen vor die Knie gebunden, um diese wenigstens etwas zu schonen.

Auf einer Anhöhe sah Paul eine Lore auf Schienen stehen. Er wunderte sich, dass keine Frauen dort waren. Einige Meter weiter sah er eine Traube Frauen dicht aneinandergedrängt um etwas versammelt. Ihrem aufgeregten Stimmengewirr war zu entnehmen, dass eine der Frauen unter den Trümmern etwas Wertvolles entdeckt hatte. Konserven vielleicht oder Briketts. Sie waren offenbar damit beschäftigt, den Fund gerecht unter sich aufzuteilen. Keine von ihnen sah zu der Lore hin.

»Kiekt mal, da, die Lore…«, sagte Paul.

Er brauchte gar nicht weiterzusprechen. Sofort sahen sich alle verschwörerisch an. Auf der Seite, die nicht im Blickfeld der Trümmerfrauen lag, stiegen sie die Anhöhe hoch. Oben angekommen, kletterte Paul als Erster in die Lore hinein. Da diese im Grunde wie eine Kleinausgabe der Eisenbahnwaggons war, aus denen er mit Henkelmann Kohlen geklaut hatte, gelang ihm das spielend. Paul setzte sich ganz vorne hin. Er war der Lokführer, das war ja wohl klar.

Falke folgte, danach Henkelmann, als Nächstes halfen sie Grille und Wally in das Gefährt. Hotte stellte sich hinter die Lore, spannte die Muskeln an und gab ihr einen kräftigen Stoß. Während sie sich in Bewegung setzte, kletterte er schnell hinein.

Funken stoben von den Schienen und dann ging es bergab. Die Lore wurde so schnell, dass Paul seine Mütze am Kopf festhalten musste. Alle kreischten vor Vergnügen. Als die Schienen eine leichte Linkskurve machten, geriet die Lore in Schräglage. Geistesgegenwärtig warfen sie sich ausbalancierend auf die andere Seite. Die Lore schwankte bedenklich, aber sie entgleiste nicht.

Kaum hatte sich Paul wieder in eine aufrechte Position gebracht, da sah er einen Betonbrocken auf den Schienen liegen. Die Lore raste in voller Fahrt darauf zu. Weil er nicht wusste, was er sonst tun sollte, fing Paul laut an zu schreien. Voller Wucht krachte die Lore gegen den Brocken. Sie kippte nach vorne, dann wieder zurück und blieb schließlich einfach stehen. Nicht so jedoch Paul und die anderen Insassen. Sie flogen in hohem Bogen aus der Lore hinaus und landeten mehr oder weniger aufeinandergestapelt auf einem von Unkraut überwucherten Trümmerhügel.

»Habt ihr euch was getan?«, fragte Grille besorgt.

Alle versuchten, ihre Glieder zu entwirren, was nicht ohne viel »Au« und »Oh« und »Pass doch auf« vonstattenging. Nach der erfolgreichen Trennung war jedoch festzustellen, dass sämtliche Gliedmaßen vollzählig vorhanden und sogar weitestgehend heil geblieben waren.

Paul tat der Ellbogen weh und sein Knie hatte eine ordentliche Schürfwunde abbekommen. Aber was bedeutete das schon, so etwas passierte ständig.

»Das war stark«, rief Henkelmann begeistert aus, während er sich die Seite hielt, auf der Grilles Fuß beim Sturz aufgeprallt war.

Wally ließ ein lautes Indianergeheul vernehmen. Das tat sie immer, wenn sie besonders großen Spaß hatte.

»Das war wirklich klasse«, pflichtete Paul bei. Versonnen sah er zum Himmel. »Aber noch doller war's, als mein Vater mich einmal in seiner Lok mitgenommen hat. Bis nach Magdeburg sind wir gefahren! Wenn der Heizer zu faul war, Kohlen in den Ofen zu schippen, durfte ich ihm Beine machen!«

»Wahnsinn«, sagte Hotte, während er sich den Knöchel rieb.

»Ja, nicht wahr?«, meinte Paul. »Es ist auch unglaublich aufregend, wie es in so einer Lok aussieht! Da gibt es tausend Hebel und Ventile und...«

»Wahnsinn ist«, sagte Hotte in gelangweilt gedehntem Ton, »dass wir uns deine ollen Kamellen jetzt zum tausendsten Mal anhören dürfen.«

Paul zog einen Flunsch und wollte gerade etwas erwidern, als Falke scharf ausrief: »Die Trümmerfrauen! Rückzug!«

Tatsächlich hatten die Trümmerfrauen ihre »entführte« Lore entdeckt und kamen nun schimpfend auf sie zugelaufen.

Schnell sprangen alle auf und rannten davon. Hotte folgte als Letzter, er humpelte fluchend.

Als sie weit genug weg waren, fielen sie in einen gemächlichen Trott. Sie kamen zu einer Reihe arg beschädigter Häuserblocks. Bei einem war die komplette Rückwand weggerissen worden. Man konnte in die Zimmer hineinblicken, in denen jetzt allerdings niemand mehr zu wohnen schien. Kurz nach dem Krieg hatten noch viele Familien in solchen halben Räumen einen notdürftigen Unterschlupf gefunden. An einer Wand sah Paul Kinderzeichnungen hängen, die vom Regen und Dreck ganz verwaschen waren.

Durch eine Lücke zwischen den Blocks, in der vor dem Krieg auch eine Mietskaserne gestanden haben musste, steuerten sie auf eine belebte Straße zu. Kurz bevor sie diese erreichten, schürzte Wally ihren Rock und ging in die Hocke.

»Was soll das?«, fragte Grille.

»Ick muss ma' Pipi!«

»Aber doch nicht hier! Hier sind überall Leute.«

»Na und?« Ungerührt fing Wally an, es laufen zu lassen. Konzentriert ruckelte sie dabei vor und zurück und hin und her.

»Was machst du denn da?«, fragte Grille genervt.

»'n Kunstwerk!«

Wally stand auf und betrachtete stolz ihr Werk. Sie hatte ein Hakenkreuz auf einen Stein gepinkelt.

Wally warf den Kopf in den Nacken und lachte ihr schepperndes Lachen. Dann sah sie die anderen an, auf eine Reaktion wartend. »Das soll ein Hakenkreuz sein!«, sagte sie überflüssigerweise.

Keiner hatte Lust, sich von Wally provozieren zu lassen. Falke runzelte nur ihre dickfleischige Stirn, Paul schüttelte missbilligend den Kopf. Wally war einfach gar nichts heilig. Grille packte Wally am Arm und zog sie weg. »Komm jetzt.«

»Die Kleine braucht eine harte Hand«, sagte Hotte zu Grille. »Ich kann dir bei der Erziehung helfen.«

»Nee, danke«, schrie Wally, bevor Grille irgendwas antworten konnte. »Da erzieh ick mir lieba selba!«

Wally rupfte ein Blatt von einer Lorbeerhecke und wischte sich zwischen den Beinen ab.

Wie eine Zigeunerin. Igitt. »Hoffentlich bekommt sie davon einen schönen Ausschlag!«, sagte Paul und wandte seinen Kopf zu Henkelmann. Da stellte er fest, dass dieser gar nicht mehr neben ihm war. Henkelmann war zur Straße gelaufen, hielt sich den leeren Blechbehälter vor die Brust und bettelte mit großen, runden Augen die Passanten an. Damit hatte er allerdings keinen Erfolg. »Ick hab ja selber nischt, aber davon reichlich«, sagte ein Mann. »Kiek nicht so. So schnell fällst DU nicht vom Fleisch«, meinte eine Frau mit Blick auf Henkelmanns Bäuchlein. Andere hoben nur bedauernd die Arme oder beachteten ihn nicht einmal.

Henkelmanns Gesicht hellte sich auf, als er einen GI in khakifarbener Uniform und mit Schiffchenmütze auf dem Kopf in ausladendem Schritt die Straße entlangschlendern sah. Er lief zu dem GI hin.

Falke pfiff ihn sofort zurück. »Henkelmann!«, rief sie drohend.

Henkelmann stand kurz unschlüssig da, sah zu Falke hin, die ihn grimmig anguckte, und dann wieder zu dem amerikanischen Soldaten. Schließlich siegte sein Hunger. *»Please, Sir«*, sagte er und hielt dem Soldaten erwartungsvoll den Blechbehälter hin. Der GI grinste gutmütig und kramte ein Päckchen Kaugummi, eine Wurst und eine Tube Schmelzkäse hervor. Nacheinander ließ er alles in den Henkelmann plumpsen.

»Thank you«, rief Henkelmann glücklich.

Als er zur Bande zurückkehrte, hielt er den Kopf allerdings schamhaft gesenkt. »Ich gebe euch was von der Wurst ab«, murmelte er, ohne Falke dabei anzusehen.

»Schämst du dich gar nicht?«, donnerte Falke auf Henkelmann herab. »Wir betteln unsere Feinde nicht an!«

»Ich hab so Hunger«, entschuldigte er sich.

Falke konnte sich nicht beruhigen. Ihr Brustkorb hob und senkte sich vor Wut. Sie schien zu überlegen, ob sie Henkelmann weiter maßregeln sollte, doch dann entschied sie sich anders. Sie holte ihre Schleuder heraus, hob einen kleinen Stein auf und zielte auf den GI, der noch in Sichtweite war.

»Nein, nicht«, bat Henkelmann.

Falke straffte die geflochtene Schnur entschlossen bis zum Anschlag.

Paul biss sich vor Spannung auf die Lippe. Als bewegliches Zielobjekt in etwa hundert Meter Entfernung war der Soldat nicht leicht zu erwischen. Aber Falke war eine hervorragende Schützin.

Falke kniff die Augen zusammen und ließ los. Der Schuss saß. Am Bein getroffen, machte der GI einen komischen Hüpfer.

»Treffer!«, rief Paul grinsend.

Der Soldat drehte sich um und zog seine Pistole.

Für einen kurzen Augenblick stand die Bande wie erstarrt. Dann drehten sie sich um und rasten los. Hinter ihnen krachte ein Schuss. Aus dem Augenwinkel meinte Paul, gesehen zu haben, dass der GI bloß senkrecht in die Luft geschossen hatte. Aber sicher war er sich nicht.

Sie rannten, so schnell sie konnten. Trotz seines verletzten

Knöchels rannte Hotte mit seinen langen Beinen vorweg. Sie flitzten um eine Kurve, jagten über Stock und Stein und hechteten über Trümmerteile. Als sie zu einer Ruine kamen, sprang Hotte durch die Fensteröffnung hinein. Er stützte sich dazu auf dem Fensterbrett auf, als würde er über einen Bock springen. Die anderen kletterten hinterher. Henkelmann hatten die Kräfte verlassen. Paul und Falke mussten ihn hochzerren und ihm durch die Öffnung helfen.

In einer Zimmerecke gingen sie in Deckung. Falke versuchte, durch die Fensteröffnung zu linsen.

»Ist er uns gefolgt?«, hauchte Paul.

»Ich glaube nicht.«

Bemüht, keinen Laut von sich zu geben, hockten sie abwartend in der Ecke. Falke stand vor ihnen und hatte ihre Schleuder im Anschlag. Als der Soldat nach einigen Minuten immer noch nicht aufgetaucht war, wagten sie allmählich, sich zu entspannen.

»Ich hab geglaubt, mein Herz springt gleich aus der Brust«, sagte Paul. »Nicht vor Angst«, fügte er schnell hinzu. »Nur weil wir so schnell gerannt sind. Es ist gut, wenn man merkt, wie stark und kräftig so 'n Herz schlagen kann, oder?«

»Die Aktion war wirklich leichtsinnig«, meinte Grille leise.

»He, Henkelmann!«, rief Hotte.

Pauls Blick fiel auf Henkelmann, der am Boden kauerte und immer noch zitterte wie Espenlaub. Seine Pupillen waren angstgeweitet, seine Lippen murmelten Unverständliches.

»Reiß dich zusammen, die Gefahr ist vorbei«, sagte Falke.

Grille strich Henkelmann beruhigend über das Haar. Vergeblich versuchte dieser, sein Zittern in den Griff zu bekommen.

»Reiß dich zusammen, hab ich gesagt!«, brüllte Falke. »In meiner Bande gibt's keine Memmen!«

Henkelmann zitterte umso mehr. Seine Zähne schlugen aufeinander.

Paul fühlte sich verpflichtet, seinem Freund beizuspringen. »Henkelmann hat Schlimmes erlebt, als die plündernden Russen gekommen sind und ihn und seine Geschwister mit dem Gewehr bedroht haben. Vielleicht hat das damit zu tun, vielleicht hat ihn deshalb der Schuss so erschreckt.«

Henkelmann sah Paul dankbar an. Sein Atem ging jetzt ein wenig ruhiger, auch das Zittern ließ nach.

»Ach ja?«, rief Falke. »Wir haben alle Schlimmes erlebt! Die Eltern von Grille und Wally sind tot.«

Grilles Blick wurde dunkel und unscharf.

»Hotte war im Bunker verschüttet«, fuhr Falke fort. »Und ich? Ich hab freiwillig im Volkssturm gekämpft!«

»Du bist eine echte Heldin, Falke«, sagte Paul.

Es war ärgerlich, dass er selbst keine aufregenden Kriegserlebnisse beizusteuern hatte. Er hatte zwar ein paar Bombennächte im Luftschutzbunker erlebt. An die Mutter gelehnt, teilweise auch mit dem Kopf in ihrem Schoß schlafend, hatte er sich dabei aber fast schon geborgen gefühlt. Außerdem war Wotan bei ihm gewesen, sein großer schwarzer Stoffhund, den der Vater ihm einmal von der Kirmes mitgebracht hatte. Nur der säuerliche Angstschweiß der Erwachsenen, der in der Luft hing, hatte dazu geführt, dass auch in Paul ab und an ein Gefühl der Beklommenheit aufgestiegen war.

Während der meisten Luftangriffe war er jedoch ohnehin kinderlandverschickt gewesen. Entfernte Verwandte, die in einem bayrischen Dorf lebten, hatten ihn in Pflege genommen. Diese Zeit war schrecklich und schön zugleich gewesen. Schrecklich, weil Paul seine Mutter immerzu vermisst hatte. Und schön, weil es in Bayern so herrliches Essen gab. Schweinebraten, Würste und Knödel, dazu leckere Soßen, wie Paul sie noch nie zuvor gekostet hatte. Außerdem hatte er eine tolle Zeit mit den Pimpfen der örtlichen »Hitlerjugend« gehabt. Sie hatten Geländespiele gespielt und mit dem Luftgewehr schießen gelernt. Wenn er jetzt daran zurückdachte, schämte er sich für die schrecklichen ebenso wie für die schönen Erinnerungen. Es war peinlich, dass er sich wie ein Säugling nach der Mutter verzehrt hatte, und es war ebenso unrühmlich, dass er sich den Bauch vollgeschlagen und an Kinderspielen erfreut hatte, während in Berlin und anderswo in Deutschland der Krieg tobte und Helden das Vaterland verteidigten.

Helden wie Falke. Diese hatte sich gerade vor der Bande aufgebaut und ließ den Blick schweifen, ob sie die Aufmerksamkeit von allen hatte.

»Ihr könnt euch gar nicht vorstellen, wie es beim Volkssturm war«, hob Falke an. Ihre hohe Stimme tönte kräftig und sie sprach sorgfältig jedes einzelne Wort. »Es herrschte eine Stimmung wie beim Weltuntergang. Das Brummen der feindlichen Flieger am Nachthimmel, das unheilvolle Pfeifen der Bomben über unseren ungeschützten Häuptern, Explosionen links von uns, Explosionen rechts von uns und dazu der sprühende Regen der Phosphorbomben.«

Alle lauschten gebannt.

»In Feuer und Hölle, in Tod und Verderben haben wir die Stellung gehalten. Wir haben Berlin verteidigt bis zum letzten

Mann! Ich weiß nicht, wie viele von diesen feigen Schweinen wir mit unserer Kanone vom Himmel gepflückt haben. Vielleicht ein Dutzend. Vielleicht zwanzig!«

Paul stöhnte ehrfurchtsvoll.

»Wenn alle Deutschen so treu und mutig gewesen wären wie wir – Berlin wäre diesen dreckigen Bastarden nie in die Hände gefallen!«

»Zu dumm, dass ich noch ein Kind war«, rief Paul mit glühendem Blick. »Ich hätte mit euch gekämpft, Seite an Seite, furchtlos und mit all meiner Kraft!« Paul spürte, wie der heilige Ernst seinen ganzen Körper durchflutete und in Anspannung hielt.

»Du?«, fragte Hotte spöttisch. »Hinterher ist leicht labern, wa? Du kleener Schwächling, du halbe Portion!«

Paul schnellte nach vorne und donnerte Hotte mit voller Wucht die Faust in den Bauch. Hotte klappte zusammen. Dann jedoch richtete er sich blitzschnell auf und drehte Paul den Arm auf den Rücken.

»Mach das nie wieder«, keuchte Hotte. »Sag es!«

Paul tränten die Augen vor Schmerz.

»Sag, dass du das nie wieder machst«, presste Hotte durch die Zähne und verstärkte seinen Griff.

Paul biss sich auf die Lippen und blieb stumm.

»Lass ihn los«, sagte Falke.

»Mach weiter!«, schrie Wally.

»Hotte, lass los«, bat Grille.

Hotte schleuderte Paul gegen die Wand. Paul schlug mit der Stirn gegen einen Ziegel. Blut lief ihm über das Gesicht.

Paul atmete schwer, blieb aber aufrecht stehen.

»Mein Bauch tut weh«, stöhnte Hotte. Er ließ sich zu Boden gleiten und sah Grille bittend an. Grille zögerte kurz, dann setzte sie sich neben ihn und massierte sanft seinen Bauch, was Hotte sichtlich gefiel.

Paul sah verächtlich auf Hotte herab. »Haste dir *aua, aua* gemacht? Mein Vater hat mich zu Tapferkeit erzogen«, sagte er.

»Hör endlich mal mit deinem Vater auf«, gab Hotte zurück, dann wandte er sich an Grille. »Aua, verflucht. Hier unten tut es besonders weh.« Hotte zog den Bund seiner Hose ein Stück weiter runter.

»Immerhin denkt er noch an seinen Vater«, sagte Falke, die aus einer Fensteröffnung blickte. Sie drehte sich zu Paul um. »Deine Mutter hat ja anscheinend ein neues Amüsemang.«

Paul stockte der Atem. »Was meinst du?«, fragte er.

»Schau selbst.«

Langsam ging Paul zur Fensteröffnung. Durch diese hatte man Blick auf einen kleinen Park. Auf einer Parkbank saß Pauls Mutter. Sie hatte die Beine ausgestreckt und den Kopf in den Nacken gelegt. Neben ihr lümmelte breitbeinig der Ami. Obwohl die beiden von einem Baum halb verdeckt wurden, war die Mutter unzweifelhaft zu erkennen.

Paul war leicht benommen zumute, während er darauf wartete, was Falke dazu sagen würde.

»Deine Mutter ist also auch so eine, ja?«, sprach Falke schließlich mit kalter Stimme. »Eine von diesen dreckigen Volksverräterinnen.«

»Na, kiek mal an«, kam es von Hotte.

»Nenn meine Mutter nicht Volksverräterin!«, brauste Paul

auf. »Meine Mutter ist einfach nur schlau. Die nutzt den dummen Ami doch bloß aus!«

Zweifelnd kniff Falke die Augen zusammen.

»Glaub mir doch!«, setzte er nach.

»Glaub dir erst mal selber«, sagte Falke.

Paul atmete durch. »Ich vertraue meiner Mutter«, antwortete er. Er war selbst ein bisschen erstaunt, wie fest seine Stimme klang. Kühn erwiderte er Falkes Blick. Er hatte beschlossen, seiner Mutter zu vertrauen. Sie würde keine Schande über die Familie bringen. Ganz bestimmt nicht.

Die Rose

Mit bloßen Händen wühlte sich Paul durch den scharfkantigen Schutt. Der Geburtstag der Mutter war schon morgen, wenn er ihr bis dahin eine Rose besorgen wollte, musste er sich ranhalten.

Die Chancen für Paul, noch etwas Wertvolles aus den Trümmern zutage zu fördern, standen leider schlecht. In der Verzweiflung, irgendetwas zu finden, das sich gegen Lebensmittel eintauschen ließ, hatten bereits viele Hände die Trümmerberge wieder und wieder durchpflügt.

Natürlich kam es darauf an, wo genau man suchte. Immer wieder sah sich Paul zu den Ruinen in seinem Rücken um. Auf den ersten Blick konnte man erkennen, dass diese Häuser massiv einsturzgefährdet waren. Eine Front, die noch vor wenigen Tagen gestanden hatte, lag mittlerweile in Einzelteile zertrümmert auf der Erde.

Paul beschloss, es zu wagen. Er hatte bereits Stunden mit erfolglosem Suchen und Wühlen verbracht, langsam hatte er die Schnauze voll. Während er zu den Ruinen hinlief, hörte er eine Frauenstimme rufen. Paul drehte sich um. Eine Trümmerfrau, deren Kopftuch auffällig gelb leuchtete, gestikulierte und brüllte ihm zu: »Komm da weg, Junge, oder willste dich umbringen?«

»Ich pass schon auf«, schrie Paul zurück.

Die Frau schüttelte wild ihren Kopf, sodass das Tuch wie eine gelbe Warnflagge durch die Luft flatterte. Dann wandte sie sich wieder ihrer Arbeit zu. Was blieb ihr auch anderes übrig. Paul gehörte einer Generation an, die es gewohnt war, gefährliche Dinge zu wagen, um zu überleben. Jemanden wie Paul konnte man vielleicht warnen, stoppen konnte man ihn nicht.

Paul wägte noch einmal kurz das Risiko ab. Natürlich war es nicht überlebenswichtig, Geld für eine Rose zusammenzubekommen. Aber er stellte sich vor, wie die Mutter sich darüber freuen würde, wenn er ihr die Rose überreichte. Wie ihre ausgezehrten Wangen Farbe bekommen und ihre blauen Augen strahlen würden. Das war es ihm allemal wert.

Paul grub die Trümmer um, wobei er ständig darauf lauschte, ob über seinem Kopf etwas in Bewegung geriet. Er war bereit, beim kleinsten Rieseln sofort aufzuspringen und wegzulaufen.

Pauls Fundglück hielt sich heute wirklich sehr in Grenzen. Stofffetzen fand er massenhaft, Scherben auch, aber was sollte er damit anfangen? Paul bewegte einen dicken Brocken. Darunter konnte sich alles Mögliche verstecken. Während er mit Gewalt zerrte, rutschte seine Hand ab. An einem rostigen Nagel riss er sich den Handrücken auf. Schnell saugte Paul an der verletzten Stelle. Es durfte kein Dreck in die Wunde gelangen.

Der Brocken war nur ein Stück weit verrutscht, aber er gab

den Blick auf einen Hohlraum frei. In diesem Hohlraum lagen auf den ersten Blick wieder nur Scherben. Als Paul seine unverletzte Hand hineinstreckte und blind darin herumwühlte, fassten seine Finger jedoch etwas Zartes, Feingliedriges. Vorsichtig zog Paul es hervor. Es war ein Armkettchen für kleine Mädchen, schmutzig und zerkratzt.

Während Paul das Kettchen betrachtete, bemerkte er erst spät, dass von der Straße her anschwellender Lärm zu hören war. Ein Lastwagen näherte sich. Lastwagen waren immer eine Gefahr für Ruinen, da ihr Gewicht den Untergrund in Schwingung brachte.

Wie vom Blitz getroffen stob Paul augenblicklich davon. Bloß weg von den Ruinen! Es war keine Sekunde zu früh. Der Lastwagen donnerte vorbei, eine Mauer geriet ins Wanken und krachte nieder, wo Paul soeben noch gehockt und gewühlt hatte. Der Hohlraum war aufs Neue verschüttet. Einzelne Splitter von herabfallenden Ziegelsteinen spritzten bis an Pauls Beine hin.

Paul atmete durch. Das war noch einmal gut gegangen. Aber nur haarscharf. Er hätte viel vorsichtiger sein müssen, rügte er sich.

An einer Pumpe wusch sich Paul die dreckigen Hände und säuberte behutsam das Kettchen. Ein Stempel trat zutage. Der war zwar nicht mehr zu entziffern, aber er bedeutete auf jeden Fall, dass das Schmuckstück Gold enthielt. Paul wienerte es an seiner Hose blank, bis es glänzte.

Er bog in die Straße des Schwarzmarktes ein. Dort sah er sich nach allen Seiten um und entdeckte Ede. Ede war der ältere Bruder eines Schulkameraden und ganz schön ausgebufft.

Keiner, den man übers Ohr hauen konnte, aber nach Pauls Erfahrung war er fair. Paul hielt ihm das Kettchen hin. Ede begutachtete es. Er schob sich die karierte Mütze in den Nacken und kratzte sich am Kopf.

»Mehr als 'n paar Pfennige kann ich dir dafür nich' geben«, sagte er.

»Das ist mit echtem Gold«, erklärte Paul.

Ede hob die Schultern. »Gold kann man nicht essen.«

»Die Frauen wollen trotz allem schön aussehen«, setzte Paul nach.

Ede grinste. »Die Fräuleins, ja. Aber das is ja nur für Mädchen. Und denen is Schönheit im Moment piepegal.«

Paul versuchte, sich Wally mit einem solchen Kettchen vorzustellen. Es gelang ihm nicht.

»Bring mir halt was Nützliches. Lebensmittel, Schuhe, Medikamente, Glühbirnen …«

»Pfff«, machte Paul nur. Wo sollte er das denn hernehmen?

»Lass dir was einfallen«, sagte Ede. »Bist doch 'n ganz helles Kerlchen.«

Paul hielt Ede die offene Hand hin. Dieser besah sich das Kettchen noch einmal, dann ließ er einige Pfennige in Pauls Hand plumpsen.

»Meine Mutter hat morgen Geburtstag«, sagte Paul.

Ede seufzte und ließ noch einen Sechser in Pauls Hand fallen. Dann grüßte er kurz und ging davon. Paul sah Ede nach. Das Stichwort Glühbirnen hatte ihn auf eine Idee gebracht.

Paul saß in seinem Zimmer auf dem Bett und wartete, bis es dämmrig wurde. Ein Bein hatte er untergeschlagen, das andere hing aus dem Bett. Ungeduldig wippte er mit dem Fuß. Er wusste, wo es Glühbirnen gab. Sogar jede Menge davon. Allerdings war es eine gefährliche Aktion, diese zu besorgen. Aber zugleich juckte es ihn mächtig in den Fingern. Wenn er Glühbirnen zu Ede brachte, bekam er jede Menge Geld dafür. Dann konnte er seiner Mutter gleich mehrere Rosen kaufen. Außerdem war es eine Gelegenheit, den Scheißamerikanern eins auszuwischen.

Endlich war es dunkel genug. Behutsam, damit seine Mutter nichts davon mitbekam, schob Paul das Holzfenster hoch. Das Fenster gab ein leises Quietschen von sich. Paul hielt inne, doch aus dem Nebenzimmer war weiterhin das gleichmäßige Rattern der Nähmaschine zu hören. Also hatte die Mutter nichts bemerkt.

Paul stieg aus dem Fenster und ließ sich vom Fensterbrett herunterhängen. Seine Füße waren jetzt etwa zwei Meter vom Boden entfernt. Er ließ los. Seine Landung auf dem Boden geriet leider nicht perfekt, sein linker Fuß setzte auf einer Unebenheit auf, daher bekam Paul ein Übergewicht nach hinten, das er trotz hektischen Ruderns mit den Armen nicht mehr abfangen konnte. Er landete auf dem Po. Paul klopfte Staub und Dreck von seiner Hose. Er sah kurz zum Schlafzimmer seiner Mutter hoch, wo sich nichts rührte, schlich dann eilig zwischen den Gartenparzellen hinter dem Haus hindurch und lief auf die Straße hinaus.

Paul musste ziemlich lange laufen, bis er das Armeequartier der Amerikaner erreichte. Die amerikanischen Soldaten hatten sich in einem ehemaligen Verwaltungsgebäude der Nazis eingenistet. Helle Flecken auf dem rußverschmutzten Mauerwerk verrieten deutlich, wo bis vor Kurzem noch Reichsadler und Hakenkreuz gehangen hatten.

In weitem Bogen ging Paul um das Gebäude herum. Hinter dem Bau war der ausgedehnte Fuhrpark der Amerikaner. Dieser war nur durch eine niedrige Mauer und etwas Stacheldraht geschützt. Außerdem patrouillierte ein Soldat mit der Taschenlampe auf und ab. Als der Soldat in die entgegengesetzte Richtung ging, sprang Paul hastig über das Mäuerchen mit dem Stacheldraht. Der Aufprall seiner Füße war lauter, als er gedacht hatte. Schnell ließ sich Paul flach auf den Boden fallen, in der Hoffnung, dass er auf diese Weise für den Soldaten unsichtbar war. Immerhin standen mehrere Reihen großer Jeeps zwischen ihnen. Mit klopfendem Herzen wartete Paul. Der Soldat kam nicht. Langsam wagte er, den Kopf zu heben. Er sah den Lichtschein der Taschenlampe am anderen Ende des Hofes, nahe dem Gebäude. Der Lichtschein war regungslos, anscheinend ruhte sich der Soldat dort aus.

Mittlerweile war es fast komplett dunkel geworden, doch das diffuse Licht, das aus den Fenstern in den Hof fiel, reichte aus, damit Paul sich ans Werk machen konnte. Er fummelte den Frontscheinwerfer eines Jeeps aus seiner Verankerung und schraubte mit zitternden Fingern die Glühbirne heraus. Ab und an vergewisserte er sich, dass der Lichtkegel der Taschenlampe immer noch am anderen Ende des Hofes war.

Triumphierend hielt Paul die Glühbirne in den Händen. Er ließ sie vorsichtig in seiner Hosentasche verschwinden, dann machte er sich am zweiten Scheinwerfer zu schaffen. Der Scheinwerfer klemmte, Paul fluchte lautlos vor sich hin. Da hörte er plötzlich Schritte. Paul schreckte auf. Der Soldat kam langsam in seine Richtung gelaufen. Noch hatte er Paul nicht entdeckt.

Pauls Gedanken rasten. Natürlich konnte er schnell über die Mauer springen. Doch was, wenn der Soldat genau in diesem Moment auf ihn schoss? Paul hielt es für sicherer, sich in den Fuhrpark hineinzuflüchten. Er musste nur darauf achten, dass er immer genau dort war, wo der Soldat nicht war, und dann irgendwann unbemerkt verschwinden. Paul schlich zwischen den Jeeps entlang, den Lichtkegel immer im Blick. Längere Zeit schien dies gut zu gehen. Doch dann machte Paul einen Fehler. Als er von einer Reihe Jeeps zur nächsten überwechseln wollte, wurde er im Zwischenraum vom Lichtkegel der Lampe erfasst.

»*Hey! Boy!*«, rief der Soldat aus, es klang überrascht. Paul rannte um die Kurve und zwischen den Jeeps hindurch. Mit der Hose streifte er eine Kühlerhaube, die Glühbirne in seiner Tasche splitterte.

»*Stop!*«, rief der Soldat.

Paul schlug einige Haken. Er hörte die Stiefelschritte seines Verfolgers. In seinen Ohren schienen sie zu dröhnen. Vielleicht war es aber auch sein eigenes Herz, das so heftig pochte.

»*Damn it! Stop!*«

Paul erreichte die Mauer. Er nahm Anlauf und setzte in einem großen Sprung hinüber.

»*Stupid boy*«, hörte er den Soldaten schimpfen.

Paul bog um die Ecke des angrenzenden Häuserblocks und rannte und rannte. Nach einer Weile blieb er stehen und hielt sich keuchend die Seite. Er sah sich um. Der Soldat war ihm nicht gefolgt.

Paul griff in seine Tasche, um sich dessen zu vergewissern, was er eigentlich schon wusste. Die Glühbirne war in tausend feine Splitter zerborsten.

»Scheiße!« Paul war wütend. Die gefährliche Aktion war völlig umsonst gewesen. Außerdem musste es mittlerweile Sperrstunde sein. Es fehlte jetzt nur noch, dass eine Streife ihn aufgriff. Trotzdem lief Paul auf offener Straße, ohne sich zu verstecken. Irgendwie war ihm jetzt schon alles egal.

Unbehelligt kam Paul zu Hause an. Er kletterte zu seinem Zimmerfenster hoch, wobei ihm Einschusslöcher und Granatenschäden in der Backsteinwand halfen, sich festzukrallen und Tritt zu fassen. Durch das offene Fenster schlüpfte Paul in sein Zimmer, das ziemlich ausgekühlt war. Paul zog seine Nachtwäsche an und verkroch sich unter der Decke. Aber einschlafen konnte er lange nicht. Er fühlte sich gedemütigt und zornig. Wenigstens hätte er dem blöden Soldaten einmal die Zunge rausstrecken sollen, anstatt wie ein verschrecktes Kaninchen davonzuspringen.

Als Paul schließlich in einen schweren Schlaf fiel, geisterte das Licht der Taschenlampe durch seine unruhigen Träume.

In der Schule döste Paul vor sich hin. Gleich nach Schulschluss machte er sich wieder daran, die Schuttberge abzugrasen. Dabei war er ausdauernd und zäh. Er hatte es sich nun mal in den Kopf gesetzt, seiner Mutter eine Rose zu schenken, also würde er das auch schaffen. Doch obwohl Paul sich erneut tief in die einsturzgefährdeten Regionen vorwagte, konnte er einfach nichts finden, was sich zu Geld machen ließ. Erschöpft und frustriert, mit schmerzenden Armen und wunden Knien, gab er schließlich auf. Er machte sich auf den Weg zum Rosenverkäufer, der immer in der Nähe eines Tanzcafés seine Ware anbot. Vielleicht hatte der ja einen gnädigen Tag und gab ihm wenigstens eine kleine, noch nicht voll erblühte Rose ab.

Der Rosenverkäufer, ein Kriegsinvalide mit Augenklappe, guckte so grimmig drein wie eh und je. Paul musste sich selbst einen Schubs geben, um vor ihn hinzutreten.

»Eine Rose, bitte«, sagte Paul mit so viel Selbstbewusstsein, wie er aufbringen konnte, und zeigte dem Mann seine Pfennige in der ausgestreckten Hand.

Der Rosenverkäufer sah nur flüchtig hin. »Dit reicht nicht«, sagte er sofort.

»Ach, bitte«, fing Paul an, und wollte ergänzen, dass seine Mutter heute Geburtstag hatte, doch er kam nicht dazu, da der Rosenverkäufer von einem Hustenanfall geschüttelt wurde. Einige Spritzer Spucke landeten auf Pauls Hemd. Der Rosenverkäufer machte eine ärgerliche Handbewegung, um Paul zu verscheuchen. Paul wandte sich betreten zum Gehen.

Vor dem Eingang des Tanzcafés hielt er inne. Gerade kam ein GI zur Tür heraus, ein deutsches Mädchen im Arm. Klänge von Swing-Musik schwappten auf die Straße. Als die Eingangstür wieder geschlossen war, war die Musik noch immer leise im Hintergrund zu hören.

Die Musik erinnerte Paul an eine sehr unangenehme Szene, die er mit Falke gehabt hatte. Früher hatte Paul es nicht schlimm gefunden, amerikanische Musik zu hören. Hans, ein Kumpel von Paul, hatte einige amerikanische Schallplatten zu Hause. Die brachte sein Vater mit, der als Techniker bei der US-Army angestellt war. Die fröhlich-beschwingte Musik hatte Paul immer in gute Laune versetzt. Er hatte den Hunger vergessen und ein aufregendes Prickeln in seinem Körper gespürt. Auch hatte ihn dabei eine unbestimmte Aufbruchsstimmung erfasst und eine unbändige Lust auf das Leben. Doch dann hatte Falke davon erfahren und ihn vor der versammelten Bande zur Schnecke gemacht. »Es ist doch nur Musik«, hatte Paul sich schüchtern zu verteidigen versucht, aber das hatte Falke nicht gelten lassen. »Treue erweist sich im Kleinen«, hatte sie gebrüllt. »Wer sich so leicht verführen lässt, ist ein Waschlappen, eine Schande für das deutsche Volk und für alle, die in ihrem Mark standhaft und treu und unerschütterlich sind!« Falkes schneidende, kräftige Stimme war von den Kellerwänden ihres Hauptquartiers widergehallt und alle Bandenmitglieder hatten stumm auf Paul gestarrt.

Paul hatte daraufhin den Kontakt zu Hans abgebrochen und peinlich darauf geachtet, dass er auch »im Kleinen« keinen Fehltritt mehr beging. Insgeheim jedoch war ihm Falkes Reaktion damals etwas übertrieben vorgekommen. Inzwischen dachte er anders darüber. Er sah dem Pärchen nach, das aus dem Café gekommen war. Fischmäulig und glubschäugig himmelte das Mädchen »ihren« Soldaten an. Falke hatte wie immer recht gehabt. Die Amis brauchten nur ein bisschen Musik zu machen und schon lief ihnen alle Welt wie verhext hinterher.

Paul spuckte aus und straffte sich. Zum Glück war er aus einem unbiegsameren Holz geschnitzt. Zwar zog es auch ihn jetzt in das Tanzcafé. Aber aus einem völlig anderen Grund. Wo die Amis waren, da gab es für ihn bestimmt etwas zu klauen!

Ein Junge schlenderte heran, einen Packen Anzeigenblätter unter dem Arm. Er steuerte auf das Café zu.

»He«, flüsterte Paul dem Jungen zu. »Ich will da mit rein!« Der Junge kapierte schnell. Er nickte und drückte Paul einen Stapel Blätter in die Hand.

Im Schlepptau des Jungen betrat Paul das Café. Dicker Zigarettenrauch schlug ihm entgegen. An den Tischen saßen schäkernde Pärchen, auch die Tanzfläche war voll. Paul machte sich daran, die Anzeigenblätter auf den Tischen zu verteilen. Wenn es ihm nur gelingen könnte, ein paar Zigaretten zu klauen! Damit wäre der Rosenverkäufer mehr als bezahlt, damit könnte er seiner Mutter einen ganzen Strauß Rosen kaufen.

Niemand beachtete Paul, der sich dank der Anzeigenblätter völlig unverdächtig durch den Raum bewegte. Paul dagegen beobachtete seine Umgebung ganz genau. Ein Pärchen stand auf, um zur Tanzfläche zu gehen. Der Soldat hatte sein halb volles Schnapsglas stehen lassen. Mit einer schnellen Handbewegung schnappte sich Paul das Glas. Er ließ die restlichen Anzeigen einfach liegen und marschierte eiligen Schrittes aus dem Café.

Paul brachte den Schnaps zum Rosenverkäufer. »Gegen Ihren Husten«, sagte er.

Der Verkäufer stürzte den Schnaps herunter und massierte sich die Kehle, wobei er gutturale Laute von sich gab. Dann blähte er die Nasenflügel und atmete geräuschvoll ein.

»Na schön«, sagte er schließlich zu Paul. »Du darfst dir eene aussuchen.«

Paul gab ihm sein Geld und entschied sich für eine große dunkelrote Rose.

Der Rosenverkäufer grinste anzüglich: »Haste wohl 'ne Braut, wa?«

Paul verzog das Gesicht zu einer Grimasse. Was die Leute immer gleich so dachten. Dann begutachtete er die Rose von allen Seiten. Er war sehr zufrieden.

Paul betrat das zweite Hinterhaus. Im Gemeinschaftsklo, das sich im Erdgeschoss befand, machte er sich notdürftig fein. Er rubbelte einen Fleck aus der Hose, steckte das Hemd ordentlich in den Bund und striegelte seine Haare mit Wasser glatt. Dann stellte er sich auf die Zehenspitzen. Der kleine Spiegel über dem Waschbecken hatte nämlich einen Sprung. Wenn Paul ganz normal vor dem Waschbecken stand, ging der Sprung quer über seine Stirn. Wenn er sich dagegen auf die Zehenspitzen stellte, sah es so aus, als hätte Paul einen Schmiss auf der Wange. So wie die Studenten aus den schlagenden Verbindungen, die miteinander Fechtkämpfe austrugen. Falkes Cousin zum Beispiel, der hatte so einen Schmiss. Paul lächelte seinem Spiegelbild zu und setzte dann schnell einen ernsten, würdevollen Gesichtsausdruck auf. Er fand, dass ihm so ein Schmiss ausgesprochen gut stand. Er freute sich schon darauf, wenn er ein paar Zentimeter größer war. Dann konnte er ganz lässig vor dem Waschbecken posieren und der Sprung war automatisch an der richtigen Stelle.

Paul riss sich von seinem Spiegelbild los. Die Kämpfe würden schon noch kommen. Und die Narben, die er dann stolz präsentieren konnte, auch.

Paul sprang die Treppen zum ersten Stock hoch. Während er nach seinem Schlüssel suchte, hörte er leise Klänge von Swing aus der Wohnung. Benny Goodman, schoss es ihm durch den Kopf. Fast ärgerte sich Paul, dass er den Namen des Musikers kannte. Doch der wirklich ärgerliche Name war natürlich der, der ihm als zweiter durch den Kopf ging. Bill. Dass in ihrer Wohnung Swing lief, bedeutete, dass der Ami da war. Das hätte sich Paul ja denken können. Er hatte bloß keine Lust gehabt, daran zu denken. So traf es ihn unvorbereitet. Er konnte nur versuchen, sich die gute Laune nicht verderben zu lassen und Bill so gut es ging zu ignorieren.

Paul schloss die Wohnungstür auf. Seine Mutter kam ihm entgegen. Sie hatte ein luftiges hellblaues Kleid an, wirkte erhitzt und strahlte über beide Wangen, als sie ihn sah.

Paul straffte sich und hielt seiner Mutter feierlich die Rose entgegen. »Alles Gute zu deinem Geburtstag, Mutti!«

Gerührt nahm seine Mutter die Rose in Empfang. Sie roch daran und betrachtete die Blüte von allen Seiten. »Die ist ja wunderschön!«, sagte sie versonnen. »Wo haste die denn aufgetrieben?«

Paul lehnte sich gegen den Türrahmen. »Hab ich organisiert«, sagte er mit weltmännischer Lässigkeit. »Hat mich jede Menge Geld und Schnaps gekostet.«

Seine Mutter gab ihm einen Kuss auf die Stirn. »Ich danke dir, Pauleken, für dein tolles Geschenk!«

Paul räusperte sich. Er war sehr stolz.

»Lass uns Kuchen essen.«

Paul folgte seiner Mutter in die Küche. Von dort kam die Musik, Bill musste einen Plattenspieler mitgebracht haben. Paul gab sich extra Mühe, nicht im Takt der Musik zu gehen.

Am Esstisch saß der Ami. Sichtlich gut gelaunt säbelte er

ein Stück von einem Kuchen ab. Als er Paul erblickte, grinste er.

»Hallo, Paul!«

Bill hatte sich bemüht, Pauls Namen Deutsch auszusprechen, aber es war ihm eher schlecht gelungen. Wie zur Entschuldigung schob er ein besonders breites Grinsen hinterher, sodass Paul auf jede Menge weißer Zähne und viel rosiges Zahnfleisch blicken musste.

Anstelle eines Grußes zog Paul nur die Nase kraus.

»Du auch willst Kuchen, *Buddy*?«

»Käsekuchen mit Zitronenglasur. Äußerst lecker«, ergänzte die Mutter.

Die Zitronenglasur glänzte in einem unnatürlich kräftigen Gelb.

»Sieht giftig aus«, sagte Paul.

Die Mutter lachte. »Die Amerikaner mögen es bunt«, erklärte sie.

Als der Ami ihm ein Stück vor die Nase hielt, roch es so appetitlich, dass Paul hineinbiss. Schnell schlang er einen Bissen hinunter und dann noch einen.

Sein Blick fiel auf die Fensterbank. Dort stand ein üppiger Strauß aus dunkelroten Rosen.

Paul schnappte nach Luft. Dabei verschluckte er sich am Kuchen und musste husten. Kleine Kuchenkrümel regneten auf den Boden.

Pauls Mutter war seinem Blick gefolgt. »Guck mal«, sprach sie hastig. »Guck mal, wie schön! Deine Rose passt hervorragend zu Bills Rosen dazu!«

Pauls Mutter nahm seine Rose und steckte sie einfach in

den Strauß. Sie passte in der Tat so perfekt, dass sie von Bills Rosen nicht mehr zu unterscheiden war.

In Paul breitete sich ein Gefühl aus, das gar nicht zu beschreiben war. Es enthielt Wut und Enttäuschung und – der Geier mochte wissen, was noch. Auf jeden Fall war es zu groß für seinen schmalen Körper, es blähte seinen Bauch, schwoll in seiner Kehle und wollte heraus. Paul öffnete den Mund. Doch dann schloss er ihn wieder, unfähig, etwas zu sagen.

Die Mutter musste an seinem Gesichtsausdruck erkannt haben, dass ihre Aktion alles andere als glücklich gewesen war. Verlegen stand sie in der Küche, rieb den Stoff ihres Kleides zwischen den Fingern und schien fieberhaft zu überlegen, wie sie die Situation retten konnte.

Paul wandte sich von ihr ab und stopfte wie wild Kuchen in sich hinein. Wenn er sich vollfraß, musste das quälende Gefühl ja wohl oder übel aus ihm weichen.

Aus dem Augenwinkel sah Paul, wie der Ami aufstand und seiner Mutter den Arm um die Hüften legte.

»Nicht«, wehrte die Mutter ihn ab.

Bill lachte, kreiste die Hüften, nahm die Hand der Mutter und deutete Tanzbewegungen an. »Johanna, dein Sohn ist nicht doof«, sagte er. »Er wissen, wir sind Paar.«

Paul ließ seinen Blick schnell über das Gesicht der Mutter gleiten. Er hoffte, darin irgendetwas zu lesen, was Bills Aussage widersprach. Die Mutter konnte herrlich spitzbübisch gucken. Paul hätte alles darum gegeben, ein kleines, schalkhaftes Blinken in ihren Augen zu sehen. Nur ein kleines Blitzen, das verriet, dass sie den Ami bloß an der Nase herumführte. Dass sie nur auf seine Gaben scharf war. Doch schon während er seinen Blick auf die Mutter richtete, wusste er, dass er dieses Blitzen nicht finden würde. Und so war es dann auch.

Der Plattenspieler ließ ein neues Lied erklingen. Bill sprintete hin und drehte es lauter. »Hey«, rief er euphorisch, »diese Song wir müssen spielen auf unsere Hochzeit!«

Paul erstarrte. Als hätte der Blitz in seinen Schädel eingeschlagen und alle Funktionen lahmgelegt.

Jetzt war es an Pauls Mutter, den Mund wie ein Karpfen auf- und wieder zuzumachen. »Paul«, fing sie hilflos an. »Also, wir … ich … also, ja …«

Paul vernichtete die Mutter mit seinem Blick.

Sein Kopf war wie mit Watte gefüllt. Er konnte nicht mehr denken, nicht einmal mehr fühlen.

Wie in Trance nahm er wahr, dass der Ami zwei Tafeln Schokolade aus seinem Rucksack zog. »Hier, *Buddy*«, sagte der Ami. »Für dich. Deine Lieblingsschokolade.«

Bill hielt Paul die Schokolade hin. Er lächelte gewinnend. Paul starrte abwechselnd auf Bill und auf die Schokolade. Dann schlug er sie Bill mit voller Wucht aus der Hand.

Verdutzt sah Bill die Mutter an.

»Wie konntest du so damit rausplatzen?«, fuhr die Mutter ihn an. Dann streckte sie den Arm hilflos Richtung Paul aus.

Paul wich ihr aus und ging zur Tür. Verräterin, Verräterin, Verräterin, hämmerte es in seinem Kopf. Er konnte seine Mutter nicht einmal ansehen.

Mit weichen Knien verließ Paul die Küche und stieß die Tür hinter sich zu.

Der Plan

Flehentlich sah Paul das Foto an, das ihn mit seinem Vater vor der Lokomotive zeigte. Doch er fand darin keinen Trost. Als ihn der unsinnige Gedanke durchzuckte, sein Vater habe ihn im Stich gelassen, wandte er sich davon ab.

Er schlug mit der Faust gegen die Wand. Es tat weh, doch Paul zwang sich, noch einmal und noch fester zuzuschlagen. Wenn er sich die Hand brach, würde das seiner Mutter eine Lehre sein! Noch einmal schlug Paul zu. Die Haut über seinen Fingergelenken war bereits aufgeschürft, kleine weiße Fetzen und rote, blutige Punkte bildeten ein hässliches Muster. Paul hielt inne. Es war erbärmlich, sich den eigenen Körper kaputt machen zu wollen. Falke würde das niemals tun. Die schritt mutig voran, den Feind fest im Blick, den Willen zu dessen Zerstörung im Herzen.

Wer war hier der Feind? War es die Mutter? Paul spürte einen Stich. Der Ami war es auf jeden Fall! Paul hatte große Lust, in die Küche zu gehen und diesem Bill seine Fäuste in den Bauch zu rammen. Weiter und immer weiter würde er ihn Richtung Wohnungstür prügeln, bis Bill rückwärts die Treppen hinunterkullerte und schließlich auf dem Treppenabsatz als gekrümmte Wurst liegen blieb. Dann würde Paul ihn den Rest der Treppe hinuntertreten und durch die Haustür in den Hof hinaus-, und Bill würde sich nie wieder bei ihnen blicken lassen.

Paul gab sich noch weiteren Fantasien dieser Art hin, fast hatte er das Gefühl, sie wirklich zu erleben. Nach einer Weile war er so erschöpft, dass er auf seinem Bett ausgestreckt liegen blieb.

Es klopfte an seiner Tür.

Paul schnaubte unwillig, anstatt »Herein« zu rufen.

Dennoch stand seine Mutter kurz darauf in seinem Zimmer. »Bill ist jetzt gegangen«, sagte sie. Sie setzte sich neben Paul auf das Bett.

Paul blickte starr zur Zimmerdecke hin.

»Es tut mir sehr leid«, fing die Mutter zögerlich an. »Du solltest es nicht auf diese Weise erfahren. Bill war wirklich unsensibel, er hat einfach nicht nachgedacht.«

Paul reagierte nicht. Sollte seine Mutter doch ins Leere sprechen.

Die Mutter sah zu der Fotografie hin.

»Ein schönes Bild von euch beiden. Eine schöne Erinnerung«, sagte sie leise.

In Paul kam Bewegung. Er setzte sich halb auf und hielt die Hand vor das Bild. Seine Mutter hatte nicht das Recht, den Vater auch nur anzusehen.

»Was hast du mit deiner Hand gemacht?«, fragte die Mutter, als sie die aufgeschürfte Haut bemerkte. Fürsorglich beugte sie sich nach vorne, um die Verletzung näher zu betrachten, doch Pauls eisiger Blick ließ sie innehalten.

»Du wirst den Ami nicht heiraten!«, sagte Paul. Er konnte den Vater in seiner Handfläche spüren. Das gab ihm Kraft.

»Pauleken …«

»Der Ami ist unser Feind. Und du bist eine miese Verräterin!«

»Das bin ich nicht«, sagte die Mutter mit fester Stimme. »Wir führen dieses Gespräch doch nicht zum ersten Mal. Es ist schlimm, ich weiß, aber wir müssen nun mal davon ausgehen, dass Vati tot ist.«

Pauls Herz pochte wild, sodass er nicht gleich antworten konnte.

»Und wir«, setzte die Mutter hinzu und sah Paul in die Augen, »wir haben genug gelitten, genug gehungert und gefroren, glaubste nicht? Für uns beide muss das Leben doch irgendwie weitergehen.«

Hab ich nicht trotzdem gut für uns gesorgt, wollte Paul fragen. Aber es war ihm zuwider, jetzt mit seinen Erfolgen auf dem Schwarzmarkt zu prahlen. »Vati lebt!«, sagte er stattdessen.

»Du hast gehört, was Fritze Schonack uns erzählt hat«, sagte die Mutter müde. »Wir müssen davon ausgehen, dass …« Sie atmete durch. »… dass Vati in der Schlacht bei Königsberg von einer Granate erwischt wurde. Es ist praktisch unmöglich, dass er das überlebt hat. Das waren Fritzes Worte.«

»Er war sich eben nicht sicher!«, schoss Paul zurück. »Nicht einhundert Prozent.«

Die Mutter hob die Schultern. Was bedeutet das schon, schien ihr Blick zu fragen. Für sie war der Vater tot, das begriff Paul zum ersten Mal so richtig in diesem Moment.

Du Verräterin, dachte er, während er und die Mutter einander schweigend ansahen.

»Dem Erwin haben sie Dreck in die Erbsensuppe gekippt, weil seine Mutter ein Amiflittchen ist.«

»Das ist ja schrecklich«, sagte die Mutter. Sie sah richtig bestürzt aus. »Der arme Junge. Wenn sie dir so was antun wollen, dann …«

»Sie haben recht«, unterbrach Paul.

»Was?« Seine Mutter sah ihn entgeistert an.

Paul holte Luft. Er wusste, was er jetzt sagte, würde seiner Mutter sehr wehtun. Das schmerzte ihn und gab ihm gleichzeitig ein Gefühl wilder Lust. Es war seine Chance, sie fühlen zu lassen, wie es ihm ging.

»Du Amiflittchen!« Er spuckte ihr die Worte geradezu ins Gesicht.

Seine Mutter hob die Hand, um ihm eine runterzuhauen. Doch bevor sie seine Wange erreichte, gelang es ihr, sich zu kontrollieren. Paul konnte ihren Gesichtsausdruck nicht ertragen.

Er drehte sich zur Wand.

»Du weißt ja nicht, was du sagst.«

Paul presste sich enger an die Wand, als wollte er mit ihr verschmelzen.

»Wir reden später darüber«, sagte die Mutter. Ihre Stimme zitterte leicht. »Wenn du wieder vernünftig bist!«

Sie erhob sich und ließ ihn in seinem Zimmer zurück.

Als Paul am nächsten Morgen aufwachte, befand er sich immer noch in einem Zustand, den die Mutter bestimmt nicht als »vernünftig« hätte durchgehen lassen. Er machte seine Zimmertür nur einen Spalt weit und lauschte in die Wohnung hinein. Als er sich sicher war, dass die Mutter im Schlafzimmer war, huschte er schnell in die Küche. Er schnitt sich eine Scheibe Brot ab, bestrich sie dick mit falschem Schmalz, das aus Grieß, Öl und Majoran bestand, und lief dann eilig aus der Wohnung, ohne der Mutter Auf Wiedersehen zu sagen.

Paul war auf dem Weg zur Schule. Es war derselbe Weg, den er schon tausendmal gegangen war, an der Fleischerei Kunze vorbei, an einer langen Häuserzeile und anschließend am Friedhof entlang, dann bei der kleinen Grünfläche ums Eck. Doch Paul war nicht derselbe wie sonst. Sein Körper war bis zum Anschlag mit hilfloser Wut gefüllt. Die Wut hielt die Muskeln über seinen Schulterblättern in schmerzhafter Anspannung und sie hatte sogar Auswirkungen auf seinen Gang. Seine Bewegungen waren normalweise schwungvoll und geschmeidig, jetzt stakste er vollkommen ungelenk den gepflasterten Bürgersteig entlang. Tief im Gedankenstrudel versunken nahm er außerdem seine Umwelt kaum wahr.

Plötzlich stolperte er.

»Kannste nich' aufpassen?«, fuhr ihn eine Stimme an.

Paul drehte sich unwillig um. Am Rande des Bürgersteigs saß ein Mann. Sein Gesicht hatte eine ungesunde Farbe, die ins Bläuliche ging, und war mit Bartstoppeln übersät. Der Mann hatte nur ein Bein. Paul war über seine hölzerne Krücke gestolpert.

»Passen Sie doch selber auf«, gab Paul verärgert zurück. »Was sitzen Sie überhaupt hier rum«, setzte er noch hinterher. Es war nicht seine Art, unhöflich mit Fremden zu reden. Aber im Moment tat es gut, als könnten auf diese Weise wenigstens ein paar kleine Wutbläschen aus seinem Mund entweichen.

»Warum ich hier sitze?«, fragte der Mann und machte eine theatralisch ausladende Armbewegung. Er war offensichtlich betrunken. »Ich sitze hier, weil meine Olle mich rausjeworfen hat. Weil sie jetzt 'nen Ami hat. Jung, jesund und mit den Taschen voller Dollars!«

Paul wurde stocksteif.

»Ja, da guckste, wa?« Der Mann schien dankbar für sein Publikum zu sein. »Vier Jahre war ick im Krieg fürs Vaterland, dit war keen Zuckerschlecken, dit kannste mir aba glooben. Und dann noch mal zwee Jahre bei den Russen im Lager, da wär ick fast verreckt. Nur der Gedanke an meine Katrin hat mich übahaupt weiterleben lassen, der Gedanke an meine Katrin und an den kleenen Horst. Und dann, wie ick endlich nach all die Jahren nach Hause komme, da haut se mir die Tür vor der Nase zu. Einfach so. Weil se jetzt 'n Ami hat. 'n Ami mit zwee jesunde Beene und mit jede Menge Dollars, selbstverfreilich ...« Der Mann rotzte in seinen Ärmel. Dann sah er Paul an. »Junge, was haste denn?«, fragte er erschrocken.

Jetzt erst bemerkte Paul, dass er seine Hand zur Faust geballt hatte. So sehr, dass die Adern hervortraten.

»Nichts«, sagte er heiser. »Ich muss jetzt weiter.«

Paul wandte sich zum Gehen, während der Mann noch Unverständliches vor sich hin brabbelte.

Den restlichen Weg zur Schule lief Paul noch verkrampfter als zuvor. Was, wenn das seinem Vater passierte? Wenn sein Vater aus der Gefangenschaft nach Hause kam und die Mutter war mit dem Ami verheiratet? Paul hatte das Gefühl, nicht mehr klar denken zu können. Aber schwören konnte er noch. Und er schwor sich, dass seinem Vater das nicht passieren würde.

Was die Lehrer in der Schule erzählten, rauschte heute alles an Paul vorbei. Henkelmann, der sich langweilte, hatte öfter versucht, ein flüsterndes Gespräch mit Paul anzufangen, aber Paul hatte jedes Mal abgeblockt. Jetzt saß Henkelmann friedlich neben ihm und zeichnete seine Kaninchen. Henkelmann besaß drei Kaninchen, Theo, Willi und Josefine, die er über alles liebte. Paul beneidete Henkelmann. Der schien völlig versunken in sein Gekritzel zu sein, und sein einziges Problem war, dass ihm Willis Stupsnase nicht recht gelingen wollte.

Pauls Gedankenwelt war unendlich weit davon entfernt. Düster brodelte es ihm, schmerzhaft durchzuckten ihn Hass und das Verlangen nach Gewalt. Wie konnte seine Mutter ihm das antun? Wie konnte sie zulassen, dass der Ami sich in die Familie hineinbohrte wie eine Made in den Speck?

Immer wieder tauchte Hermann der Cherusker aus seinem Buch »Germanische Helden« in Pauls Gedankenwirren auf. Nach und nach wurde Paul immer klarer, dass er sich im Krieg befand. Das kam ihm erst komisch vor, denn es gab ja schon lange keinen Fliegeralarm mehr, sie mussten nicht mehr in den Luftschutzbunker flüchten, es fielen keine Bomben, sie saßen hier friedlich in der Schule, während der Lehrer Rechenaufgaben an die Tafel schrieb. Und dennoch war es so. Für die anderen mochte der Krieg vorbei sein, für Paul hatte er gerade erst begonnen. Und ihm war eine klare Aufgabe in diesem Krieg zugedacht. Er musste den Ami beseitigen. So wie der Vater die deutsche Heimat gegen den Feind verteidigt hatte, war es Pauls heilige Pflicht, die Familie zu schützen. *Pass gut auf Mutti auf*, hallte es in Pauls Ohren. Paul drückte seinen Rücken durch. Er atmete schwer und war zugleich erleichtert. Die Aufgabe war alles andere als einfach, doch dass er wusste, was er zu tun hatte, erfüllte ihn mit neuer Kraft. Hermann der Cherusker. Unbeugsamer Wille und geistige Stärke führten ihn zum Ziel! Pauls Augen waren entschlossen geradeaus gerichtet. Er sah seinen Vater vor sich. Er sah, wie dieser ihn voller Stolz anblickte und ihm einen Orden verlieh.

Paul nahm seinen Bleistift und drückte die Spitze senkrecht aufs Papier, sodass das Grafit splitterte. Mit dem Finger verrieb er es gedankenverloren zu einem dunklen Fleck.

Als Paul nach Hause kam, hörte er die Stimmen von der Mutter und dem Ami aus der Küche, und er roch den Kaffee. »Echter Bohnenkaffee«, sagte die Mutter gerade. »Du kannst dir gar nicht vorstellen, wie ich das vermisst habe, jahrelang.«

»Wir jetzt nicht reden über schlechte Zeit, wir jetzt haben gute Zeit«, antwortete Bill.

»Paul, bist du das?«, rief die Mutter.

Paul kam in die Küche, um einen neutralen Gesichtsausdruck bemüht. Als er sah, wie die Mutter ängstlich in seinem Blick zu lesen versuchte, stieg erneut Wut in ihm hoch. Gerne hätte er auf dem Absatz kehrtgemacht und die Küche wieder verlassen. Aber er blieb stehen.

»Hallo, Paul. Wie es geht dir heute?«, fragte Bill.

»Hallo«, erwiderte Paul, ohne Bill in die Augen zu sehen.

»Setz dich doch«, sagte seine Mutter und rückte schon den Stuhl zurück.

Paul schüttelte den Kopf. »Ich habe Schularbeiten.«

»Und ich …«, sagte Bill und machte eine Kunstpause. »Ich habe Schokolade, *Buddy*.«

Breit lächelte er Paul an. Paul verzog das Gesicht zu einer Grimasse, von der er hoffte, dass der Ami sie als Lächeln verstand. Obwohl er das Gefühl hatte, dass es ihm schlecht gelang, begann Bill, eifrig an seinem Rucksack zu nesteln. Er zog zwei Tafeln hervor.

Paul nahm die Schokolade. »Danke«, sagte er.

Bill lächelte glücklich. »Bitte sehr.« Sein Blick ruhte auf Paul. »Du bist ein *good boy*!«

Paul zog sich schnell aus der Küche zurück.

»Nicht alles auf einmal essen, ja?«, hörte er seine Mutter rufen. In ihrer Stimme schwang Erleichterung mit.

»You see?«, vernahm er Bills Stimme. »Ich mag *kids*. *Kids* das wissen und *kids* mögen mich.«

»Er braucht nur noch etwas Zeit«, antwortete die Mutter.

Paul zog seine Zimmertür hinter sich zu und ließ sich an der Tür entlang in die Hocke sinken. Ein diabolisches Lächeln spannte sich über sein Gesicht.

In Pauls Zimmer gab es nahe dem Fußteil seines Bettes eine Diele, die an einem Ende lose war. Er hatte dies schon vor langer Zeit entdeckt, hatte die Diele abgespreizt und Sand und Lehm aus dem Boden ausgehoben, sodass eine Kuhle entstanden war, die er sein Geheimversteck nannte. Bisher hatte er es nie richtig nutzen können, da er keine geheimen Dinge besaß. Im Moment befand sich ein Sack voller Murmeln darin, die er in zahllosen Schulhofwettkämpfen errungen hatte.

Paul hob die Diele hoch, nahm die Murmeln heraus und legte die Schokoladentafeln hinein. Endlich hatte er ein Geheimnis, das sich zu hüten lohnte.

Jetzt hieß es, geduldig zu sein. Es würde eine ganze Weile dauern, bis er genug Schokolade beisammenhatte, um sie auf dem Schwarzmarkt gegen ein Messer eintauschen zu können. In dieser Zeit musste er den Ami ertragen, ja, er musste sogar gute Miene zum bösen Spiel machen. Aber wirklich nett brauchte er auch nicht zu sein. Sollte sich der Ami halt ein bisschen Mühe geben und Schokolade um Schokolade rausrücken, weil er dachte, so Pauls Freundschaft erkaufen zu können. Der Riesenidiot.

Es klopfte an der Wohnungstür. Das musste Henkelmann sein.

Paul öffnete und blickte in das pausbäckige Gesicht seines Freundes.

Gemeinsam liefen sie Richtung Hauptquartier. »Was warste denn so komisch heute in der Schule?«, wollte Henkelmann von ihm wissen.

Paul zuckte nur mit den Schultern. Es war zu früh, etwas zu verraten, über ungelegte Eier sprach man am besten nicht. Er hatte noch nicht genug Schokolade beisammen, außerdem wusste er nicht, ob es ihm wirklich gelang, ein Kampfmesser zu besorgen. Ede hatte zwar mal geprahlt, er könne alles beschaffen, aber Paul hatte das noch nicht auf die Probe gestellt. Und einen Fremden wollte er nicht nach einer Waffe fragen, sonst verriet der ihn womöglich noch an die Polizei.

»Hotte hat versprochen, dass er 'nen echten Fußball mitbringt«, sagte Henkelmann.

»Das glaube ich erst, wenn ich es sehe«, antwortete Paul.

Ein Fußball wäre natürlich eine feine Sache. Beim Spielen würde er alles andere vergessen.

Unterwegs trafen sie Grille und Wally und kurz vor dem Hauptquartier stieß Falke zu ihnen. Am Kellereingang stand Hotte und wartete bereits auf sie. Er hatte tatsächlich einen Ball unter den Arm geklemmt.

»Donnerwetter«, entfuhr es Henkelmann.

»Lass mal sehen«, sagte Paul.

Lässig ließ Hotte den Ball seinen Arm entlang in den Handteller rollen und hielt ihn vor sie hin.

»Dit sieht ja aus wie 'n Wollknäuel!«, rief Wally lachend.

»Ich geb dir gleich Wollknäuel«, fuhr Hotte sie an. »Den hat mein Onkel gemacht. Er hat ihn aus alten Autoschläuchen gewickelt, aber so richtig gut, der ist ganz fest.« Hotte hieb mit der Faust gegen den Ball, um dessen Stabilität zu demonstrieren.

»Das ist der deutsche Erfindergeist«, lobte Falke.

»Wir haben 'nen echten Ball!« Henkelmann blickte versonnen lächelnd in die Gegend. »Da können sich die anderen aber 'ne Scheibe von abschneiden, die kicken ja immer nur mit ihren blöden Blechdosen herum.« Henkelmann dachte wohl an die kleinen Kinder in ihrem Hinterhof, die beim Blechdosenfußball einen Riesenradau veranstalteten, bis es den Erwachsenen zu bunt wurde. Dann wurde schon mal ein Eimer Schmutzwasser über den spielenden Kindern ausgeleert.

»Ein echtes Schlauchgeknäule haben wir!« Wally konnte es einfach nicht gut sein lassen.

»Dann spielst du eben nicht mit«, entgegnete Hotte patzig.

»Muss sie aber«, sagte Paul. »Sonst geht es zahlenmäßig nicht auf.«

»Hört auf zu reden. Wir müssen einen Platz finden.« Falke marschierte los.

Einen Platz zu finden, war leichter gesagt als getan. Die Trümmerfelder waren viel zu uneben und die öffentlichen Grünflächen wurden fast alle für den Gemüseanbau genutzt. Sie liefen bis in den sowjetischen Sektor hinein. Henkelmann, dessen Angst vor russischen Soldaten noch immer tief saß, hielt sich dicht neben Paul. Endlich fanden sie eine Wiese, die ihren Ansprüchen genügte. Die Mannschaften wurden eingeteilt. Falke, Paul und Wally bildeten eine Mannschaft, die andere bestand aus Hotte, Grille und Henkelmann. Weil keiner Lust hatte, ins Tor zu gehen, beschlossen sie, die Tore einfach sehr klein zu machen. Falke bohrte Äste in die Wiese, um die Tore zu markieren.

Dann ging es los. Um seine guten Lederschuhe zu schonen, rannte Paul barfuß über die Wiese. Dass sich Eichelkappen und trockene Zweige in seine Fußsohlen bohrten, bemerkte er im Eifer kaum. Schnell stellte sich heraus, dass Paul zusammen mit Falke das Feld dominierte. Gekonnt spielten sie sich die Bälle zu, und obwohl Hotte mit seiner ganzen Körpergröße Paul zu decken versuchte, hatte er große Mühe, den Ball abzufangen. Paul war flink und immer auf der Hut.

Hotte ging dazu über, Paul zu schubsen, und so kam er tatsächlich in den Besitz des Balls. Schon wollte er siegesgewiss auf das Tor zu rennen, als Paul blitzschnell zwischen Hottes Beine grätschte und ihm den Ball wieder abjagte. Paul vollführte ein geschicktes Dribbling. »Hier, hier«, schrie Wally, aber Paul passte den Ball zu Falke. Er spürte, wie ihm das verschwitzte Hemd am Rücken klebte, und zog es aus. Henkelmann bemühte sich, Falke anzugreifen, er ging dabei aber so zaghaft vor, dass Falke leichtes Spiel mit ihm hatte. Wally kreischte wieder »Hier, hier«, aber Falke passte zu Paul zurück. »Das ist mir zu blöd«, schrie Wally. Sie trollte sich ins Tor, wo sie sich auf den Boden hockte und so tat, als würde sie einen Grashalm rauchen.

Paul gab einen sauberen Pass Richtung Falke ab, als plötzlich Grille nach vorne stürmte und den Ball in der Mitte abfing. Hotte jubelte. Grille legte einen wahnsinnigen Sprint in Richtung Tor hin. Ihre beiden Zöpfe mit den roten Schleifen flogen wie zwei Drachenschwänze hinter ihr her. »Wally, pass auf!«, rief Falke. Wally stellte sich im Tor auf und fletschte die Zähne. Das half aber nichts. Grille schoss und erzielte ein Tor.

»Sauber gemacht! Bravo!«, schrie Hotte. Grille wischte sich den Schweiß von der Stirn und lächelte scheu.

Von nun an war Hotte ganz versessen darauf, selbst ein Tor zu schießen. Beim nächsten Zweikampf mit Paul trat er ihm brutal gegen das Schienbein und eroberte so den Ball.

»Das war Absicht, du Aas!«, schrie Paul, während er mit beiden Händen sein schmerzendes Bein rieb.

Unbeeindruckt rannte Hotte Richtung Tor. Paul durchzuckte der Gedanke an das Messer. Wenn er es schon hätte und Hotte zwischen die Schulterblätter schleudern könnte … Eilig rief er sich zur Ordnung. Hotte war ein Grobian und ein Stänkerer, aber er gehörte nun mal zu Pauls Bande dazu.

»Wally, aufpassen!«, rief Falke erneut.

Wally schlug vor dem Tor ein Rad und brachte Hotte damit völlig aus dem Konzept. Hotte zielte und schoss daneben.

»Scheiße«, entfuhr es ihm.

»Geschieht dir recht, du Flitzpiepe«, rief Paul.

»Das liegt an dem Scheißball«, verteidigte sich Hotte. »Der eiert! Wenn wir ’nen richtigen Ball hätten, ich hätte den reingemacht. Mit Wums!« Hotte holte aus und deutete einen Meisterschuss an.

Paul lachte.

»Du hast doch deinen Neger!«, sagte Hotte und grinste dreckig. »Frag ihn doch, ob er uns ’nen Ball spendiert.«

»Er ist nicht mein Neger«, schnappte Paul.

»Wir betteln keine Amis an«, sagte Falke scharf.

»Wir nicht. Aber die sind doch eh Volksverräter«, sagte Hotte. »Da kommt es doch nicht drauf an.«

Paul kochte vor Wut. »Ich bin kein Verräter! Und wenn du wüsstest …«, fing er an. Er spürte, wie neugierige Blicke auf ihm ruhten. Zu dumm, dass er sein Geheimnis noch nicht verraten konnte. Aber eigentlich gefiel ihm das sogar. Er wusste etwas, was sie nicht wussten, und das gab ihm ein Gefühl von Macht. »Wenn du wüsstest!«, wiederholte Paul, und dieses Mal sah er Hotte voller Verachtung an. »Und jetzt mach ich dich beim Fußball platt!«

Als Paul nach Hause kam, hing der Kaffeeduft noch in der Luft, aber der Ami war nicht mehr da. Paul ging an den Wasserhahn in der Küche und stürzte zwei Gläser Wasser herunter.

»Ihr habt wohl wild gespielt?«, fragte die Mutter.

»Fußball«, antwortete Paul knapp.

»Weißt du noch …« Die Mutter sah aus dem Fenster. »Mit Vati hast du auch oft Ball gespielt. Im Park.«

Paul sah seine Mutter an. Was sollte das jetzt?

»Und wenn du ein Tor geschossen hast, dann hat er zu deiner Belustigung immer diesen Kopfballtanz aufgeführt.«

»Hör auf!«, sagte Paul.

»Paul …«

»Du sollst nicht über Vati reden. Du nicht!«

»Ich hab deinen Vater auch vermisst«, sagte die Mutter, und es klang etwas grob. »Und ich habe wirklich lange darauf gewartet, dass er zurückkommt.«

Paul schwieg.

»Schau mal, wir haben seit dem Krieg nichts mehr von Vati gehört«, sagte die Mutter. »Kein Brief, keine Nachricht, nichts.«

»Von Hottes Vater kam auch kein Brief und dann stand er plötzlich vor der Tür.« Wobei »stand« im Falle von Herrn Brettschneider nicht ganz das richtige Wort war. Hottes Vater hatte im Krieg beide Beine verloren.

»Du glaubst, dass er tot ist«, sagte Paul. »Aber er lebt. Die brauchen ihn dort in Sibirien. Als Experten nämlich, er baut da Eisenbahnen. Aber irgendwann müssen die Russen ihn trotzdem entlassen und dann kommt er zu uns zurück. Oder er flieht. Er flieht und schlägt sich durch, bis er bei uns ist.«

Den Mund der Mutter umspielte ein leises Lächeln. »Das ist doch schön, Paul. In deinem Herzen wird er immer weiterleben.«

Paul kniff seine Augen zu Schlitzen zusammen. »Warum hast du aufgehört?«

»Mit was denn?«

»Zu hoffen.«

Die Mutter öffnete die Lippen und schloss sie wieder.

»Weil du dir ’nen dreckigen Ami angelacht hast«, stellte Paul mit Bitterkeit fest.

»Nicht in diesem Ton.«

»Ich sag nur die Wahrheit.«

»Es ist viel komplizierter, als du’s verstehst«, begann die Mutter.

»Im Gegenteil«, fiel Paul ihr ins Wort. »Es ist viel leichter. Es ist natürlich viel leichter, einfach die Hoffnung aufzugeben! Aber ich – ich gebe nie auf.«

Paul hatte jedes seiner letzten vier Worte betont. Wie die Pfähle eines Zaunes standen diese Worte zwischen ihm und seiner Mutter aufgereiht. Es enttäuschte und befriedigte Paul gleichermaßen, dass die Mutter darauf nichts zu antworten wusste. Aber sie hielt, wenn auch mit etwas Mühe, seinem Blick stand.

Das Messer

Paul hatte sich einige Wochen gedulden müssen, bis er genug Schokolade beisammen hatte, um damit zu Ede zu gehen. Aber das Warten war ihm nicht besonders schwergefallen. Paul schien es, als hätte ihm das Schicksal eine Aufgabe auferlegt. Wenn er diese erledigt hatte, dann würde sein Vater endlich zurückkommen. Dann musste er einfach zurückkommen, es konnte gar nicht anders sein.

Mit klopfendem Herzen nahm Paul das Messer in Empfang.

»Klinge vierzehn Komma fünf Zentimeter, Solinger Stahl von erster Qualität, Griffschale dreifach vernietet«, rasselte Ede herunter.

Paul zog das Kampfmesser aus dem Futteral. Die Klinge war beidseitig geschliffen. Er ließ sie über seinen Daumen gleiten. Sie war richtig scharf.

Er hielt das Messer vor sich und drehte es begutachtend hin und her. Die Klinge fing einen Sonnenstrahl auf und sandte ein Blitzen aus, sodass Paul schnell die Augen zusammenkneifen musste.

»Ein dolles Ding!«, sagte er.

Ede grinste. »Ich wusste, dass der Kunde zufrieden ist.« Er

sah sich nach allen Seiten um. »Jetzt pack es aber weg, Teufel noch mal.«

Paul steckte das Messer wieder ins Futteral zurück und verbarg es unter seinem Hemd. Da ihm feierlich zumute war, schüttelte er Ede die Hand.

»Ach übrigens«, fiel es Ede ein. »Haste gehört? Für heute ist ein Zug mit Heimkehrern angekündigt.«

»Hab ich noch gar nicht mitbekommen. Danke, Ede!«

Ede lupfte seine Mütze und Paul flitzte los.

Als der Zug einfuhr, stand Paul auf dem Bahnsteig des Anhalter Bahnhofs und hielt eine Fotografie seines Vaters in die Höhe. Es war schon lange her, dass er zusammen mit seiner Mutter hier gestanden hatte. Seit vielen Monaten kam Paul immer allein her. Dieses Mal aber fühlte er sich irgendwie anders als sonst. Er war nicht nur ein Sohn, der auf seinen Vater wartete, er kam sich zugleich wie ein Kamerad des Vaters vor. Das lag wohl am Messer, das er gegen seinen Schenkel gedrückt spüren konnte. Mit einer Schlaufe hatte Paul das Messer an der Innenseite seiner Hose befestigt. Unter seinen ausgebeulten Hosentaschen fiel es gar nicht auf.

Der Zug spuckte eine endlose Reihe abgerissener Gestalten aus. Neben Paul fielen sich eine Frau und ein Mann weinend in die Arme. Der Mann mochte noch jung sein, aber sein hohlwangiges Gesicht erinnerte an einen Totenschädel. Der Heimkehrer herzte das kleine Mädchen, das die Frau auf dem Arm trug. Die Kleine griff ihm neugierig tastend ins schüttere Haar. »Meine Tochter«, stieß der Mann nach mehreren Schluchzern heiser hervor.

Die Heimkehrer strömten an Paul vorbei. Was, wenn sein Vater wirklich darunter war? Dann brauchte er den Ami gar nicht umzubringen. Er würde das Messer seinem Vater übergeben, sein Vater würde den Ami davonjagen, und alles war wieder gut.

Paul schrak auf, als ein Soldat vor ihm stehen blieb und die Fotografie musterte.

»Den kenn ich«, sagte der Soldat.

»Wirklich?«, fragte Paul elektrisiert.

»Ja, klar. Der ist noch im Lager. Aber ihm geht's gut.«

»Das ist mein Vater!« Paul war ganz aufgekratzt.

»Mach dir keine Sorgen. Der wird bestimmt auch bald entlassen.«

»Ist er gesund?«

»Na, den Umständen entsprechend. Aber Witze reißen, das kann er noch. Hat uns damit oft das Lagerelend versüßt, der Georg.«

»Georg? – Mein Vater heißt Werner«, sagte Paul.

Der Soldat runzelte die Stirn. Er betrachtete eingehend die Fotografie.

»Stimmt«, sagte er. »Das ist er ja gar nicht.«

»Kennen Sie vielleicht den Werner Feldmann?«

Der Soldat schüttelte den Kopf. »Tut mir leid, Kleiner.«

Paul spürte, wie alle Kraft seinen Körper verließ. Er musste sich an der Wand anlehnen. Seine Enttäuschung war bodenlos. Der Bahnsteig hatte sich merklich geleert. Nur noch ein paar wenige Heimkehrer humpelten die Plattform entlang. Frauen gingen mit versteinerter Miene Richtung Ausgang.

Was ist los mit dir, schalt Paul sich selbst. Es war nichts weiter passiert außer einer dummen Verwechslung. Das hieß doch nicht, dass sein Vater nicht irgendwann heimkehren würde.

Paul verließ den Bahnhof. Er schlurfte die breiten Straßen entlang, auf denen fröhliche Pärchen flanierten. Selbst die Menschen, die zu Besorgungen eilten, schienen weniger abgespannt als sonst, sichtlich genossen sie den frühsommerlichen Tag. Doch Paul gab die Sonne heute keine Kraft. Mechanisch setzte er ein Bein vor das andere, bei jedem Schritt das Messer an seinem Schenkel spürend, bis er nach einem kilometerlangen Marsch schließlich beim Hauptquartier seiner Bande ankam.

Mit eingezogenem Kopf ging Paul die Stufen des niedrigen, muffigen Kellereingangs hinunter. Er kam in den kahlen Raum, in dem alle außer Falke bereits versammelt waren.

Paul war dankbar, dass niemand groß Notiz von ihm nahm. Henkelmann sah kurz auf, murmelte mit vollem Mund etwas Unverständliches und wandte sich sofort wieder seiner Dose Corned Beef zu. Er löffelte es in sich hinein, als könnte es sich augenblicklich in Luft auflösen. Hotte rief ihm, ohne ihn anzusehen, seinen Standardgruß »Ahoi« entgegen. Grille hatte ihren abwesenden Blick. Wally starrte fasziniert auf Hottes Gesicht. »Du hast Petersilie an der Backe!« Wally wollte sich ausschütten vor Lachen. Sie pflückte Hotte die Petersilie ab und kaute mit gegeneinanderschlagenden Zähnen aufreizend laut darauf herum. Missmutig verpasste ihr Hotte einen Knuff.

Paul ließ sich neben Grille auf einen der mit Stroh gefüllten Säcke fallen. Er schnippte mit den Fingern vor Grilles Gesicht, um sie in die Gegenwart zurückzuholen. Eigentlich hätte das auch jemand bei ihm machen müssen. Aber andererseits tat es ihm ganz wohl, ins Leere zu starren. Der Ruinenkeller bot die geeignete Atmosphäre dazu. Abgesehen von einem Tisch in der Mitte, den Hotte und Henkelmann schief gezimmert hatten, und den Strohsäcken, auf denen sie saßen, war der Raum leer. An den unverputzten Steinwänden hing nur ein vergilbtes Plakat. »Vorsicht bei Gesprächen – Feind hört mit!« stand darauf. Falke hatte es aus einem zerstörten Luftschutzbunker gerettet.

»Schling doch nicht so«, sagte Grille zu Henkelmann.

Henkelmann würgte einen großen Bissen hinunter. »Bevor Falke kommt. Was ich im Magen hab, hab ich im Magen«, sprach er und löffelte energisch weiter.

Hotte stand auf und ging zu einem Eisenträger hin, dessen Mittelteil frei in der Luft hing, da an dieser Stelle ein Stück der Decke heruntergebrochen war. Hotte baute sich davor auf, dehnte seine Muskeln, dann hängte er sich an den Träger und machte Klimmzüge. Zwischendurch schielte er zu Grille rüber, ob sie ihm zusah. Was sie nicht tat. Hotte begann, seine Klimmzüge mit einem Stöhnen zu untermalen. Sein Blick verfinsterte sich, weil es ihm dennoch nicht gelang, Grilles Aufmerksamkeit zu erregen.

An einem anderen Tag hätte Hottes Misserfolg Paul Genugtuung verschafft, heute war es ihm egal.

Wally gähnte. Sie nahm einen Kohlenkrümel und kritzelte damit auf ihren Beinen herum.

Falke betrat den Keller. »Kameraden«, sagte sie. »Alle versammelt? Gut.«

Henkelmann versuchte schnell, seine Büchse in einer dunklen Ecke zu verstecken. Sie machte ein schepperndes Geräusch.

Falke runzelte die Stirn, sagte aber nichts.

»Henkelmann frisst Ami-Fraß!«, petzte Wally. Sie beobachtete gespannt Falkes Gesicht und war enttäuscht, dass dies unbewegt blieb. Wally sprang auf und stolzierte auf Zehenspitzen vor ihnen auf und ab, als würde sie auf hochhackigen Schuhen laufen. Ihre Fußsohlen waren so schwarz, dass es fast so aussah, als würde sie Lackschuhe tragen. Man konnte jetzt erkennen, dass sich Wally mit dem Kohlenkrümel »Nähte« auf die Beine gemalt hatte.

»Schaut mal, ich trage Nylonstrümpfe«, rief Wally. »Ich bin nämlich ein Amiflittchen!«

»Das ist nichts Positives«, rügte Falke. »Ein Amiflittchen ist kein Vorbild!«

»Vorbild!« Wally lachte. »Ick bin doch keen Vorbild!« Sie stellte sich an die Wand. »Ick bin eene Verräterin. Ihr könnt mich jetzt abknallen!« Wally setzte einen sehr ernsten Gesichtsausdruck auf, als hätte ihr letztes Stündlein geschlagen.

»Ratta-tatta-tatta-tat!« Hotte ließ eine gespielte Maschinengewehrsalve auf Wally los. Mit einem spitzen Schrei sackte Wally in sich zusammen und blieb auf dem schmutzigen Kellerboden liegen.

»Hört mit den Albernheiten auf. Sofort!«, befahl Falke. Sie blickte Wally so scharf an, dass diese sich tatsächlich aufsetzte, mit der Zunge über ihre flache Hand leckte und die falschen Nähte wegzurubbeln begann.

Falke sah Paul an. Ihre Miene verdüsterte sich. »Was guckst du so traurig? Nimm gefälligst Haltung an! Ja, es ist schlimm, was deine Mutter treibt. Aber das darf dich nicht aus der Bahn werfen. Hauptsache, du weißt, wo du stehst und wem deine Treue gilt!«

Paul hatte plötzlich Mühe, seine Tränen zurückzuhalten. »Es ist nicht deswegen«, sagte er. »Es ist wegen meinem Vater.« Er schluckte. »Ich war heute am Bahnhof und hab einen Heimkehrer getroffen. Der hat mir gesagt, dass er meinen Vater kennt.«

Alle sahen Paul gespannt an.

»Aber dann war's nur 'ne Verwechslung«, schloss er mit belegter Stimme.

Henkelmann legte Paul tröstend die Hand auf die Schulter. Grille sah ihn mitleidig an.

»Sieh's doch endlich ein«, sagte Hotte. »Dein Vater ist tot.«

»Was weißt du schon!«, entgegnete Paul heftig. »Mein Vater ist ein Held! Er kommt bestimmt zurück.«

Hotte hielt sich mit einer Hand am Eisenträger fest und ließ seinen Körper lässig nach vorne baumeln. »Schon mal was von Heldentod gehört?«, fragte er spöttisch.

Paul schwieg. Es hatte ja keinen Sinn, mit den anderen darüber zu reden.

Hotte ließ den Träger los und ging auf Paul zu.

»Dein Vater ist tot«, wiederholte er. »Oder er ist eins von diesen Wracks – wie mein Alter. Werd endlich erwachsen, du Baby!«

Paul stand auf. »Du nennst mich nicht Baby!« Hitze flutete seinen Körper. Ohne Hotte aus den Augen zu lassen, griff er in seine Hose, nestelte das Futteral auf und zog mit einem Ruck das Messer hervor. Er hielt es Hotte vors Gesicht.

Hotte wurde bleich und wich unwillkürlich einen Schritt zurück.

»Wo hast du das denn her?« Henkelmann stand der Mund offen.

»Nimm das Messer weg«, sagte Hotte, der sich wieder halbwegs gefasst hatte.

Paul grinste. »Nicht übel, oder?« Er hielt das Messer Falke hin.

Falke nahm das Messer und begutachtete es. »Ein richtiger Grabendolch!«, sagte sie bewundernd.

Paul atmete ein, drückte die Brust raus und dann ließ er die Bombe platzen. »Damit bring ich den Ami um.«

Alle starrten Paul an. Dann ging ein Strahlen über Falkes Gesicht. »Wirklich?«, fragte sie.

Paul nickte feierlich.

»So viel Schneid hätte ich dir gar nicht zugetraut«, sagte Falke.

»Noch hat er nichts gemacht«, warf Hotte ein.

Aber Falke war nicht zu bremsen. »Das deutsche Volk ist noch nicht am Boden. Der Widerstand lebt und schlägt erbarmungslos zurück!«, schwärmte sie.

Falke legte Paul eine Hand auf die Schulter. Paul spürte, wie er unter dieser Berührung gute drei Zentimeter wuchs. Er würde Falke gewiss nicht enttäuschen!

»Du willst den Ami abstechen?«, kreischte Wally. »Knorke! Hier, so mitten rin in die Plauze und dann quillen die Gedärme so raus und der Eiter und ganz, ganz viel Blut ...«

Henkelmann begann zu würgen. Er kämpfte dagegen an, hustete, blies die Backen auf, doch es half alles nichts. Ein großer Schwall Corned Beef kam aus seinem Mund geschossen.

»Siehst du wohl«, sagte Falke. »Die Amerikaner haben das Zeug vergiftet.«

Henkelmann erschrak und würgte gleich noch mehr.

Grille stützte Henkelmanns Oberkörper, während er sich erbrach. »Keine Angst«, sagte sie leise. »Es ist bestimmt nur, weil du so geschlungen hast.« Grille strich Henkelmann das schweißnasse Haar aus dem Gesicht.

»Du bist wirklich ein Engel«, sagte Hotte zu Grille. Dann wandte er sich angeekelt ab und spuckte aus. »Die GIs – das ist doch alles eine Schweinebande! Jetzt haben wir den Salat. In unserem eigenen Hauptquartier!«

»Iiieh pfui gack!« Empört kniff sich Wally die Nase zu. Zugleich beobachtete sie den sich krümmenden und windenden Henkelmann fasziniert.

Es war ein Glück, dass der Keller mehrere kleine Fenster hatte. Die Scheiben waren geborsten, sodass etwas Luft hineinströmte. Sonst wäre der Gestank wohl unerträglich gewesen.

Henkelmanns rebellischer Magen fand allmählich wieder zur Ruhe. Henkelmann tat noch einen Rülpser und blickte dann beschämt zu Boden.

Grille sah sich suchend im Keller um. Sie entdeckte einen alten Lappen und breitete ihn über das Erbrochene. »Ich mach das später weg«, tröstete sie Henkelmann.

»So eine Schweinebande«, wiederholte Hotte.

»Wärst du jetzt fast krepiert?«, fragte Wally Henkelmann mit gierigem Blick.

»Übertreib mal nicht«, sagte Henkelmann matt.

Man sah Wally an, dass es in ihr brodelte. Sie begann, mit der flachen Hand auf dem Boden zu trommeln. »Wir bringen den Ami um! Wir bringen den Ami um!«

Falke fiel sofort ein und brachte Wallys unregelmäßiges Getrommel in einen stampfenden Rhythmus. Augenblicklich fing auch Paul an, zu trommeln und zu skandieren. Hotte schloss sich dem Hassgesang ebenfalls an.

»Wir bringen den Ami um! Wir bringen den Ami um!«

Nach kurzer Zeit fühlte Paul sich wie im Rausch. Wie Karussellfahren war das, aber durch die Gemeinschaft beinahe noch schöner. Auffordernd sah Paul zu Henkelmann hin. Etwas zögerlich patschte Henkelmann schließlich mit seinen knubbeligen Händen im Takt, sein Mund blieb jedoch stumm.

Grille saß steif da. Kaum merklich schüttelte sie den Kopf. Sie sagte etwas zu Paul, was im allgemeinen Gebrüll aber nicht zu verstehen war.

Schließlich hielt Falke inne. Trommelei und Gesang verebbten.

»Was ist los mit dir?« Falke nahm Grille scharf ins Visier.

Grille zwirbelte verlegen die Spitze ihres linken Zopfes in der Hand.

»Ich hab Paul nur gefragt …« Sie stockte. »Ich hab nur gefragt: ›Was hat dir der Ami eigentlich getan?‹«

»Na, hör mal«, begann Paul. Es war sonnenklar, was der Ami ihm angetan hatte. Es war so klar, dass es deutliche Worte dafür geben musste. Komisch, dass er diese Worte auf die Schnelle nicht fand.

Falke sprang ihm bei. »Du als Allererste«, sprach sie zu

Grille, und ihre Stimme hatte einen ruhigen und zugleich drohenden Unterton. »Du als Allererste hast ja wohl allen Grund, die Amerikaner zu hassen. Dein Vater wurde in der Normandie getötet, hinterrücks von so einem feigen Schwein! Und deine Mutter wäre noch am Leben, wenn die Amis nicht oberfeige ihre Bomben auf Berlin geschmissen hätten!«

Grille sah nicht ganz überzeugt aus. Aber sie schwieg.

»Deine Eltern – dein heldenhafter Vater und deine Mutter, sie dürsten nach Rache!« Falkes Augen bekamen einen fanatischen Glanz.

»Meine Eltern«, sagte Grille leise, »dürsten nach gar nichts mehr. Sie sind tot.«

»Ich hab dich aus Mitleid in die Bande aufgenommen. Weil du dabei warst, vor Kummer zu vergehen. Und jetzt kommst du daher mit so einem undankbaren, zersetzenden Geschwätz!«, brauste Falke auf.

Grille sah zerknirscht zu Boden.

»Schhhh …«,, machte Hotte. Er legte einen Arm um Grille. »Die Kleene hat viel mitgemacht.« Hotte strich Grille zärtlich über das Haar. Diese ließ es mit abwesendem Blick geschehen.

»Mein Vater lebt«, stellte Paul klar. »Und er würde wollen, dass ich den Ami töte!«

Falke lächelte Paul an. »Komm mit«, sagte sie.

Grille fasste Paul am Arm. »Du wirst ihn nicht wirklich umbringen, oder?«, fragte sie mit zaghafter Stimme. »Ich glaube, das wäre nicht recht.«

Paul würdigte Grille keines Blickes. Er lief Falke hinterher zum Kellerausgang.

»He«, schrie Wally. »Wir wollten doch was spielen.«

»Das könnt ihr auch alleine«, sagte Falke.

Sie stiegen die Stufen hinauf und traten ins Sonnenlicht. Paul musste seinen Blick gegen die unerwartete Helligkeit abschirmen. Für einen kurzen Moment wurde ihm leicht schwindelig. Er stolperte über die Trümmer, um zu Falke aufzuschließen.

»Wir gehen zu mir«, beschloss Falke.

Mit zackigem Schritt liefen sie die Straße entlang.

»Dir traue ich das zu«, sagte Falke mit einem Seitenblick auf Paul. »Du bist nicht so ein Schwätzer wie der Hotte zum Beispiel.«

»Der Hotte. Pah!«

»Seit Jahr und Tag erzählt er, dass er zur See fahren will. Und was macht er? Arbeitet immer noch für die GIs als Küchenmaid.« Falke verzog verächtlich das Gesicht. »Und dann denkt er, es sei Widerstand, wenn er den Soldaten ab und zu in die Suppe rotzt.«

Paul grinste. »Küchenmaid« war, so fand er, eine wirklich schöne Bezeichnung für den angeberischen Muskelprotz.

Sie erreichten das Vorderhaus und stiegen zwei Stockwerke hoch. Falke schloss die Wohnungstür auf und führte Paul hinein.

Paul, der Falkes Wohnung noch nie betreten hatte, blickte sich neugierig um.

»Unser Salon«, sagte Falke.

Paul war beeindruckt. Dicke Tapeten, in welche Blumenornamente gestanzt waren, schmückten die Wände. Kommoden standen auf spindeldürren Beinen. In einer Vitrine waren edle Glaswaren ausgestellt, eine mächtige Standuhr flankierte den Durchgang zur Küche. Über einem Sofa aus rotem Samt, das an einer Seite ein hohes Kopfteil hatte und an der anderen Seite flach auslief, hing ein Ölgemälde in einem vergoldeten Rahmen. Es zeigte eine Treibjagd mit geifernden Hunden und mit Jägern hoch zu Ross. Orientalische Teppiche lagen auf den Dielen.

Der Salon musste einst riesig gewesen sein. Jetzt aber lief zu Pauls linker Seite eine Abtrennung aus Brettern quer durch den Raum. Hinter der hölzernen Wand war Stimmengewirr zu hören und kurz darauf fing auch noch ein Baby an zu schreien. Das mussten die Ostflüchtlinge sein. Falke hatte der Bande davon erzählt.

Frau von Falkenstein trat aus der Küche. Sie sah ihrer Tochter sehr ähnlich, nur war sie schmaler gebaut und ein wenig größer als Falke. Ihre herben Gesichtszüge hatten etwas Maskenartiges.

»Guten Tag, Frau von Falkenstein«, grüßte Paul verlegen. Falkes Mutter stand wie immer sehr aufrecht, beinahe wie eine zweite Standuhr. Paul hatte das unbestimmte Gefühl, ein Eindringling in ihrem Reich zu sein.

»Guten Tag, Paul.« Frau von Falkenstein nickte ihm zu. Sie massierte ihre Schläfen und blickte vorwurfsvoll in Richtung Babygeschrei.

»Deine Mutter«, sagte Frau von Falkenstein, während sie ein vertrocknetes Blatt von einem Veilchen zupfte, »hat, wie man hört, einen neuen ›Freund‹.«

Paul presste die Lippen aufeinander.

»Du willst nicht über die Schande sprechen. Da hast du ja recht.«

In diesem Moment kam eine ärmlich gekleidete Frau aus der

Küche. Sie trug ein Tablett mit Geschirr quer durch den Salon und verschwand im Bretterverschlag. Der Frau folgte ein etwa siebenjähriges Mädchen, das mühsam eine Suppenschüssel balancierte, die so groß wie sein ganzer Oberkörper war. Das Kleid des Mädchens war behelfsmäßig zusammengebastelt worden. Das Oberteil schien aus einem gestreiften Männerhemd entstanden zu sein, der Rock war aus grüner Fallschirmseide. Das Mädchen sah neugierig zu Paul hin. Dabei stolperte es. Die Suppenschüssel knallte auf den Boden, zersprang und eine dünne Brühe ergoss sich über die Dielen.

Frau von Falkenstein rang stumm um Fassung.

Das Mädchen sah sie entsetzt an und rannte dann schnell hinter die Bretterwand.

»Kannst du nicht aufpassen? Die Dielen sind empfindlich!« Falkes Mutter rollte eilig einen Teppich aus der Gefahrenzone.

Ein Junge erschien mit einem Eimer und einem Lappen in der Hand. »Bitte vielmals um Verzeihung, Frau von Falkenstein.« Der Junge sprach mit unverkennbar schlesischem Akzent. Er machte sich daran, das Malheur zu beseitigen.

Frau von Falkenstein sah aus, als würde sie das Missgeschick in tausend Jahren nicht verzeihen.

»Komm«, sagte Falke zu Paul. »Wir gehen in mein Zimmer.«

Falke zog die Tür hinter sich zu. Sie seufzte. »Seit wir die Ostflüchtlinge einquartiert bekommen haben, ist Mutter ständig mit den Nerven am Ende.« Falke sog Luft durch die Nase ein. »Aber ich denke, wir Deutschen müssen zusammenhalten. Auch wenn es ein Opfer bedeutet.«

Paul nickte.

Falke trat vor eine große Bücherwand und suchte die Reihen ab. »Hier«, sagte sie schließlich und zog ein Buch hervor. »Nahkampftechniken. Da stehen auch viele gute Dinge zum Messerangriff drin.«

Falke schlug das Buch auf und blätterte darin herum. Es enthielt wenig Text, dafür jede Menge Zeichnungen. Ein breitschultriger blonder Mann brachte auf verschiedene Arten einen anderen Mann zur Strecke. Der andere Mann war unförmig, gekrümmt, hatte eine fliehende Stirn und Glubschaugen. Die Darstellung erinnerte Paul stark an die Schautafel vom »Untermenschen«, die er vor einigen Jahren in der Schule gezeigt bekommen hatte. Mittlerweile wurde ihnen ja beigebracht, dass es so etwas wie Untermenschen gar nicht gab. Paul wusste nicht so recht. Das Bild damals war auf jeden Fall eindrücklich gewesen.

»Sieh hier«, sagte Falke. »Wenn du das Herz treffen willst, musst du so ansetzen.« Falke hielt ihm die entsprechende Zeichnung vor die Nase. »Aber eigentlich ist das für Fortgeschrittene. Zumal du's ja wohl im Dunkeln machen willst?«

Darüber hatte sich Paul noch gar keine Gedanken gemacht. Aber wenn Falke das vorschlug, war es bestimmt der richtige Weg. Also nickte er.

Falke blätterte weiter durchs Buch. Die Kampfstellungen, Messerstiche und Bajonetthiebe tanzten vor Pauls Augen auf und ab. Wie Daumenkino war das.

»Hier.« Falke hielt erneut inne. »Ich empfehle das hier. Kehle durch, mit einem schönen, sauberen Schnitt!«

Wieder nickte Paul.

Falke drückte ihm das Buch in die Hand. »Ich leih es dir

aus. Wenn du Hilfe brauchst, kannst du jederzeit zu mir kommen.«

»Ich schaff das alleine«, sagte Paul. Er freute sich darüber, wie selbstsicher es klang.

»Du bist ein guter Kamerad. Wenn ich dich sehe, glaube ich daran, dass nicht alles umsonst war. Der harte Kampf, der Tod meines Vaters und meiner beiden Brüder, die Nächte, in denen mir die Bomben um die Ohren gepfiffen sind ...«

Falke wurde dadurch unterbrochen, dass ihre Mutter im Salon zu keifen begann. Worte wie »undankbar« und »Schmarotzer« waren zu hören.

Schnell verabschiedete sich Paul von Falke und ging nach Hause. Er brannte darauf, die Angriffstechniken auszuprobieren. Paul zog seinen großen Stoffhund Wotan unter dem Bett hervor und setzte ihn aufs oberste Regalbrett. Der Hundekörper befand sich damit ungefähr auf derselben Höhe, auf der sich auch der Oberkörper des Amis befand, wenn dieser stand.

Bei seinen ersten Versuchen, Wotan mit angedeuteten Messerstichen zu traktieren, irritierten Paul die sanften, treuen Augen seines langjährigen Gefährten. Paul schnitt aus Papier zwei Kreise aus und klebte sie mit Spucke über die Augen. So konnte es gehen.

Während Paul verschiedene Stiche ausprobierte, musste er an seinen Vater denken. Wie viele Feinde der Vater wohl in Russland zu Fall gebracht hatte? Paul übte das Messerstechen, bis er erschöpft ins Bett fiel.

In der Nacht träumte Paul wild. Von allen Seiten kamen Feinde auf ihn eingestürmt. Wer sie waren, konnte Paul nicht erkennen, sie schienen ihre Gestalt nach Belieben zu verändern. Paul verteidigte sich mit aller Kraft, wild hieb er mit seinem Messer um sich und stach einen Feind nach dem anderen nieder. Aber für jeden getroffenen Feind tauchte eine Legion neuer Feinde aus dem Nichts auf. Außerdem standen erstochene Feinde plötzlich wieder auf und griffen mit rachsüchtigem Grinsen nach Pauls Kehle.

Paul, der sich halb bewusst war, dass er träumte, versuchte, sich aus den Tiefen des Traumes herauszukämpfen. Nach mehrmaligem kurzem Erwachen und erneutem Abgleiten in den Horror gelang es ihm schließlich, richtig wach zu werden. Verschwitzt und leicht benommen lag er auf dem Rücken in seinem Bett. Er hatte Angst davor, wieder einzuschlafen, weil er fürchtete, dass die Feinde wiederkamen und noch grausiger und blutrünstiger waren als zuvor.

Paul setzte sich auf, angelte nach Wotan und nahm ihn zu sich unter die Decke. Nur ganz kurz, dachte Paul, denn es war ihm peinlich. Er war ja nun wirklich kein Kind mehr. Paul dachte an Falke. Unvorstellbar, dass sie sich an ein Stofftier kuschelte. Wotan war aber so flauschig, warm und weich, dass der Schlaf Paul übermannte, während er den Hund noch in seinen Armen hielt.

Im Grünen

Gemeinsam suchten Paul und Henkelmann die Trümmer nach Kräutern ab. Löwenzahn landete im Körbchen, Huflattich und Spitzwegerich. Das Grünzeug war für Henkelmanns Kaninchen bestimmt.

Paul legte einen fetten Löwenzahn in den Korb. »Es reicht langsam, oder?«, fragte er. Ihm tat bereits der Rücken weh.

»Noch ein bisschen«, spornte Henkelmann ihn an.

Viel einfacher hätten sie das Grünzeug natürlich in den Parzellen hinter ihrem Haus besorgen können. Aber das hätte Klauen bedeutet. Löwenzahn wurde von den Besitzern der Parzellen zu Salat verarbeitet, aus Spitzwegerich und Huflattich wurde Hustensirup hergestellt. Nach dem strengen letzten Winter litten nicht wenige an chronischem Husten. Zum Beispiel die hagere Frau Müller, die über Paul wohnte und ihn mit ihrem heiseren Gebelle manchmal sogar aus dem Schlaf riss.

Henkelmann tat jedenfalls gut daran, die Bewohner des Hauses nicht zu bestehlen. Schließlich war er darauf angewiesen, dass sie seine Kaninchen verschonten. Henkelmann hielt die Kaninchen im angebauten Schuppen hinter dem Haus, zu dem auch die anderen Bewohner Zugang hatten. Ursprünglich hatte sich Henkelmann die Kaninchen angeschafft, um sie zu mästen und zu essen. Aber schnell waren sie ihm ans Herz gewachsen. Das ganze Haus wusste, wie heiß und innig Henkelmann seine Kaninchen liebte. Selbst in den schlimmsten Hungerzeiten waren die Tiere allen »heilig« gewesen, niemand hatte sich an ihnen vergriffen.

»Es reicht«, befand nun auch Henkelmann.

Sie marschierten mit ihrer Beute zum Haus zurück und betraten den Anbau.

Theo, Willi und Josefine hoppelten fröhlich in ihrem Stall umher. Auf diesen Stall war Paul besonders stolz, denn der war seine Erfindung. Paul hatte in einem ausgebombten Haus Gitterroste von Kinderbetten entdeckt und mithilfe von Henkelmanns älterem Bruder hatten sie daraus einen richtig tollen Stall gezimmert.

Henkelmann schob die Abdeckung herunter und nahm den lustig schwarz-weiß gefleckten Willi auf den Arm.

Paul hob die hellbraune Josefine und den schwarzen Theo aus dem Stall. Er hielt den beiden jeweils ein Blatt Löwenzahn hin und sah zu, wie sie es in sich hineinmümmelten. Theo gewann das Wettessen gegen Josefine. Beim zweiten Löwenzahnblatt war er sogar doppelt so schnell.

»Schling nicht so, sonst kommt alles wieder raus«, sagte Paul zu Theo und warf Henkelmann einen Seitenblick zu.

»Erinner mich nicht daran«, stöhnte Henkelmann. »Hier, Willi, nur für dich. Wilde Möhre, sehr schmackhaft.«

Willi knabberte die dünne Möhre. Henkelmann fuhr sich sehnsüchtig mit der Zunge über die Lippen.

»Du willst sie Willi wohl streitig machen«, meinte Paul grinsend.

»Quatsch«, sagte Henkelmann empört. »Meine Karnickel bekommen von mir nur das Beste.«

»Brot würde ihnen bestimmt auch gut schmecken«, triezte Paul seinen Freund.

Henkelmann ging nicht darauf ein.

Paul kraulte Josefine. »Der Henkelmann wollte euch früher mal fressen«, flüsterte er ihr ins Ohr.

»Hätt ich nie gemacht!«

»So was würde ja auch nur ein hundsgemeiner Mistkerl tun«, stellte Paul fest und gab Josefine einen Kuss hinter ihre Löffel.

Sie fütterten und streichelten, bis alle Kräuter in den Kaninchenmägen verschwunden waren.

»Jetzt die körperliche Ertüchtigung«, sagte Paul. Er nahm eine Harke von der Wand und hielt den Stiel knapp über dem Boden. Willi sprang mit einem großen Satz darüber. Josefine zeigte sich uninteressiert, flitzte aber energiegeladen im ganzen Anbau umher. Theo schnüffelte die Stange an.

»Der ist wie du, der würde sogar ’nen Besen fressen!«

»Heute redeste echt nur Blödsinn.«

Paul atmete durch. Er überlegte kurz, dann stellte er die Frage einfach. »Was denkst DU eigentlich darüber?«

»Worüber?«

Paul senkte die Stimme. »Dass ich den Ami umbringen will.«

Henkelmann sah Paul erschrocken an. »Also, na ja, ich, also …«

»Was denn nun?«

»Ich weiß, die Amis sind unsere Feinde«, begann Henkelmann.

»Er bringt Schande über uns! Er entehrt meine Mutter, er entehrt meinen Vater!«, fiel Paul Henkelmann ins Wort.

»Ja, ich weiß.«

Paul wartete. Kam da jetzt noch was?

Henkelmann setzte tatsächlich noch mal an. »Aber muss das wirklich sein? Ich finde den Bill eigentlich ganz nett.«

Es war nicht so, dass ihn Henkelmanns Antwort ernsthaft überraschte. Paul war jedoch davon überrascht, wie brennend die Wut in ihm hochstieg.

»Ich bin ihm ein paarmal im Treppenhaus begegnet«, sagte Henkelmann, ohne Paul anzusehen. »Er hat mir immer Schokolade zugesteckt.«

»Das darf ja wohl nicht wahr sein! Du denkst immer nur ans Fressen. Keinen Funken Ehre im Leib, du verfettetes, verweichlichtes Kleinkind, du!«, explodierte Paul.

Henkelmann sah ihn entsetzt an.

»Ich betrachte das als Verrat«, sagte Paul.

Henkelmann schossen die Tränen in die Augen.

»Aber …«

»Halt bloß die Schnauze.«

»Aber …«

»Halt die Schnauze, du Verräter!«

Henkelmann schluchzte auf. Paul beschloss, kein Mitleid mit ihm zu haben. Er hatte sich immer um Henkelmann gekümmert, und der ließ ihn jetzt, wo es drauf ankam, schmählich im Stich.

»Ich bin kein …«

»Bist du wohl! Du Ami-Freund, du feiger Überläufer!«

Plötzlich brüllte Henkelmann los, offenbar entschlossen, sich von Paul nicht wieder unterbrechen zu lassen. »Deine Mutter mag den Bill, also muss er ja irgendwie in Ordnung sein!«

Das musste sich Paul gar nicht anhören. Er ließ den Verräter einfach stehen und stürmte davon.

Es dauerte mehr als eine Stunde, bis Paul sich wieder halbwegs beruhigt hatte. Er versuchte, Henkelmann zu verzeihen. Immerhin war dieser sein bester Freund und er wollte ihn nicht verlieren. Dass Henkelmann kein Soldat war, das wusste er ja. Henkelmann war eben feige. Obwohl, so feige war er auch wieder nicht, wenn Paul an die vielen gemeinsamen Abenteuer dachte. Deshalb war es unverständlich und eigentlich auch unverzeihlich, dass er jetzt nicht an seiner Seite war. Henkelmann musste ja gar nichts tun. Ein bisschen moralischen Rückhalt geben, aber das war wohl schon zu viel verlangt. Andererseits hatte er dafür Falke. Falke wusste, wo es langging, er musste einfach nur ihr folgen und sie stolz machen. Mit Henkelmann konnte man andere Dinge tun, Kaninchen füttern, in den Ruinen herumklettern und Lehrer ärgern. Aber würde ihre Freundschaft unter diesen Umständen wirklich noch dieselbe sein?

»Paul?« Die Mutter klopfte an seine Zimmertür.

»Ja.«

Die Mutter trat ein. »Du siehst ja ganz zerzaust aus.« Sie fuhr ihm über das Haar.

»Was willst du?«

»Bill wartet draußen mit dem Jeep auf uns. Wir wollen einen Ausflug machen. Mal raus aus der Stadt, ins Grüne, frische Luft schnappen.«

»Ich komme nicht mit.«

»Du kommst mit.«

»Vergiss es!«

Die Mutter seufzte. »Paul, ich versteh dich ja. Du bist mit allem überfordert. Das tut mir ehrlich leid.«

Paul verschränkte die Arme vor der Brust.

»Aber«, fuhr die Mutter energisch fort, »du kommst jetzt mit. Ich habe mich für Bill entschieden und du gibst ihm eine Chance. Oder du verscherzt es dir mit mir.«

Paul spürte einen diffusen Schmerz. Er stampfte mit dem Fuß auf, ging dann aber zur Garderobe, um seine Lokführermütze aufzusetzen. Die Hände in den Hosentaschen vergraben, folgte er der Mutter. Die ignorierte seine schlechte Laune und schwenkte vergnügt ihren Korb, der mit Picknicksachen beladen war.

Sie traten aus dem Torbogen. Auf der anderen Straßenseite hatte der Ami geparkt. Er stand gegen den Jeep gelehnt und grinste übertrieben breit. Paul musste sich regelrecht dazu zwingen, über die Straße zu gehen. Zu allem Überfluss kam in diesem Moment Frau von Falkenstein aus dem Haus. Sie hatte Falke im Schlepptau.

Die Mutter umarmte Bill völlig ungeniert. Frau von Falkenstein spuckte aus, als sie an ihnen vorüberlief. Die Mutter konnte es nicht sehen, aber sie versteifte sich in Bills Armen, als sie das Geräusch hörte. Der Ami presste sie fester an sich, als wollte er sie erdrücken. Paul sah beschämt zu Boden und tötete mit seinem Blick einen schwarzen Käfer, der im Rinnstein krabbelte.

Als er aufblickte, hatte sich Falke zu ihm umgedreht. Sie machte eine rasche Handbewegung, die Paul sofort erkannte. »Kehle durch« bedeutete sie. Paul wiederholte ihr Zeichen. Falke und er sahen sich verschwörerisch an.

»Alle ein-s-t-eigen«, artikulierte der Ami mühsam.

Paul kletterte in den Jeep.

Ein paar Kinder kamen angerannt, die Hände bettelnd ausgestreckt. Bill warf ihnen eine Handvoll Bonbons zu, dann fuhren sie los.

Paul nahm die Lokführermütze ab und ließ sich den Fahrtwind durch die Haare streichen.

Als sich seine Mutter zu ihm umdrehte, legte er demonstrativ den Kopf in den Nacken und betrachtete die Wolken. So hielt er es für den Rest der Fahrt. Er achtete nicht auf die Wohnblöcke, die beidseitig an ihm vorbeizogen, erst recht ignorierte er das Reden und Lachen, das von den Vordersitzen kam.

Paul wunderte sich, dass ihm beim Wolkengucken gar nicht langweilig wurde. Selbst nachdem sie schon lange gefahren waren, legte sich das Wolkenband noch immer wie ein angenehmer Schleier auf seine Gedanken. Und die unterschiedlichen Gebilde und Formationen erfreuten ihn. Es sollte überall Wolken geben, die an einem vorüberzogen. Im Klassenzimmer zum Beispiel. Oder wenn er sich in der Zinkwanne baden und schrubben musste.

Irgendwo hielten sie schließlich an. Paul blickte auf eine riesige Wiese, auf der alte Eichen standen. Hinter der Wiese begann der Wald, links in der Ferne sah man ein paar geduckte Häuser aus rotem Backstein.

»Wie idyllisch«, sagte die Mutter, während Bill ihr beim Aussteigen half.

Sie trabten ein ganzes Stück über die Wiese, bis die Mutter einen Ort fand, der ihr geeignet schien. Sie breitete die Decke aus und holte Brote und Obst aus dem Korb.

Paul wollte sein Brot nehmen und damit spazieren gehen, doch die Mutter verlangte, dass er sich setzte. Der Blick aus ihren dunkelblauen Augen hielt ihn wie im Schraubstock gefangen.

Paul ließ sich in den Schneidersitz fallen. Er aß sein Brot und versuchte, zu kauen wie die Kaninchen.

»Es ist so friedlich hier«, seufzte die Mutter voller Behagen. »Keine Menschen.«

Der Ami kraulte sie im Nacken. »Deutsche Menschen nicht so schlecht«, sagte er. »In Amerika ich hatte viel mehr Probleme wegen mein dunkle Haut.«

»Du bist immer so positiv. Davon könnten sich andere ruhig mal ’ne Scheibe abschneiden.« Das galt Paul.

»Wenn ich dich störe, kann ich ja gehen«, murmelte er.

Ob mich das stört, fragt wieder keiner, dachte er böse, während sich die Mutter an Bill schmiegte und dieser ihre Hüfte zu kneten begann.

»Es ist manchmal nicht leicht für mich«, gab die Mutter zu. »Die vielen Blicke. Die Verachtung, der Neid. Aber an deiner Seite fühle ich mich stark.«

»Und jung und schön, ich hoffe. So du bist durch meine Augen, Johanna.«

Die beiden legten ihre Stirn aneinander und sahen dadurch wie komisch zweifarbige siamesische Zwillinge aus.

Paul verzog das Gesicht.

»He, Paul«, wandte sich Bill an ihn. »Ich kann gut Tierestimmen. Du willst raten?«

Bill ahmte einen Vogelruf nach.

Paul zuckte abschätzig die Schultern. »Ich bin aus Berlin.«

Bill nickte und dachte nach. »Dann du kennst Tiere aus Zoo.«

Er blies seine Backen auf, deutete mit den Armen einen Rüssel an und ließ ein lautes »*Töröööö*« vernehmen.

Die Mutter lachte.

Paul verdrehte seine Augen. Er war dreizehn, nicht drei.

»Paul kann sehr schön pfeifen«, sagte die Mutter.

Bill sah sie fragend an.

»Äh, pfeifen, das ist… Paul, mach doch mal«, forderte sie ihn auf.

»Ich bin nicht euer dressierter Affe.«

Das Stichwort »Affe« veranlasste Bill, Affenlaute auszustoßen, wild mit den Armen zu schlenkern und sich überall zu kratzen. Es war so peinlich, wie sich der Ami bemühte, witzig zu sein.

»Hoffentlich ist das nicht ansteckend«, murmelte Paul boshaft.

Die Mutter sah Paul warnend an. »Mach so weiter und wir kennen uns nicht mehr«, zischte sie.

Um sich selbst davon abzuhalten, so weiterzumachen, fing Paul nun doch an zu pfeifen. Außerdem war ihm ein gutes Lied eingefallen.

»Stopp!«, sagte die Mutter. »Hör sofort auf.«

»Hey, das ist gut!«, rief der Ami.

Die Mutter schüttelte den Kopf. »Das ist ein Nazi-Lied!«

»Nazi – Scheiße. Diese Lied – gut. *Go on*, Paul!«

Paul grinste seine Mutter gespielt hilflos an. Der Wunsch des Amis musste ihm ja wohl Befehl sein.

Er fuhr fort, »Uns're Fahne flattert uns voran« zu pfeifen, was in der »Hitlerjugend« sein Lieblingslied gewesen war. In Gedanken sang er den erhebenden Text. Bill war eingefallen und trommelte auf seinen Schenkeln den Rhythmus dazu. »Du bist super, *Buddy*!«, rief Bill begeistert.

Paul wurde ganz heiß. Kein Wunder, die Situation war mehr als absurd.

Schließlich wurde es seiner Mutter zu viel. »Schon gut, es reicht«, sagte sie. »Du darfst spielen gehen.«

Paul stand sofort auf. »Na endlich«, erwiderte er.

Während er in zackigen Schritten davonmarschierte, hörte er den Ami noch etwas von großem Talent sagen. Du Riesenaffe, du Schoko-Idiot, dachte Paul.

Er pfiff ein weiteres »Hitlerjugend«-Lied vor sich hin. Wenn er sein Messer jetzt in Bills Rücken schleuderte, würde er dieses Picknick-Geturtel hübsch aufstören.

Der Gedanke gefiel ihm. Zugleich spürte er, dass er gerade nicht in der Lage wäre, sein Attentat auszuführen. Aber das beunruhigte ihn nicht.

Falke hatte recht, so etwas war ja auch nicht fürs helle Tageslicht gedacht, so etwas machte man in der Nacht, wenn die Stimmung eine ganz andere war.

Paul streifte durch das hohe Gras. Er fing ein paar Heupferdchen und ließ sie wieder frei. Bald begann er, sich zu langweilen. Aber er hatte ja das Messer bei sich.

Paul vergewisserte sich, dass er außer Sichtweite von der Mutter und dem Ami war, und zog sein Messer hervor. Vielleicht konnte er etwas schnitzen. Am Waldrand entdeckte er einen Haselstrauch. Die Ruten der Hasel waren hart, gleichzeitig flexibel und damit sehr geeignet, um daraus einen Bogen zu bauen. Paul fantasierte, dass er mit seinem Bogen aus einer Ruine heraus schoss. Sein Pfeil durchschnitt die Luft über den Trümmerfeldern und flog viel weiter als der Stein von Falkes Schleuder.

Paul trennte sich einen Zweig ab und begann zu schnitzen. Schnell merkte er jedoch, dass er für diese Tätigkeit zu unruhig war. Ab und an drang das helle Lachen seiner Mutter zu ihm hinüber. Natürlich konnte er weiter von den beiden weggehen, aber er ahnte, dass die innere Unruhe bleiben würde. Außerdem machte es nicht viel Sinn, einen Bogen zu bauen. Sein Messer war ohnehin tausendmal besser als Falkes Schleuder.

Paul ließ den Zweig fallen und stapfte nervös hin und her. Er schleuderte sein Messer gegen eine Eiche. Es prallte ab und fiel zu Boden. Aber es musste möglich sein, das Messer so zu schleudern, dass es stecken blieb. Paul erinnerte sich, dass er mal einen Schulkameraden gehabt hatte, der das konnte. Er hatte ihn sehr bewundert.

Paul versuchte es noch einmal. Er stellte sich aufrecht hin, kniff das linke Auge zusammen, um die Ausrichtung des Messers zu prüfen, und schleuderte es mit aller Wucht, zu der er fähig war. Wieder prallte das Messer mit der Längsseite ab, anstatt sich mit der Spitze in den Stamm zu bohren. Paul versuchte es ein drittes und ein viertes Mal und wurde zunehmend frustrierter. Der kleine Schulkamerad von damals, der noch nicht mal zehn Jahre alt gewesen war, hatte das gekonnt, und ihm wollte es nicht gelingen.

Paul hörte etwas plätschern. Er fuhr herum. Einige Meter entfernt stand Bill hinter den Büschen und erleichterte sich.

Das Messer lag auf dem Boden. Paul musste sich blitzschnell entscheiden. Wenn er es liegen ließ, entdeckte der Ami es vielleicht nicht. Doch sein Instinkt sagte ihm, dass er es an sich nehmen sollte. Also bückte er sich eilig, hob es auf und wollte es in seiner Hose verstecken. Aber zu spät. Der Ami hatte ihn gesehen und kam auf ihn zu.

»Du hast große Messer«, stellte Bill fest.

Na und, ist das verboten?, wollte Paul aufmucken. Aber natürlich war es verboten. Als die Besiegten durften die Deutschen keine Waffen tragen.

Bill streckte seine Hand aus. Wollte er es ihm wegnehmen?

»Du kriegst mein Messer nicht!«

»Ich nur will sehen.«

Paul blickte den Ami misstrauisch an.

»Du sagst es nicht meiner Mutter, oder?«

Bill legte den Finger an die Lippen, um sein Schweigen zu signalisieren.

»Darf ich?«

Paul zögerte. Aber er durfte den Ami nicht gegen sich aufbringen, jetzt da er sein Geheimnis kannte. Widerstrebend reichte er ihm das Messer.

Bill ließ prüfend seinen Finger über die Klinge gleiten. Paul musste daran denken, wie er das Messer zum ersten Mal in der Hand gehalten hatte.

»Gute Qualität«, sagte Bill anerkennend.

Paul wippte ungeduldig mit dem Fuß. Bekam er nun endlich sein Messer zurück?

»Paul, es gibt eine Trick.«

»Hä?«

»Eine Trick für Messerwerfen.«

Paul schoss die Röte ins Gesicht. Offenbar hatte der Ami ihn beobachtet.

Bill machte ein paar Schritte vor und zurück, um die richtige Entfernung zum Baum zu prüfen. Paul war versucht, wieder die Augen zu rollen. Was für ein Theater.

Dann holte der Ami aus und warf das Messer. Während Paul das Messer wie einen Speer gerade nach vorne geschleudert hatte, machte der Ami eine bogenförmige Armbewegung. Das Messer drehte sich in der Luft und blieb zitternd im Stamm stecken. Pauls Augen wurden groß.

Bill holte das Messer zurück und reichte es Paul. »Du versuchen.«

»Später.«

»Nein. Jetzt. Ich zeige.«

Als der Ami Paul berührte, zuckte Paul zusammen. Aber er leistete keinen Widerstand, als Bill seinen Arm führte, um ihm die richtige Drehung zu zeigen. Er ließ sich auch erklären, wie er das Messer halten und an welcher Stelle er es loslassen sollte.

Paul machte ein paar Trockenübungen, dann schleuderte er das Messer. Das Messer steckte nicht.

Bill sah ihn aufmunternd an. »Kein Problem. Das war sehr gut.«

Paul war anderer Meinung. Aber plötzlich packte ihn der Ehrgeiz. Er holte das Messer und warf erneut. Das Messer drehte elegante Pirouetten in der Luft, und Paul wusste, dass es dieses Mal klappen würde.

Als es tatsächlich stecken blieb, konnte Paul einen Jubelschrei nicht unterdrücken.

Bill war ganz aus dem Häuschen. *»Wow. Great!«* Er klopfte Paul auf die Schulter. Dann holte er ihm das Messer. »Hier. Du üben. Ich muss zu deine Mutter.«

Paul warf das Messer. Wieder steckte es. Die sommerliche Luft um ihn herum schien von Freude erfüllt. Paul atmete sie ein, sie lockte seine Mundwinkel nach oben, strömte durch seinen Körper und machte seinen Brustkorb frei und weit.

Paul stellte sich erneut in Position. Er hielt inne. Bei aller Freude war es notwendig, seine Position klarzumachen. Paul sah in die Richtung, in der Bill verschwunden war. »Ich hasse dich trotzdem«, sagte er durch die Zähne gepresst.

Paul schleuderte das Messer mit Wucht. Vielleicht mit zu viel Wucht, denn diesmal steckte das Messer nicht.

Paul knurrte und ging die Waffe holen.

Superman

Paul hatte sein dickes Mathebuch aufs oberste Regalbrett gestellt. Er ging so weit auf Abstand, wie es in dem kleinen Zimmer möglich war, und schleuderte sein Messer. Das Messer steckte im Buch. Paul grinste.

»Paul, Abendessen!«

Paul zog das Messer heraus und deponierte es im Versteck unter den Dielen. Er kam in die Küche, wo seine Mutter und Bill bereits am Tisch saßen. Das Kraut duftete würzig, die Kartoffeln dampften. Paul haute rein.

»Schmeckt's dir?«, fragte die Mutter lächelnd.

Paul nickte kauend.

»Paul, kannst du geben bitte die Salz?«, fragte Bill.

»Klar.« Paul griff hinter sich auf die Anrichte, nahm den Salzstreuer und ließ ihn schwungvoll über den Tisch zu Bill schliddern.

Bill fing ihn geschickt auf.

Die Mutter sah erfreut von Paul zu Bill, dann wieder zu Paul. »Es war ein schöner Ausflug heute«, sagte sie versonnen. »Du hast sogar etwas Farbe bekommen.« Sie strich Paul übers Haar.

»Achtung, Paul.« Bill hielt den Salzstreuer im Anschlag. Er schubste ihn so an, dass der Streuer Drehungen vollführte, während er über den Tisch zu Paul glitt. Dabei zwinkerte Bill Paul zu. Genau wie das Messer, wie unser Geheimnis, schien sein Zwinkern zu sagen.

Das schmeckte Paul nicht. Er wollte kein gemeinsames Geheimnis mit dem Ami haben. Aber er hatte ja immer noch ein Geheimnis, von dem der Ami nichts wusste. Mit einer zackigen Bewegung spießte Paul eine Kartoffel auf die Gabel und verschlang diese gierig.

Es dauerte allerdings nicht lange, bis Paul der Appetit wieder verging. Die Art, wie Bill und die Mutter einander ansahen, war ekelerregend. Als die Mutter dann auch noch anfing, Bill mit Kartoffelstückchen zu füttern, und der Ami ungeniert sein Bein an ihrem rieb, keimte in Paul ein schlimmer Verdacht.

Er stand auf, ging in den Flur und machte sich an Bills Rucksack zu schaffen. Tatsächlich. Im Rucksack befanden sich ein Pyjama und ein kleiner Beutel mit Zahnbürste, Seife und Rasierzeug. Der Ami wollte heute also bei ihnen übernachten.

Paul schlug das Herz bis zum Hals. Vor Empörung konnte er kaum noch atmen. Seine Mutter wollte den Ami mit in ihr Bett nehmen! In ihr Bett und das Bett seines Vaters! Dreckige Schimpfworte schossen Paul durch den Kopf. Ohne zu wissen, was er eigentlich tat, nahm er die Zahnbürste aus dem Beutel und tauchte sie in einen Eimer mit schmierigem Putzwasser, der in der Ecke stand.

»In dein Zimmer, sofort!«

Die Mutter war in den Flur getreten.

Paul stand wie angewurzelt da. Er schnippte mit der Zahnbürste, sodass Tropfen vom Schmutzwasser das Gesicht der Mutter besprenkelten.

»In dein Zimmer!« Die Mutter schrie jetzt.

Paul schrie auch. »Der Ami schläft hier nicht.«

Bill kam in den Flur. »Was los hier?«

Bills Blick fiel auf die mit bräunlichen Schlieren überzogene Zahnbürste. Er runzelte die Stirn.

Die Mutter riss Paul die Zahnbürste aus der Hand. »Es tut mir leid«, sagte sie zu Bill. Ihre Stimme zitterte leicht. »Aber ich hab das im Griff.«

Ihren eigenen Worten zum Trotz blickte sie verschämt und ängstlich zu Bill hoch.

Paul hätte ihr diesen Ausdruck am liebsten aus dem Gesicht geprügelt.

Bill legte den Arm um die Mutter. Er sah Paul an.

Paul gab sich keine Mühe, die Wut in seinen Augen zu verbergen.

Bill nickte langsam. »Vielleicht ist zu früh«, sagte er. »Ich schlafe in Kaserne.« Er griff nach seinem Rucksack.

»Blödsinn«, sagte die Mutter heftig. »Paul hat Stubenarrest. Er wird uns nicht stören.« Noch nie hatte ihn die Mutter derart drohend angesehen.

»Johanna. Paul ist nicht kleines Kind mehr.«

»Genau!«, rief Paul.

Die Mutter schnaubte. »Er benimmt sich wie eins!«

Bill suchte nach Worten. »Ist nicht leicht für Junge. Ich bin ein zweite Mann in Haus.«

Erstaunt legte Paul die Stirn in Falten. Konnte es sein, dass der dämliche Ami ihn irgendwie verstand?

»Ist ja rührend«, sagte die Mutter nur und fixierte Paul. »In dein Zimmer oder muss ich dir Beine machen?«

»Ich bin mit Henkelmann verabredet!« Das war gelogen. Allein der Gedanke an Henkelmann versetzte Paul einen Stich. Aber er wollte den Stubenarrest nicht völlig kampflos hinnehmen.

»Und wenn du 'ne Audienz beim Papst hättest!«

Paul gab noch einige Widerworte, doch die Mutter blieb unerbittlich.

Dann sparte er sich seine Kräfte eben für den eigentlichen Kampf. Am Ende würde er gewinnen. Paul schlurfte zur Küche.

»Ohne Abendessen!«

Paul drehte ab, schlurfte zu seinem Zimmer und zog mit trotzigem Gesicht die Tür hinter sich zu.

»Ich kann Paul verstehen«, hörte er Bills Stimme durch die Tür.

Paul schlug mit der Faust gegen die Wand. Was für eine verkehrte Welt! Die Mutter und er verstanden sich für keinen Pfifferling mehr. Paul dachte an seinen Vater. Wenn er nur hier wäre. Wenn die Welt nur wieder in Ordnung wäre.

Paul zog sein Lokführer-Armaturenbrett unter dem Bett hervor. Es war an der Zeit, mal wieder nach Sibirien zu fahren. *»Tuut tuut!«*, machte Paul, drehte ein Ventil auf und riss krachend einen Hebel herum.

Paul konnte hören, wie die Mutter und Bill in der Küche miteinander redeten. Er versuchte, es auszublenden und sich ganz auf das Bedienen der Knöpfe und Schalter zu konzentrieren. Aber es gelang ihm schlecht. Wie blinde Passagiere saßen die Mutter und der Ami in seinen Gedanken und fuhren mit.

Es dauerte nicht lange und Paul gab auf. Er verstaute das Brett wieder unter dem Bett und ging zum Bücherregal. Aber er fand kein Buch, von dem er glaubte, dass es ihn jetzt erfolgreich ablenken könnte. Paul begann zu pfeifen. In maximaler Lautstärke schmetterte er ein Nazi-Kampflied vor sich hin. Er fragte sich, wann die Mutter wohl zur Tür hereingeplatzt kam. Das passierte jedoch nicht. Pauls Lippen verzogen sich zu einem schiefen Grinsen. Was konnte die Mutter denn auch tun? Stubenarrest hatte er ja schon.

Die Mutter aber tat etwas anderes. Sie schaltete den Plattenspieler an. Swing ertönte.

Paul hielt sich die Hände über die Ohren und pfiff stur ein weiteres Lied aus dem reichhaltigen »Hitlerjugend«-Repertoire.

Nach einer Weile wurde es Paul zu blöd. Das durfte ja nicht wahr sein, dass er hier in seinem Zimmer eingesperrt war, und nicht nur das, mit zugehaltenen Ohren saß er verkrümmt da, auf das Format eines armen Würstchens zusammengeschrumpft.

Er stand auf, reckte sich und öffnete das Fenster einen Spalt. Milde Luft strömte herein. Sie roch nach Großstadt und nach Abenteuer. Paul schob das Fenster weiter hoch. Es quietschte. In diesem Moment fiel ihm auf, dass die Swingmusik ausgesetzt hatte. Mist. Hoffentlich hatten sie ihn nicht gehört.

Paul hielt inne. Als niemand kam, setzte er einen Fuß aufs Fensterbrett.

Es klopfte und dann stand Bill im Zimmer.

Paul zog sein zweites Bein hoch.

»Das ist nicht gute Idee«, sagte Bill. »Jetzt ist Sperrstunde.«

»Na und?«

Paul war verärgert, weil er nicht wusste, was er jetzt tun sollte. Natürlich konnte er schnell abhauen, aber der Ami würde es seiner Mutter verraten, und die Konsequenzen würden unangenehm sein.

»Sehr gefährlich. Bleib hier!«

Paul sprang vom Fensterbrett ins Zimmer zurück und baute sich vor Bill auf. »Du hast mir gar nichts zu sagen!«

Bill legte Paul eine Hand auf die Schulter, Paul schüttelte sie ab.

»Paul. Hier in die Nähe, vor paar Tage, deutscher Junge in Sperrstunde ist erschossen von GI! GI gedacht, Junge hat Waffe, GI nervös, geschossen, Junge tot!«

Paul zuckte unwillig mit den Schultern. »Na und? Ich hab keine Angst.«

Um das zu beweisen, setzte Paul an, wieder aus dem Fenster zu klettern. Ihm war jetzt schon alles egal. Der Ami durfte auf keinen Fall glauben, dass er ihm Angst einjagen konnte.

Bill packte Paul am Arm und Paul war von der Festigkeit seines Griffes überrascht.

»Du bleiben hier!« Bill sprach schnell, die Worte purzelten chaotisch aus seinem Mund. »Du nur denken für dich, du nicht deine Mutter denken, deine Mutter alles gemacht, dafür, du überleben Hunger und Not, du undankbar, sie verliert dich, deine Mutter traurig wie Tod!«

Wieso, dachte Paul bockig, vielleicht interessiert sie das gar nicht, sie hat ja jetzt dich. Aber das sagte er nicht. Diese Blöße gab er sich vor dem Ami nicht.

Unschlüssig stand Paul in seinem Zimmer.

»Warte kurz«, sagte Bill.

Er ging in den Flur und Paul hörte ihn in seinem Rucksack herumkramen.

»Alles in Ordnung?«, rief die Mutter aus dem Schlafzimmer.

»Alles gut«, antwortete der Ami.

Bill kam mit einem Stapel Hefte zurück. »Hier, Paul. Wenn du bist langweilig.«

»Ich bin nicht langweilig.«

»Was?«

Herablassend korrigierte Paul: »Es heißt: ›Wenn du Langeweile hast.‹«

»Okay.« Bill drückte Paul den Stapel Hefte in die Hand. Es schien sich um sogenannte Comics zu handeln. Paul hatte solche Hefte schon mal bei Hans, seinem ehemaligen Kumpel mit den Verbindungen zur US-Army, durchgeblättert. Ganz amüsant hatte er es damals gefunden, obwohl es doch eigentlich albern und kindisch war.

»Du kennst Superman? Ist großartig, ich verspreche. Also: Wenn du bist Langeweile …«

Paul verdrehte die Augen.

»Wieder falsch?«

»Ist schon gut. Und jetzt verzieh dich.« Paul deutete auf die Tür.

Bill nickte. Er sah zum offenen Fenster hin und legte verschwörerisch einen Finger auf seine Lippen.

Es war doch zum Mäusemelken. Schon wieder hatte er ein Geheimnis mit dem Ami. »Danke«, brummte Paul knapp.

Bill deutete grinsend eine leichte Verbeugung an und zog sich zurück.

Paul feuerte den Stapel Comics in die Ecke. Dabei flatterte

ein Heft auf. Bunte Bilder wurden sichtbar. Sie zeigten einen Mann, der mit einem roten Umhang durch die Lüfte flog und einen mit Erz beladenen Zug verfolgte.

Ein Eisenbahnabenteuer, schoss es Paul durch den Kopf.

Na und. Er guckte weg.

Dann wieder hin.

Einmal kurz reinsehen konnte ja nicht schaden.

Dabei blieb es allerdings nicht. Nachdem er sich ein paar Seiten angeschaut hatte, musste er unbedingt wissen, was Superman als Nächstes tat und wie er die Schurken besiegen würde. Es wurde dunkel und Paul las immer noch. Statt des Deckenlichtes zündete er seine Karbidlampe an, deren Schein war nämlich im Flur nicht zu sehen. Das war gut so, denn Bill litt offenbar unter einer schwachen Blase. Alle paar Stunden durchquerte er den Flur, um auf die Toilette zu gehen.

Paul lag ungestört unter seiner kuschlig weichen Bettdecke und las gebannt die ganze Nacht.

Während Herr Kienhorn die Klasse wieder mit Geschichten von Anton und dem Kurfürsten traktierte, hatte Paul einen Superman-Comic auf den Knien aufgeschlagen und las ihn versteckt unter seinem Pult.

Irgendwann bemerkte er, dass Henkelmann mit hineinzulinsen versuchte. Paul drehte den Kopf ein paar Millimeter in Richtung Henkelmann, Henkelmann zuckte zusammen und sah sofort stur geradeaus. Pauls Magen machte eine komische wellenartige Bewegung. Henkelmann und er hatten heute noch nicht ein Wort miteinander gewechselt, nicht einmal »Hallo« hatten sie sich gesagt.

Paul seufzte. Er sehnte sich danach, diesen unnatürlichen Zustand zu beenden. »Es tut mir leid wegen gestern«, flüsterte er Henkelmann zu. »Ich hab's nicht so gemeint.«

Henkelmann sah augenblicklich total erleichtert aus.

Paul wartete, dass auch Henkelmann sich entschuldigte, aber das passierte nicht.

»Du bist mein bester Freund«, flüsterte Henkelmann stattdessen.

Und damit war ja im Grunde auch alles gesagt.

Paul schob den Superman-Comic rüber, sodass er jetzt zur Hälfte auf Henkelmanns linkem und zur anderen Hälfte auf seinem rechten Schenkel lag. Gemeinsam versanken Paul und Henkelmann in der Lektüre.

Auch nach der Schule hielt Paul das Superman-Fieber weiter gepackt. Obwohl er hungrig war, ging Paul nicht nach Hause, sondern in die Trümmer, um Superman zu spielen. Gern hätte er mit Henkelmann zusammen gespielt, doch der musste seine kleinen Geschwister hüten.

Paul steuerte eine Ruine an. Er erinnerte sich, dort mal ein zerschlissenes rotes Tischtuch gesehen zu haben. Damals hatte er dem Stofffetzen keine weitere Beachtung geschenkt, doch jetzt konnte er ihn als Superman-Umhang gebrauchen. Die Ruine war seit Pauls letztem Besuch gehörig geplündert worden, aber das Tischtuch lag noch, dick eingestaubt, in einer Ecke. Paul klopfte es ab und band es vor der Brust zusammen. Er sprang aus dem Fenster und rannte mit ausladenden, schnellen Schritten über die Trümmer. Das Tuch wehte wie eine Flagge in seinem Rücken. Es fühlte sich fast so an, als ob er fliegen würde. Außerdem war Paul davon überzeugt, dass er mit seiner Lokführermütze und dem Umhang sehr verwegen aussah.

Paul blickte sich nach allen Seiten um. Wartete irgendwo ein Abenteuer? Gab es jemand, der die Hilfe eines Superhelden benötigte? Im Moment schien das nicht der Fall zu sein. Dafür entdeckte Paul etwas anderes. Unter einem Gesteinsbrocken klemmte eine große Kohlenschaufel. Die brachte Paul auf eine Idee. Der hölzerne Stiel war mehrfach gesplittert, aber den brauchte er sowieso nicht. Er zog die Schaufel unter dem Stein hervor, rüttelte den zerfransten Stumpf des Stiels aus der Fassung und warf ihn fort. Dann lief er mit dem Schaufelblech einen Trümmerhügel hinauf. Oben angekommen stellte er sich mit beiden Beinen auf das Blech. Er stieß sich ab und glitt auf dem Blech den Hügel hinunter. Das war toll, das war wirklich wie fliegen! Paul rutschte wieder und wieder. Manchmal flog er tatsächlich, auf die Schnauze nämlich, aber das tat dem Spaß keinen Abbruch.

Irgendwann wurde es Paul dennoch zu eintönig. Er ließ das Blech liegen und lief weiter zwischen den Ruinen herum. Vielleicht wartete hinter der nächsten Ecke das Abenteuer. Oder hinter der übernächsten.

Plötzlich war es Paul, als ob er ein leises Stöhnen hörte. Er blieb stehen und lauschte. Ja, da war es wieder.

Er lief in Richtung des Geräuschs und kam zu einer Trümmerlandschaft, über der ein dichter Staubschleier in der Luft hing. Offenbar hatte es einen frischen Einsturz gegeben.

Und dann sah Paul die Frau, die unter den Trümmern begraben lag. Er erkannte sie wieder. Es war die Frau mit dem gelben Kopftuch, die ihn vor nicht allzu langer Zeit gewarnt hatte, er solle nicht in den Trümmern herumstreunen.

Paul lief zu der Frau hin. Sie schien kaum bei Bewusstsein zu sein. Ihre Beine waren unter einem Eisenträger eingeklemmt, auf welchem zudem ein Gesteinsbrocken lastete.

»Halten Sie durch!«, rief Paul.

Die Frau stöhnte.

Paul stemmte sich mit dem Rücken und mit all seiner Kraft gegen den Gesteinsbrocken. Zunächst bewegte er sich nicht, doch dann tat es einen kleinen Ruck, und der Brocken rollte vom Träger herunter.

Jetzt musste Paul nur noch den Träger hochheben. Doch das war leichter gesagt als getan. Der Träger war lang und irrsinnig schwer. Sosehr Paul auch seine Armmuskeln anspannte, der Träger ließ sich von ihm nicht heben. Nach ein paar Versuchen gab er auf.

Paul sah zu der Frau hin. Ihr Mund stand verzerrt offen, ihr Gesicht war aschfahl, die Augenlider flatterten. Ihre Verletzungen mussten schlimm und ihre Schmerzen unvorstellbar sein.

Fieberhaft dachte Paul nach. Die eine Seite des Trägers stand ein wenig in die Luft. Er konnte sich die Hebelwirkung zunutze machen! Paul setzte sich aufs äußerste Ende des Trägers. Dank der Belastung durch sein Körpergewicht bewegte sich das Trägerende ein wenig nach unten und das andere Ende, unter welchem die Beine der Frau eingeklemmt waren, ging etwas hoch. Ein paar Zentimeter nur, aber das musste reichen.

»He«, rief Paul. »Ziehen Sie Ihre Beine raus!«

Die Frau reagierte nicht.

Pauls Herz begann zu rasen. Was sollte er jetzt tun?

Da sah er, wie die Frau sich zuckend bewegte. Langsam und unter schwerem Stöhnen gelang es ihr, die Beine unter dem Träger hervorzuziehen. Dann kippte ihr Kopf zur Seite.

Paul lief zur nächsten Straße hin.

»Hilfe«, schrie er. »Wir brauchen Hilfe!«

Die Passanten sahen Paul erstaunt an.

»Was ist denn los?«, fragte einer.

Ein Rettungswagen kam die Straße entlang. Paul riss seinen Arm in die Höhe und gestikulierte wild, um den Wagen zu stoppen.

Der Rettungswagen hielt. Aufgeregt schilderte Paul, was los war. Die Sanitäter sprangen aus dem Wagen, holten eine Trage aus dem Heck und eilten zu der Frau.

Paul beobachtete, wie die Sanitäter sie vorsichtig hochhoben und auf die Trage legten. Ihre beiden Beine waren gebrochen, das rechte Bein blutete stark.

Die Frau sah Paul in die Augen und bewegte die Lippen. Er konnte nur erahnen, dass es »Danke« heißen sollte.

Ein Polizist war hinzugetreten.

»Du hast sie gefunden?«, fragte er.

Paul nickte. »Und ich hab den Eisenträger hochgehebelt.«

»Das ist eine großartige Leistung, Junge«, sagte der Polizist. »Du hast ihr wohl das Leben gerettet.«

Erst langsam kam es Paul zu Bewusstsein, dass das wahrscheinlich der Fall war. Donnerwetter, dachte er.

Der Polizist kramte in seinen Hosentaschen. Er zog ein Feuerzeug hervor. »Hier. Als kleine Anerkennung.«

Paul nahm das Feuerzeug mit leuchtenden Augen in Empfang. »Super! Danke.«

Der Polizist lächelte. »Du bist super, Superman!«

Er legte grüßend eine Hand an die Mütze und lief dann den beiden Sanitätern hinterher, die die Frau zum Rettungswagen trugen.

Paul wartete noch, bis der Wagen davonfuhr, und sandte ihm seine guten Wünsche hinterher.

Ein paarmal ließ Paul sein neues Feuerzeug aufflammen, dann machte er sich auf den Heimweg.

Er war erschöpft und lief langsam. Doch innerlich flog er. Wenn er das den anderen erzählte. Dass er eine Frau aus den Trümmern gerettet hatte! Pauls Wangen brannten vor Stolz.

Plötzlich traf ihn etwas am Bein. Paul fuhr herum.

Hinter ihm stand Falke mit ihrer Schleuder, dahinter der Rest der Bande.

»Du hast wohl Besseres zu tun, als zum Treffpunkt zu kommen?«, fragte Falke mit gerunzelter Stirn.

Offenbar war es schon nach vier Uhr. Paul hatte die Zeit völlig vergessen.

»Ich musste jemanden retten«, setzte Paul an, aber es ging unter, weil Hotte dazwischengrätschte.

»Klar hat er Besseres zu tun, er ist Superman«, sagte Hotte grinsend.

Falkes Stirnrunzeln wurde tiefer. »Was soll das denn sein?«

»Superman ist ein amerikanischer Comic-Held«, erklärte Hotte.

»Iiieh pfui gack«, kreischte Wally, hob Steine auf und warf sie auf Paul.

»Nicht.« Grille versuchte, Wally die Steine aus der Hand zu winden. Wally rannte davon, Grille hinterher.

Falke beachtete das Theater gar nicht, sie fixierte Paul.

Paul rief sich in Erinnerung, dass er gerade ein Leben gerettet hatte. »Ja, na und?«, sagte er trotzig. »Superman ist echt knorke!«

»Genau!«, rief Henkelmann, wurde aber von einem scharfen Seitenblick von Falke augenblicklich zum Verstummen gebracht.

»Den Ami hasse ich natürlich trotzdem, das ist ganz was anderes«, setzte Paul hinzu.

»Und wann bringst du ihn endlich um?« Falkes Frage kam wie ein Geschoss von ihrer Schleuder.

»Bald«, sagte er. »Mach ich bald.«

Falke seufzte. »Du bist wohl doch nur ein kleiner Schisser«, sagte sie und wandte sich von ihm ab.

Falkes Enttäuschung traf ihn wie ein Schlag in die Magengrube.

Hotte schien die Situation außerordentlich zu genießen. »Kleiner, feiger Schwächling«, sagte er feixend, schnippte ein Steinchen Richtung Paul und wandte sich wie Falke zum Gehen.

Da hatte er die Rechnung aber ohne Paul gemacht. Paul rannte los, sprang von hinten auf Hotte drauf und riss ihn zu Boden.

»Gib's ihm, Paul«, rief Henkelmann.

Paul drosch auf Hotte ein.

»Hör auf!«, keuchte Hotte.

Wie besinnungslos prügelte Paul weiter. »Ich bin kein Schwächling!«

Hotte stöhnte. Vergeblich versuchte er, seine Arme, die von

Pauls Knien in die Erde gedrückt wurden, zu befreien. Hotte buckelte und wand sich, aber es gelang ihm nicht, Paul von seinem Körper runterzuwerfen.

»Hat der Ami gesagt«, brachte Hotte gepresst hervor.

Paul hielt inne. »Was?«

Hotte atmete schwer. »Der Ami hat das gesagt, dass du ein kleiner Schwächling bist, den er immer beschützen muss.«

»Das hat Bill gesagt?«, fragte Paul ungläubig.

»Klar«, sagte Hotte. Ein dünner Faden Blut rann aus seinem Mund. »Dein Bill … der hat bei den Soldaten richtig über dich gelästert. Dass du ein Schwächling bist und ein Muttersöhnchen!«

Paul rutschte von Hotte runter. »Woher willste das denn wissen?«, fragte er.

»Na, ich arbeite ja dort. Ich hab's selber gehört.«

Gedanken stürzten auf Paul ein. Wie nett der Ami immer zu ihm gewesen war, wie er ihm das Gefühl gegeben hatte, dass er ihn ernst nahm. Paul verscheuchte die Gedanken sofort.

Er hatte es doch eigentlich immer gewusst. Der Ami war ein Dreckskerl. Ein mieser Verräter, nicht einen Pfifferling wert.

»Der Ami ist fällig«, knurrte Paul.

Falke wandte sich ihm mit glänzenden Augen zu.

Der Soldat

Paul wusste jetzt, wie er es machen wollte.

Das Gemeinschaftsklo war der ideale Ort dazu. Rückwärtig an das Klo grenzte eine kleine Rumpelkammer an, in der ein paar Besen und Eimer und etwas Handwerkszeug verwahrt wurden. Das Klo und die Rumpelkammer waren nur durch eine unverputzte Ziegelwand voneinander getrennt. Im letzten Winter waren die Leitungen eingefroren und durch den Druck des Eises war eine Leitung geborsten. Auf diese Weise war ein Wasserschaden entstanden, unter dem die Trennwand zwischen Klo und Kammer ziemlich gelitten hatte. Der Mörtel zwischen den Ziegelsteinen war krümelig und porös geworden.

Das kam Paul zugute. Er hockte in der Rumpelkammer und stocherte mit einem Schraubenzieher im Mörtel der maroden Wand herum. Obwohl sich der poröse Mörtel gut herauskratzen ließ, kam Paul nur langsam voran. Er musste ständig lauschen, ob jemand kam und die Toilette benutzen wollte. Wenn dies der Fall war, unterbrach Paul sofort sein Werk und verhielt sich mucksmäuschenstill.

Zum Glück hatte Paul viel Zeit mitgebracht. Seiner Mutter

hatte er erzählt, er würde zu Henkelmann gehen. Wenn er bei Henkelmann war, machte sich die Mutter keine Sorgen. Meist ging sie erschöpft früh zu Bett und wartete gar nicht darauf, dass Paul heimkam.

Es dämmerte bereits, als Paul den Durchbruch erzielte. Es gelang ihm, zwei Ziegelsteine aus der Wand herauszulösen. Das Loch, das er oberhalb der Kloschüssel geschaffen hatte, war groß genug, dass Paul seine Hand hindurchstrecken konnte.

Nun hieß es warten. Warten auf Bill, der heute wieder bei der Mutter übernachtete. Seine schwache Blase würde ihn bestimmt zwingen, in der Nacht die Toilette aufzusuchen.

Paul spürte, wie er zitterte. Es war ja auch lausig kalt in der Rumpelkammer, die kühle Nachtluft pfiff durch sämtliche Ritzen herein. Paul nahm ein paar Putzlappen und versuchte, sich notdürftig damit zuzudecken.

War es tatsächlich nur die Kälte, die Paul zittern ließ? Er sagte sich, dass er nichts anderes vorhatte als etwas, das sein Vater in Russland bestimmt Dutzende Male gemacht hatte. Einen Feind zur Strecke zu bringen. Wenn sein Vater nach Hause kam und von seinen Heldentaten erzählte, dann hatte Paul auch etwas zu erzählen. Wie er die Familie vor dem fiesen Eindringling beschützt hatte. Seinem Vater würde er die Tat anvertrauen, seine Mutter durfte es natürlich nie erfahren.

Sein Vater würde unendlich stolz auf ihn sein. Paul würde bescheiden abwimmeln. Er war nur ein Soldat, er hatte nur seine Pflicht getan.

Paul wartete. Ob die Soldaten in den Schützengräben auch so gefroren und sich gelangweilt hatten? Wahrscheinlich. Da hieß es, Zähne zusammenbeißen, das gehörte zum Soldatenleben dazu.

Paul war gerade dabei einzunicken, als er hörte, wie jemand schweren Schrittes die Stiegen herunterkam.

Paul schüttelte seinen Kopf hin und her, um den Schlaf zu vertreiben. Jetzt galt es. Das musste der Ami sein.

Tatsächlich wurde kurz darauf die Toilettentür aufgestoßen und Bill wankte in das Gemeinschaftsklo. Wie alle Männer im Haus setzte sich Bill brav auf die Kloschüssel. Die Hauswartin, Frau Peters, wurde zur Furie, wenn sie einen Stehpinkler erwischte.

Wie Paul außerdem vorhergesehen hatte, betätigte der Ami den Lichtschalter erst, als er bereits auf dem Klo saß. Der Schalter ließ sich von dort am bequemsten erreichen. Auf diese Weise entging Bill völlig das Loch, das sich hinter seinem Rücken in der Wand befand.

Paul spannte seinen Oberkörper an. Er hörte sich selbst atmen und hatte Angst, dass der Ami ihn ebenfalls hören konnte. Die Sorge war jedoch unbegründet. Der Ami schien von Pauls Gegenwart nicht das Geringste zu ahnen. Er rekelte sich genüsslich, gähnte lauthals und schloss dann seinen Kiefer mit einem knackenden Geräusch.

Paul hob die rechte Hand, in der er das Messer fest umklammert hielt. Er schob das Messer durch das Loch, sodass es Bills Hals fast berührte.

Jetzt brauchte er nur noch zuzustechen.

Jetzt.

Worauf wartete er?

So schwer konnte das doch nicht sein.

Bill beugte sich nach vorne und griff ein Stück Zeitungspapier. Das Zeitungspapier wurde, in Rechtecke geschnitten und auf einen Haken gespießt, als Toilettenpapierersatz verwendet.

Bill begann zu lesen. Er musste die Witzeseite erwischt haben, jedenfalls lachte er leise, und seine Schultern begannen zu wackeln.

Halt doch mal still, dachte Paul.

Bill prustete auf einmal richtig los und dabei entfuhr ihm ein Furz.

In seiner Anspannung musste Paul kichern. Erschrocken ließ er das Messer sinken und presste die Lippen aufeinander.

Bill lachte immer noch. Er hatte also nichts mitbekommen.

Paul atmete leise aus und hob noch einmal sein Messer. Bring es endlich hinter dich, fuhr er sich selber scharf an.

Aber das war nicht so einfach. Vor ihm saß der Feind, doch dieser Feind war auf irritierende Weise menschlich.

Bill hatte den Zeitungsschnipsel beiseitegelegt und hob an, gut gelaunt zu pfeifen und es gleichzeitig laufen zu lassen. Obwohl der Ami die Melodie total verhunzte, erkannte Paul das Lied »Uns're Fahne flattert uns voran«.

In diesem Moment gab Paul endgültig auf. Er ließ den Arm mit dem Messer sinken.

Er hatte versagt.

Paul sackte in sich zusammen und schlang die Arme um seine Beine. Seine Lippen bebten. Das Messer rutschte ihm aus der zitternden Hand.

Am nächsten Morgen verließ Paul eilig die Wohnung. Er hätte es nicht ertragen, dem Ami zu begegnen. Zu frühstücken brauchte er auch nicht, denn sein Magen war gut gefüllt. Mit einem riesigen Knödel aus brennender Wut und Scham.

Paul ging auf das Klo, das ein Tatort hätte werden sollen. Als er sich die Hände wusch, war es ihm zuwider, sein Gesicht im Spiegel zu sehen. Er holte aus und donnerte seine Faust gegen den Spiegel. Das Glas zersprang in mehrere Einzelteile, die klirrend zu Boden fielen.

Paul grinste den Scherbenhaufen böse an. Er vernahm schlurfende Schritte. Der Radau hatte offenbar die Hauswartin auf den Plan gerufen. Paul sprang schnell davon. In seinem momentanen Zustand wäre er glatt imstande, der armen, unschuldigen Frau Peters den Schädel einzuschlagen.

Da Samstag war, streunte Paul ziellos in den Trümmern herum. Er fand eine Eisenstange und hieb damit links und rechts auf Mauerreste ein.

Er entdeckte Henkelmann, der eifrig Grünzeug in seinen Korb sammelte. Paul bog schnell ums Eck. Er hatte keine Lust, Henkelmann zu begegnen. Wie oft hatte Paul gespottet, dass Henkelmann kein Soldat war. Nun hatte sich herausgestellt: Er war selber keiner. Jedenfalls keiner, der genug Mumm in den Knochen hatte. Keiner, der des deutschen Volkes würdig war.

Paul brachte mit der Eisenstange ein Mauerteil zum Einsturz und sah grimmig zu, wie die Steine durcheinanderpurzelten.

»He, Paul«, rief eine scharfe Stimme von oben.

Paul sah hoch.

Aus dem Fensterloch im obersten Stockwerk einer Ruine blickte Falke zu ihm herab.

»Bleib da«, sagte Falke.

Paul hatte keine Wahl, einem Befehl von Falke musste man

gehorchen. Widerstrebend blieb er stehen. Durch die Löcher der Ruine konnte er verfolgen, wie Falke Treppe um Treppe abwärtsgesprungen kam.

Schließlich stand sie vor ihm. Sie rasselte mit einer Büchse.

»Patronenhülsen«, sagte sie.

Dann musterte sie Paul. »Du hast ihn nicht umgebracht«, stellte sie fest.

Paul reagierte nicht.

Falke schien auch so zu wissen, was Sache war. Sie pfiff auf zwei Fingern. »Henkelmann«, brüllte sie. »Trommel die anderen zusammen. Wir haben Versammlung. Im Hauptquartier. Jetzt.«

Es blieb Paul nichts anderes übrig, als Falke ins Hauptquartier zu folgen.

Während sie auf die anderen warteten, wurde Paul immer unbehaglicher zumute. Seine Beine fingen nervös zu zappeln an. Mit Mühe zwang er sich stillzuhalten. Falke redete nicht mit ihm. Er wünschte sich, das Donnerwetter ginge schon los und wäre dann überstanden.

Als wenig später alle versammelt waren, baute sich Falke vor Paul auf. »Was ist eigentlich los mit dir?«, peitschte ihre Frage auf ihn herab. »Wovor hast du denn Schiss? Es ist doch nur ein Ami!«

Paul schwieg. Es gab nichts dazuzusagen.

Das Schweigen dehnte sich aus. Paul erwartete, dass Hotte eine Stänkerei auf ihn losließ. Aber Hotte stand nur mit verschränkten Armen da und hatte ein kleines überlegenes Lächeln im Gesicht. Und das war vielleicht das Allerschlimmste.

Schließlich hob Falke wieder zu sprechen an. »Ich habe

mein junges Leben gewagt. Ich habe die Hölle erlebt, habe gekämpft und dem Feind die Stirn geboten«, sagte sie. »Und wozu? Damit die Fräuleins jetzt lustig mit den Amis poussieren gehen?«

Beschämt senkte Paul den Kopf.

»Der Ami ist schuld, dass Henkelmann und seine Familie ausgebombt wurden«, rief Falke.

»Und dass ich im Bunker verschüttet war«, setzte Hotte hinzu. »Und überhaupt ist das alles eine Schweinebande!«

»Der Ami ist schuld, dass Grille und Wally keine Eltern mehr haben!« Falke stand die Zornesröte im Gesicht.

»Hör auf«, sagte Grille leise.

Falke kniff die Augen zusammen. »Was?«

Grille sah schüchtern zu Boden.

»Wenn du etwas zu sagen hast, dann sag's«, fuhr Falke sie an.

»Es waren nicht die Amis, die meine Eltern umgebracht haben, Hitler war's.«

Falke sog hörbar Luft ein.

Paul war Grille dankbar. Er stand jetzt nicht mehr im Mittelpunkt der Aufmerksamkeit.

Grille hielt kurz inne, dann fuhr sie fort. Ihre Stimme klang jetzt lauter und selbstsicherer als zuvor. »Mein Vater war Pianist. Was hat ein Pianist an der Front zu suchen? Und die Bombe, die meine Mutter getötet hat – niemand hätte Bomben auf Deutschland geworfen, wenn Hitler nicht zuerst die anderen Länder angegriffen hätte! Und überhaupt, immer dieses blöde Gerede vom ›Feind‹! Deutsche, Amis, Russen, Franzosen – alle sind Menschen, oder nicht?«

Paul blickte zu Falke hin. Sie musste darauf eine gute Antwort haben.

Es war aber Hotte, der zuerst das Wort ergriff. »Du hast echt krause Gedanken manchmal«, sagte er zu Grille. »Belaste deinen hübschen Kopf mal lieber nicht damit, das macht bloß Falten.«

Hotte streckte seine Hand aus, um Grille übers Haar zu streichen. Grille jedoch neigte den Kopf von ihm weg. Hotte runzelte die Stirn.

Als Falke schließlich zu sprechen anhob, klang sie ungewöhnlich sanft. »Du bist verstört, weil du so viel mitgemacht hast. Ansonsten würde ich dir so ein zersetzendes Geschwätz nicht durchgehen lassen.«

Grille schwieg dazu. Nur ein leicht abweisender Ausdruck in ihrem Gesicht verriet, dass sie, was Falke gesagt hatte, nicht gelten ließ.

»Ick hab auch viel mitgemacht«, krähte Wally. »Das heißt also, ick kann sagen und machen, wat ick will!«

»Machste doch eh, du taube Nuss.« Hotte verpasste Wally mit der flachen Hand einen Schlag auf den Hinterkopf.

Falke wandte sich Paul zu: »Ich weiß, du hast das Herz auf dem rechten Fleck. Aber du musst viel entschlossener sein. Kerniger, mutiger, männlicher! Treue zum Freund, Härte gegen den Feind!«

Paul nickte. Wenn das das ganze Donnerwetter war, dann war er noch mal glimpflich davongekommen. Elend fühlte er sich trotzdem.

Falke sah Paul prüfend an, ob sie von ihm noch etwas zu erwarten hatte. Es war Paul unangenehm bewusst, dass seine

Backen schamrot leuchteten. Er konnte Falke nichts mehr versprechen. Er hatte versagt. Einen zweiten Versuch würde er vermutlich nicht einmal wagen.

Nach einer gefühlten Ewigkeit ließ Falkes bohrender Blick von Paul ab.

Falke holte die Büchse aus dem Rucksack und rasselte wieder damit. »Ich habe jede Menge leere Patronenhülsen gesammelt. Und ich habe im Treptower Park Blasrohre besorgt.« Falke zog dicke Schilfrohre, die sie auf zwanzig Zentimeter zurechtgestutzt hatte, aus dem Rucksack hervor. Sie händigte jedem Mitglied der Bande ein Blasrohr und eine Handvoll Patronenhülsen aus. »Wir gehen jetzt zur großen Ruine und verteilen uns darin. Die Regeln sind simpel. Jeder darf jeden abschießen, und wer getroffen wird, muss bis zum Ende der Runde aussetzen. Wer als Letztes übrig bleibt, gewinnt die Runde. Am Ende zählen wir die Punkte zusammen und ermitteln den Sieger.«

Die »große Ruine« war nur ein paar Hundert Meter vom Hauptquartier entfernt. Falke teilte jedem seinen Posten in den verschiedenen Stockwerken der Ruine zu und pfiff dann das Startsignal.

Paul versteckte sich unter einem Treppenabsatz. Er fühlte sich müde und hatte eigentlich keine Lust zu spielen. Er würde einfach dort rumsitzen, und wenn jemand kam, würde er aus dem Hinterhalt schießen.

Mit dem Fuß schob Paul kleine Steinchen hin und her.

Eine Kanonade von Schimpfwörtern verriet, dass Wally bereits getroffen worden war.

Wenn er lange genug wartete, würden sich die anderen vielleicht alle gegenseitig abschießen, und er ging am Ende sogar als Sieger hervor.

»Hab dich, Bastard«, schrie Hotte triumphierend.

Damit konnte nur Henkelmann gemeint sein.

Plötzlich kam Paul sich dumm vor. Wollte er etwa ewig mit eingeklemmtem Schwanz unter dem Treppenabsatz sitzen?

Weil Hotte so rumgeschrien hatte, wusste Paul, wo dieser sich ungefähr befand. Paul pirschte sich durchs Treppenhaus und dann von Zimmer zu Zimmer vorwärts. Er entdeckte Hotte, der sich hinter einem halb zerstörten Kachelofen verschanzt hatte. Paul setzte das Blasrohr an die Lippen, blies einmal kurz und kräftig hinein und schoss Hotte ab. Während sich Hotte nach unten trollte, wo die warteten, die bereits getroffen waren, spürte Paul immerhin einen kurzen Anflug von Hochstimmung.

Wenig später gelang es ihm, Grille aufzuspüren und auch sie abzuschießen.

Jetzt war nur noch Falke übrig. Paul lauschte. Wo konnte sie sein?

Paul hörte ein Knirschen. Er schlich sich an. Doch anstatt Falke zu sehen, blickte er nur in die funkelnden Augen einer Katze, die im nächsten Augenblick miauend davonsprang.

Paul kapierte sofort, dass Falke jetzt wissen musste, wo er war. Er sah sich nach allen Seiten um.

Im Nebenraum hörte er leise Schritte.

Paul schlich zur Tür. Falke und er standen sich im Flur gegenüber. Zeitgleich setzten sie ihr Blasrohr an die Lippen und schossen sich gegenseitig ab. Paul war erstaunt, dass die Stelle unterhalb des Schlüsselbeins, wo Falke ihn getroffen hatte, richtig wehtat.

»Punkt für uns beide«, entschied Falke.

Paul versuchte, in Falkes Gesicht zu lesen. Bedeutete das, dass er ein kleines bisschen Boden bei ihr gutgemacht hatte? Ihr Gesicht war jedoch so ausdruckslos wie eine Wand.

Er wollte etwas zu Falke sagen.

Er wollte ihr sagen, dass er den Ami schon noch umbringen würde. Aber er konnte es nicht. Er wusste, dass es eine Lüge wäre.

»Wo warst du den ganzen Tag?«, fragte die Mutter. »Ich hätte dich gebrauchen können, um für Butter anzustehen.«

»Kann ich ja nicht wissen«, sagte Paul.

Die Mutter saß am Küchentisch über einen Stapel Papiere gebeugt und fuhr sich mit den Fingern durchs Haar.

»Unzuverlässig, alle miteinander«, murrte sie vor sich hin.

Paul stürzte ein Glas Wasser in einem Zug herunter. Er hatte sich beim Spielen völlig verausgabt und war als Sieger daraus hervorgegangen. Nicht dass das viel bedeutete nach der Schmach von letzter Nacht. Aber immerhin hatte er während des Spiels alles vergessen können.

Paul trank ein weiteres Glas Wasser und verschluckte sich dabei. Das Glas in seiner Hand geriet ins Wackeln. Wasser schwappte aus dem Glas, spritzte in hohem Bogen durch die Küche und regnete auf den Papieren nieder.

»Pass doch auf«, sagte die Mutter, während sie die Papiere eilig mit dem Ärmel trocken wischte.

»Was ist das überhaupt?«, fragte Paul, als sein Husten sich wieder beruhigt hatte.

»Papiere für die Hochzeit«, sagte die Mutter, ohne Paul anzusehen. »Bill hätte heute noch ein Dokument besorgen sollen, aber er hat den Termin einfach verbummelt!« Die Mutter klang sehr verärgert.

»Siehste mal, Bill ist ein Nichtsnutz!«, rief Paul aus. »Vornerum tut er schön und raspelt Süßholz, aber eigentlich taugt er gar nischt, du kannst keinen Pfifferling auf ihn geben!«

»Nun übertreib mal nicht gleich«, sagte die Mutter.

Aber Paul drehte voll auf. »Ist doch wahr! Siehste ja selber, wie total unzuverlässig der ist. Und den willste wirklich heiraten! Mensch, Mutti, überleg doch mal!«

Erst schien die Mutter Paul keine Antwort geben zu wollen, dann sah sie doch auf. »Natürlich will ich Bill heiraten. Ich bin nämlich nicht unzuverlässig. Ich kratz nicht gleich die Kurve, nur weil ich mich mal über ihn geärgert habe.«

»Wirst dich noch oft ärgern müssen, Mutti!« Vielleicht gab es ja doch noch eine Chance, den Ami loszuwerden. »Erinner dich mal an Vati«, sagte Paul. »Der war immer zuverlässig. Sehr zuverlässig und sehr diszipliniert.«

»Natürlich«, sagte die Mutter. Ihre Augen ruhten sanft auf Paul. »Natürlich, Pauleken. Dein Vater hatte viele Qualitäten.«

»Vati war … Vati ist spitze!«

»Ich halte sein Andenken auch in Ehren. Versprochen. Dein Vater war fleißig, sparsam, er hat gut für uns gesorgt.«

Nach einer Pause fügte die Mutter hinzu: »Aber er war auch ziemlich jähzornig, wie du dich ja wohl erinnerst.«

»Was?«, fragte Paul.

»Na, jähzornig. Weißte das denn nicht mehr?«

Paul zog die Nase kraus. Dass sein Vater jähzornig gewesen sein sollte, daran konnte er sich nicht erinnern. Natürlich hatte

Paul ab und an Prügel bezogen. Aber die hatte er dann wohl auch verdient gehabt.

Die Mutter sah zum Fenster hinaus. »Grundlos eifersüchtig war der Werner auch«, sagte sie leise. Ein winziger Schauder durchzuckte ihren Körper.

Paul verließ die Küche. War er da gerade auf eine interessante Fährte gestoßen? Während er in seinem Zimmer auf und ab ging, dachte er angestrengt nach.

Vielleicht gab es einen Weg, Bill bei der Mutter schlecht zu machen. Vielleicht war es doch noch möglich, einen Keil zwischen die beiden zu treiben. Paul überlegte hin und her und kreuz und quer. Aber es fiel ihm nichts ein, was stark genug war, um zu bewirken, dass die Mutter den Ami sausen ließ. Der Ami brachte die Mutter zum Lachen, er überschüttete sie mit Zärtlichkeiten. Dass er ein nutzloser Heuchler und Schöntuer war, das wollte sie einfach nicht durchschauen.

»Zum Mäusemelken«, schimpfte Paul vor sich hin.

Paul wurde in seinen Gedanken unterbrochen, als es an der Wohnungstür klopfte.

»Gehste mal gucken?«, rief die Mutter aus der Küche.

Weiterhin in Gedanken versunken ging Paul zur Tür. Das war bestimmt Henkelmann, der hatte noch rüberkommen wollen.

Paul öffnete.

Im ersten Moment kapierte Paul nur, dass da nicht Henkelmann stand. Da stand ein Mann.

Im zweiten Moment erkannte Paul, dass sein Vater vor ihm stand.

Paul war wie erstarrt.

»Mein Sohn«, sagte der Vater mit belegter Stimme.

Ein Strahlen ging über Pauls Gesicht. »Vati!«

Paul warf sich seinem Vater in die Arme.

Der Vater streichelte ihn unbeholfen mit der linken Hand.

Paul löste sich aus der Umarmung, um ihn anzusehen.

Er trug eine Art Uniform, die sackartig an ihm hing und völlig zerschlissen war. Früher hatte der Vater rosige Speckpölsterchen auf Wangen und Kinn gehabt, die waren nicht mehr vorhanden. Seine Haare waren grau geworden, auch seine Haut sah ziemlich gräulich aus. Seine rechte Hand war großflächig verbrannt. Die Haut leuchtete an dieser Stelle dunkelrot und war so verschrumpelt, dass sie an einen Haufen ineinander verschlungener Würmer erinnerte.

Dennoch sah der Vater gut aus. Paul hatte so viele Heimkehrer erlebt, deren Gesichter sich kaum noch von Totenschädeln unterschieden. Im Vergleich dazu war sein Vater noch richtig gut beieinander.

»Mutti«, schrie Paul. »Mutti, komm doch!«

Die Mutter kam aus der Küche in den Flur getreten. Als sie ihren Mann erblickte, stolperte sie vor Überraschung. Paul fing seine Mutter auf.

Sie hielt sich an der Garderobe fest. »Werner«, sagte sie tonlos.

Paul sah strahlend von einem zum anderen.

Jetzt musste er kein Soldat mehr sein. Jetzt war sein Vater da und alles war wieder gut.

Tanz und Tränen

Ich hab gut für Mutti gesorgt, während du weg warst. Ich hab Kohlen geklaut und Essen vom Schwarzmarkt organisiert, ich bin Profi auf dem Schwarzmarkt, weißte. Und ich bin Mitglied einer Bande! Die Anführerin ist Falke, das ist ein dolles Mädel, die hat sogar im Volkssturm gekämpft, an der Flak hat sie geholfen. Der Henkelmann ist auch mit dabei, das ist mein bester Freund, der hat früher in Mitte gewohnt, aber dann wurde er mit seiner Familie ausgebombt, und seitdem wohnt er nebenan und drei Kaninchen hat er auch …«

Paul holte Luft. Es gab ja noch so viel zu erzählen. Aber der Vater sah müde aus. Er löffelte die Suppe in sich hinein, die seine Mutter vor ihn hingestellt hatte. Sein Blick war in die Ferne gerichtet.

»Lass Vati mal in Ruhe die Suppe essen«, sagte die Mutter. Ihre Bewegungen waren fahrig und zerstreut, sie sah aus, als wäre sie in Gedanken ganz woanders.

Paul seufzte. Was die Erwachsenen nur immer hatten. Die Situation war doch ganz einfach. Der Vater war endlich wieder da.

Paul sprang auf, lief in den Flur und setzte die Lokführermütze auf. Er stellte sich vor seinen Vater hin. »Kiek mal, Vati. Die trage ich immer, wenn ich draußen unterwegs bin.«

Der Blick des Vaters fand in die Gegenwart zurück. Ein gerührtes Lächeln umspielte seine Mundwinkel.

Paul setzte sich wieder. »Heute zum Beispiel. Wir haben in einer Ruine gespielt, ich bin der Sieger geworden!« Paul rückte seine Mütze gerade.

Der Vater hustete. Er schob den geleerten Suppenteller von sich weg. »Ich bin müde.« Er stand auf. Seine verbrannte Hand hing schlaff neben seinem Körper herab.

»Wie ist das passiert?«, fragte Paul. »War das die Granate bei Königsberg?«

Der Vater winkte unwillig ab. »Ich leg mich jetzt hin.«

»Natürlich«, sagte die Mutter. »Ich richte dir das Bett.«

Für einen Moment war Paul enttäuscht. Aber sie hatten ja alle Zeit der Welt. Am besten nutzte er die Gelegenheit, während der Vater schlief, um allen seinen Freunden Bescheid zu sagen.

Als Erstes klopfte Paul gegenüber bei Henkelmann. Sein Freund öffnete. Paul grinste dermaßen von einem Ohr zum anderen, dass er zunächst gar nicht sprechen konnte.

»Was ist denn los?«, fragte Henkelmann. Er sah forschend in Pauls Gesicht. »Sag bloß«, begann er zögernd. »Sag bloß …« Paul blinzelte Henkelmann auffordernd zu.

»Das kann ja nicht sein. Oder doch? Ist dein Vater zurückgekommen?«

Paul nickte heftig.

Henkelmann strahlte. »Das ist ja Wahnsinn! Wirklich großartig! Wie sieht er aus, geht es ihm gut?«

»Es geht ihm gut«, sagte Paul. »Er ist natürlich sehr müde, und er hat eine verbrannte Hand, aber sonst ist er ganz der Alte, glaub ich.«

Henkelmann fasste Paul an den Handgelenken und zog ihn in die Wohnung hinein. Im Freudentaumel hopsten sie quer durch die ganze Wohnung. Sie hielten sich an den Händen und drehten sich ausgelassen im Kreis. Paul freute sich darüber, wie sehr Henkelmann sich für ihn freute.

Henkelmanns kleinere Geschwister, die auf dem Boden spielten, guckten ihnen vergnügt beim Tanzen zu.

Weil Henkelmann stark an den Händen schwitzte, konnten sie sich bei einer besonders wilden Drehung nicht mehr aneinander festhalten. Sie stolperten nach hinten weg. Henkelmanns Fall wurde von der Zimmerwand aufgefangen, Paul jedoch ging rückwärts zu Boden und krachte in etwas Hölzernes.

Daraufhin fing der kleine Karl zu weinen an. »Das war mein Haus«, schluchzte er.

Paul drehte sich um. Von dem Haus, das sich Karl aus ein paar Zweigen und etwas Leim gebastelt hatte, war nur ein Haufen Gestrüpp übrig geblieben.

»Das lässt sich wieder aufbauen«, tröstete Paul. »Und weißt du, was? Ich schenke dir meine Murmeln dazu!«

»Wirklich?« Karl sah schon viel weniger traurig aus.

»Komm«, sagte Henkelmann. »Die Bude ist einfach zu klein. Wir gehen raus und sagen's den anderen!«

Da war Paul sofort dabei. Sie liefen durch den zweiten Hinterhof in den Seitenflügel, wo Grille und Wally wohnten.

Atemlos brachte Paul die gute Nachricht hervor. Frau Schiller, die Oma von Grille und Wally, presste ihn fest an sich. »Ich freue mich so für dich, Paul!«, sagte sie.

Grille lächelte. »Ich freue mich auch!«, sagte sie. »In vieler Hinsicht«, fügte sie noch hinzu.

Wally stieß ihr Indianergeheul aus und schwenkte die Käsereibe, die sie gerade in der Hand hielt, wie eine Fahne in der Gegend herum.

Der Blick von Frau Schiller ging zu einem Foto an der Wand. Es zeigte ihren Sohn, Grilles und Wallys Vater. Er saß in einem Konzertsaal am Flügel, berührte mit feingliedrigen Fingern die Tasten und schien ganz in die Musik versunken zu sein. Darunter gab es ein Foto von Grille als Kind. Sie spielte Geige. Seit dem Tod ihrer Eltern hatte Grille ihre Geige nicht mehr angerührt.

Frau Schiller gab einen kleinen erstickten Seufzer von sich. Verstohlen wischte sie sich eine Träne aus dem Augenwinkel.

Grilles und Wallys Vater würde nicht mehr zurückkommen. Was für ein großes Glück hatte Paul dagegen gehabt!

Zu viert liefen sie durch das erste Hinterhaus hindurch in den ersten Hinterhof. Dort begegneten sie Hotte. Sein Vater saß wie üblich im Rollstuhl, der aus einem Bollerwagen und Fahrradreifen gezimmert war. Er wurde von Hottes Schwester Lene geschoben. Hotte lief, die Hände in den Hosentaschen vergraben, mürrisch hinterdrein.

»Paules Vater ist zurückgekommen!«, rief Henkelmann.

Herr Brettschneider drehte sich im Rollstuhl um.

»Was sagste da? Der Werner ist zurück?«

Paul nickte.

Herrn Brettschneiders fahles Gesicht nahm plötzlich Farbe

an. Er haute auf die hölzerne Lehne seines Rollstuhls. »Na, das ist ja 'n Ding! Mensch, das freut mir aber! Soll mal ganz bald zu mir rüberkommen, ja. Dann dreschen wir Skat, wie in alten Zeiten.«

»Werd's ihm ausrichten«, sagte Paul.

»Ist er gesund?«, fragte Hotte.

»Ja, er ist gesund. Er sieht sogar ziemlich kräftig aus.«

Hotte nickte mit hochgezogenen Augenbrauen. Er konnte den Neid in seinem Blick nicht verbergen und wandte sich ab.

»Das hast du verdient«, sagte Grille zu Paul. »Weil du die Hoffnung nicht aufgegeben hast.«

»Los, Leute. Gehen wir zu Falke«, sagte Henkelmann.

»Ich muss meinem Vater helfen. Lene, komm!«, sagte Hotte und verschwand im Seitenflügel. Hottes Schwester folgte. Sie kippte den Rollstuhl an und schob ihn über die Schwelle ins Haus hinein. Zum Glück wohnten Brettschneiders parterre, von der Eingangsschwelle abgesehen, mussten keine Stufen bewältigt werden.

Die Mitglieder der Bande warfen sich vielsagende Blicke zu. Sie hatten noch nie erlebt, dass Hotte sich um seinen Vater kümmerte. Das machten alles seine Schwestern Lene und Traute. Aber wenn er nicht mitkommen wollte, dann sollte er es eben bleiben lassen.

Gemeinsam trabten sie zum Vorderhaus und läuteten bei Falkes Wohnung. Niemand öffnete. Das war seltsam, denn aus der Wohnung waren gedämpft Laute zu hören.

»Falke!«, rief Paul und hämmerte gegen die Tür.

Als die Bande schon wieder abdrehen wollte, ging die Tür

schließlich einen Spalt weit auf. Frau von Falkenstein erschien, sie sah abgespannt aus.

»Guten Tag«, grüßte Paul. »Wir wollten …«

»Ida ist im Moment nicht besuchsbereit«, unterbrach ihn Frau von Falkenstein. »Kann ich ihr was ausrichten?«

»Ich hör da was«, sagte Grille. »Geht es Falke gut?«

Auch Paul meinte jetzt, ein leises Wimmern zu hören. Es kam aus der Richtung, in der sich Falkes Zimmer befand.

»Ida ist nicht besuchsbereit«, wiederholte Frau von Falkenstein. »Kommt später wieder.« Sie schloss die Tür.

»Was ist da los?«, fragte Paul.

Sie sahen sich ratlos an.

»Irgendwas ist mit Falke«, sagte Grille. »Ich hab sie weinen gehört.«

»Falke weint doch nicht«, erwiderte Paul.

»Warum dürfen wir denn nicht rein? Die Mutter verheimlicht uns was«, sagte Henkelmann.

»Sie ist eine olle Hexe!« Wally redete wie immer zu laut.

»Schhhh!« Grille hielt Wally den Mund zu.

»Was machen wir?«, fragte Paul. »Wir können Falke nicht im Stich lassen.«

»An Frau von Falkenstein kommen wir nicht vorbei«, sagte Grille ratlos.

»Wir versuchen es über den Hof«, entschied Paul.

»Wie? Was hast du vor?«, fragte Henkelmann.

»Kommt mit!« Paul lief die Treppen hinunter.

Sie standen im Hof und blickten zu Falkes Wohnung nach oben.

»Ich kletter rauf«, sagte Paul.

»Das ist gefährlich«, äußerte sich Grille besorgt.

Paul zuckte die Achseln. »Ich bin oft in mein Zimmer geklettert, ich kann das.«

Falkes Zimmer lag allerdings ein Stockwerk höher, das waren gute drei Meter mehr. Aber Paul traute es sich zu. Es gab Mauervorsprünge und Fensterbretter, außerdem ein paar Kuhlen, die Granaten in die Fassade gerissen hatten. Irgendwie würde er schon seinen Halt finden.

Paul atmete durch und bestieg die Wand. Er tastete sich langsam vorwärts. Seine Hände suchten nur dann nach neuen Griffen, wenn seine Füße fest standen. Und er setzte nur dann einen Fuß weiter nach oben, wenn er sich mit den Händen gut festhalten konnte.

»Wenn du fällst, fangen wir dich auf!«, rief Henkelmann von unten.

Paul sah nicht herab. Er war schon ziemlich weit oben. Wie weit genau, das schaute er sich lieber nicht an.

Schließlich war er auf der Höhe von Falkes Zimmer angelangt. Über dem Fensterbrett war ein niedriges Gitter angebracht, hinter das man einen Blumenkasten stellen konnte. Paul rüttelte am Gitter. Es war fest in der Wand verankert. Also hielt er sich am Gitter fest und spähte in Falkes Zimmer hinein.

Im Zimmer war es dunkler als draußen, daher dauerte es einen Moment, bis sich seine Augen auf die Lichtverhältnisse eingestellt hatten. Dann sah er Falke. Sie kauerte auf dem Boden und hielt die Hände schützend über ihren Kopf. Ihr Gesicht war angstverzerrt.

Paul klopfte gegen die Scheibe. »Falke! Ich bin's. Mach auf!«

Falke blickte zum Fenster hin, aber Paul war sich nicht sicher, ob sie ihn erkannte.

Falke klemmte den Kopf zwischen beide Beine und stieß einen Schrei aus.

Frau von Falkenstein kam ins Zimmer und sagte etwas zu ihrer Tochter. Dann entdeckte sie Paul.

Sie öffnete das Fenster. »Bist du verrückt geworden!? Komm sofort rein!«

Gehorsam stieg Paul durch das Fenster ins Zimmer.

»Wenn du abgestürzt wärst! Das fehlt uns gerade noch. Ein toter Junge im Hof!«

Falke weinte jetzt leise vor sich hin.

»Was hat sie?«, fragte Paul.

Frau von Falkenstein packte Paul grob am Arm. »Du kannst ihr nicht helfen«, sagte sie und zog ihn aus dem Zimmer. Sie schloss die Tür hinter Falke zu. »Ida will nicht, dass man sie in diesem Zustand sieht«, sagte sie.

»Was hat sie?«, wiederholte Paul.

Frau von Falkenstein seufzte tief. »Sie hat eine Kriegsneurose.«

Paul runzelte fragend die Stirn.

»Sie erlebt die schlimmen Ereignisse wieder und wieder.«

In diesem Moment hörten sie Falke in ihrem Zimmer winseln. »Nein, Mutti, nein. Bitte, bitte, nein«, flehte sie.

Paul sah Frau von Falkenstein verstört an.

»Sie ist wieder im Krieg. In ihrem Kopf steht sie wieder an der Flak und erlebt, wie um sie herum die Bomben niedergehen.«

Falke brüllte markerschütternd. Frau von Falkenstein schlug

mit beiden Fäusten gegen ihren Kopf. »Es ist zu viel«, rief sie verzweifelt aus. »Reicht es denn nicht, dass ich meinen Mann und meine beiden Söhne verloren habe?«

Einen Moment später schien sie zu bereuen, dass sie sich so schwach gezeigt hatte. Sie setzte wieder ihre steinerne Miene auf. »Du solltest jetzt gehen«, sagte sie zu Paul.

Frau von Falkenstein öffnete die Wohnungstür und schloss sie wieder, kaum dass Paul über die Schwelle getreten war.

Im Hof berichtete Paul den anderen, was er erlebt hatte.

»Wir haben Falke bis hier unten schreien gehört«, sagte Grille. Ein Schauder ging durch ihren Körper.

»Die arme Falke«, fügte Henkelmann hinzu.

Sie standen schweigend da, selbst Wally verzichtete auf ihre üblichen Albernheiten.

Paul wusste nicht recht, ob Falke ihm leidtat. Sie hatte sie alle angelogen. Sie hatte vorgegeben, stark zu sein, und er hatte sie grenzenlos dafür bewundert.

»So eine Scheiße«, knurrte Paul.

Vielleicht konnte Falke ja nichts dafür. Vielleicht hatte es nichts mit Schwäche zu tun, wenn man unter einer Kriegsneurose litt oder wie auch immer Frau von Falkenstein das genannt hatte. Aber dann hatte Falke auf andere Weise gelogen. Ständig hatte sie ihnen befohlen, sich zusammenzureißen. Es war schließlich alles eine Frage des Willens. Wer einen gefestigten Willen hatte, der jammerte, weinte und zitterte nicht.

Falke hatte vor allem Henkelmann unzählige Male zusammengeschissen, weil er Anzeichen von Schwäche gezeigt hatte. In Henkelmanns Gesicht war zu Pauls Erstaunen jedoch kein Groll zu lesen. Henkelmann sah nur mitleidig drein.

Paul kickte einen Stein durch den Hof. »Lasst uns nach Hause gehen«, sagte er schließlich.

Im zweiten Hinterhof verabschiedeten sie sich von Grille und Wally. »Wir müssen überlegen, wie wir Falke helfen können«, sagte Grille zu Paul.

Paul nickte abwesend. Es war vielleicht schäbig, aber etwas an der Sache gefiel ihm. Falke würde ihm nie mehr sein Versagen vorwerfen können. Sie war selbst keine Heldin, keine makellose jedenfalls.

Als Paul und Henkelmann gerade ihr Hinterhaus betreten wollten, kam ein Gegenstand durch die Luft geflogen und zersplitterte mitten im Hof.

»Nanu. Kam das aus eurer Wohnung?«, fragte Henkelmann und blickte irritiert nach oben.

Paul erkannte den Gegenstand an den Scherben. Das war der Parfumflakon gewesen, den der Ami seiner Mutter geschenkt hatte.

Paul ahnte nichts Gutes. Er rief Henkelmann ein »Bis morgen!« zu und rannte die Treppe nach oben, wobei er drei Stufen auf einmal nahm.

Paul schloss die Wohnungstür auf. Aus der Küche war Geschrei zu hören. Vorsichtig schlich Paul sich an und linste durch die einen Spalt weit geöffnete Tür in die Küche hinein.

Sein Vater war im Begriff, ein gerahmtes Foto von Bill aus dem Fenster zu werfen. Doch die Mutter hielt energisch seinen Arm fest.

»Stopp. Es reicht jetzt«, sagte sie.

Der Vater sah die Mutter mit wildem Blick an. Er versuchte, seinen Arm ihrem Griff zu entwinden, aber die Mutter war erstaunlich stark. Es gelang dem Vater nicht, das Bild aus dem Fenster zu werfen. Also änderte er abrupt die Bewegungsrichtung seines Arms und knallte das Bild mit voller Wucht auf den Küchentisch.

»Du und ein Neger!«, stieß er hervor.

Die Mutter zitterte leicht.

Paul wartete angespannt. Wenn es nötig war, würde er ihr zu Hilfe kommen.

»Werner, sieh mich an«, sagte die Mutter. Auch ihre Stimme zitterte, aber sie sah entschlossen aus.

Der Vater ließ sich auf einen Stuhl fallen und starrte schwer atmend auf den Tisch. Die Mutter nahm sein Kinn zwischen die Finger und zwang ihn, zu ihr hochzusehen.

Paul hielt den Atem an.

»Es tut mir ja leid«, setzte die Mutter an. »Ich hab nicht gewollt, dass … Aber du musst mich auch verstehen. Ich hab lange auf dich gewartet. Und Fritze Schonack war sich so sicher, dass du Königsberg nicht überlebt hast.« Die Mutter ließ den Vater los. »Du hast keine Vorstellung, wie hart das Leben hier war. Wie Paul und ich gehungert haben. Niemand hatte was zu beißen. Im letzten Winter sind die Leute gestorben wie die Fliegen. Viel hätte nicht gefehlt und du könntest deinen Sohn und mich jetzt auf dem Friedhof besuchen!«

Der Vater war ein wenig ruhiger geworden. Paul atmete erleichtert aus.

»Kiek mich doch an«, sagte die Mutter. »Kein Gramm Fett auf den Rippen. Kein Gramm.«

»Hätte es nicht wenigstens ein Deutscher sein können?«

Die Mutter sah den Vater irritiert an. »Was spielt das denn

für eine Rolle?«, fragte sie eisig. »Außerdem sind die doch alle selbst arm wie die Kirchenmäuse.«

Der Vater nickte vor sich hin.

Er ging zur Anrichte und stöberte darin herum.

»Was suchst du denn?«, fragte die Mutter.

Auf jeden Fall schien der Vater etwas gefunden zu haben. Er zog eine Flasche amerikanischen Whiskey hervor. »Hastes dir so richtig gut gehen lassen, ja?«

»Gut gehen lassen!«, brauste die Mutter auf. »Was du dir so denkst!«

»Was soll ich denn denken?«, brüllte der Vater. »Das feine Fräulein feiert Gelage mit den Amis, während der Mann im Lager beinahe krepiert!«

Die Mutter antwortete nicht darauf. Sie wandte sich ab.

Der Vater setzte sich und stierte den Whiskey an.

Es tat Paul weh, wie sein Vater mit der Mutter sprach. Aber eigentlich war es ja gut, dass er es ihr mal ordentlich zeigte. Jetzt, da Paul keine Sorge mehr hatte, dass der Vater die Mutter gleich aus dem Fenster warf, war er im Grunde ganz auf seiner Seite.

»Ich weiß, dass du streng gegen Alkohol bist«, sagte die Mutter. »Ich werde die Flasche entsorgen.«

Sie griff nach der Flasche, aber der Vater kam ihr zuvor. Er schraubte die Flasche auf und nahm einen großen Schluck.

Paul fielen fast die Augen aus dem Kopf. Dass sein Vater ein gestählter Abstinenzler war, war ihm noch deutlich in Erinnerung.

Auch der Mutter stand der Mund offen.

»Glotz nicht so«, fuhr der Vater die Mutter an. »Wie soll

man ein russisches Lager sonst überleben?« Er trank in kräftigen Schlucken.

»Das kann ja heiter werden«, murmelte die Mutter. Da sie in Richtung Türspalt gesprochen hatte, konnte Paul sie hören. Dem Vater schien es zum Glück entgangen zu sein.

»Das tut gut«, sagte er. Er war ruhig geworden und sprach jetzt ganz sachlich: »Du gehst sofort zu deinem Ami und sagst ihm, dass Schluss ist. Und wenn ich ihn danach auch nur in deiner Nähe sehe, dann könnt ihr beide was erleben! Haben wir uns verstanden?«

Langsam nickte die Mutter.

Der Vater widmete sich wieder dem Alkohol.

Während Pauls Mutter ihn ansah, schossen ihr die Tränen in die Augen. Schnell lief sie zur Küchentür.

Paul fuhr herum und presste sich eng gegen die Wand. Die Mutter fegte an ihm vorbei, ohne ihn zu sehen. Sie lief ins Schlafzimmer und zog die Tür hinter sich zu.

Paul wartete einen Augenblick, dann klopfte er an und trat ins Schlafzimmer.

Die Mutter saß an ihrem Nähtisch. Hastig wischte sie sich die Tränen aus dem Gesicht. »Ach, du bist es, Paul«, sagte sie und sah ihn zerstreut an.

»Bin gerade erst heimgekommen«, schwindelte Paul. Dass er die hässliche Szene zwischen den beiden mitbekommen hatte, mussten seine Eltern ja nicht wissen.

»Was ist denn los?«, fragte er.

»Alles in Ordnung«, antwortete die Mutter. »Ich bin nur etwas durcheinander, weißt du.«

»Trauerst du dem Ami hinterher?«, fragte Paul streng.

Die Mutter gab einen seltsamen Quietschlaut von sich. Sie zog Rotz durch die Nase hoch. »Lass mich einen Augenblick allein, ja«, bat sie.

»Ich versteh dich schon, Mutti«, sagte Paul. Er fand, er konnte es sich leisten, großzügig zu sein. Für ihn war der Traum in Erfüllung gegangen. Für die Erwachsenen war wohl alles ein wenig komplizierter.

»Ich versteh dich, aber du musst nicht weinen. Jetzt ist Vati endlich zurück, jetzt wird alles wieder gut.«

»Ach, Paul.« Die Mutter lächelte ein kleines Lächeln. Sie drückte ihn fest an sich.

Paul genoss das. Er hatte die Zärtlichkeiten der Mutter in der letzten Zeit sehr vermisst. Etwas unbeholfen tätschelte er ihre Schulter.

»Jetzt wird alles wieder gut«, sprach die Mutter vor sich hin.

Es war sicher das Beste, sie ein wenig allein zu lassen. Sanft schloss Paul die Tür hinter sich.

Er ging in die Küche, wo sein Vater noch am Tisch saß. Den Rücken hielt der Vater ziemlich aufrecht, aber sein Kopf war Richtung Tischplatte gesenkt. Die Whiskeyflasche stand neben ihm auf dem Tisch.

»Hallo, Vati«, grüßte Paul. Mit Absicht guckte er so, als ob er sich über die Schnapsflasche wunderte. Es gelang ihm gut, denn er hatte die Überraschung, dass der Vater Alkohol trank, tatsächlich noch nicht verdaut.

Wie zur Beantwortung von Pauls stummer Frage nahm der Vater einen Schluck.

»Du hast doch nie getrunken«, sagte Paul.

»Das Lager«, sagte der Vater nur. Dann musste er husten.

»Ich verstehe«, sagte Paul. »Aber jetzt …« Paul brach ab. Er hatte eigentlich sagen wollen, dass der Vater jetzt zu Hause war und keinen Grund mehr hatte zu trinken. Aber so naiv war er nicht, er wusste, dass es nicht so einfach war.

Paul ging zum Brotkasten. Er stutzte. Es war kein Brot mehr drin.

»Ich hatte Hunger«, sagte der Vater.

Das bedeutete, dass Paul ohne Abendbrot zu Bett gehen musste. Er schluckte seine Enttäuschung tapfer herunter. »Natürlich. Hauptsache, du bist schön satt geworden, Vati.«

Auf der Anrichte fand Paul eine kleine Möhre. Außerdem gab es noch Zucker, den Bill mitgebracht hatte. Paul stippte die Möhre in den Zucker und kaute darauf herum.

»Ich hab ein tolles neues Buch«, sagte Paul. »Nahkampftechniken. Da sind auch starke Bilder drin, die zeigen einfach alles! Wollen wir es uns zusammen ansehen?«

»Nicht jetzt«, sagte der Vater. »Ich bin müde.«

Das war schade. Aber für Paul war es sicher auch das Beste, wenn er früh schlafen ging. Die Möhre würde nicht lange vorhalten.

»Na dann. Gute Nacht!«, sagte Paul.

Der Vater reagierte nicht.

Paul ging zur Tür.

»Paul?«

Paul drehte sich noch mal um. »Ja?«

»Nacht, mein Sohn. Es ist schön, wieder hier zu sein.«

Paul lächelte. Heute Nacht würde er bestimmt gut schlafen können. Vielleicht hatte er sogar angenehme Träume. Das war schon lange nicht mehr vorgekommen.

Verletzungen

Paul pfiff vor sich hin. Aber nur ganz leise, um den Vater nicht beim Schlafen zu stören. Der Vater schlief seit seiner Rückkehr sehr viel. Das war nicht verwunderlich. Die lange Zeit im Gefangenenlager musste unerträglich gewesen sein, auch wenn der Vater kaum etwas davon erzählte. Aber ein wenig schade war das enorme Schlafbedürfnis des Vaters doch. Paul war ziemlich öde zumute.

Auf das alltägliche Treffen mit der Bande konnte Paul sich ebenfalls nicht richtig freuen. Falke war nicht mehr dabei. Seit Paul sie vor einigen Tagen in ihrem erbärmlichen Zustand erwischt hatte, schien sie sich so sehr zu schämen, dass sie sich von der Bande fernhielt.

Die letzten Tage hatten sie im Wesentlichen damit verbracht, im Hauptquartier darauf zu warten, ob Falke vielleicht doch noch kam.

Währenddessen hatten sie auf Hottes Geheiß hin Karten gespielt. Das war am Anfang ganz amüsant gewesen, aber inzwischen war es langweilig. Als Falke noch dabei gewesen war, hatten sie ganz andere Dinge erlebt!

Die Bande brauche langsam einen neuen Anführer, hatte

Hotte gemeint, und er hatte durchblicken lassen, dass er sich selbst dafür geeignet hielt. Oh nein, bloß nicht, hatte Paul gedacht. Aber er hatte nichts gesagt. Zu Pauls Verwunderung hatte Henkelmann das Wort ergriffen. »Ein Anführer muss aber mehr können als bloß Karten spielen«, hatte er frech gesagt. »Halt dein Maul, du Fettwanst«, hatte Hotte geantwortet. Paul hatte sich gestrafft. Bereit, in der nun folgenden Prügelei seinem Freund schlagkräftig zur Seite zu stehen. Doch es war keine Prügelei gefolgt. Henkelmann hatte nur verächtlich mit den Schultern gezuckt und Hottes Beleidigung einfach im Raum stehen lassen.

Paul lief in seinem kleinen Zimmer auf und ab und überlegte, womit er die Zeit totschlagen konnte.

Schließlich hatte er eine Idee. Er würde ein Bild zeichnen von seinem Vater in Uniform. Das würde den Vater bestimmt freuen.

Paul holte das Fotoalbum aus der Kommode im Flur und schlug ein bestimmtes Bild auf. Das hatte der Fotograf vom Vater gemacht, einen Tag bevor dieser in den Krieg gezogen war. Und zwar freiwillig. Als Beschäftigter der Reichsbahn hatte der Vater nämlich einen kriegswichtigen Beruf ausgeübt und hätte gar nicht als Soldat an die Front gemusst. Aber einen echten Helden konnte das nicht abhalten, sein Vaterland mit der Waffe zu verteidigen.

Paul besah sich das Foto. Straff sah der Vater aus, mit entschlossenem Blick. Das Foto würde sich gut als Vorlage eignen. Mit dem Bleistift fertigte Paul Strich für Strich seine Zeichnung an. Er musste oft radieren, doch schließlich war er mit dem Ergebnis ganz zufrieden. Das Gesicht des Vaters hatte er nicht übel getroffen, und die Linien der Uniform hatte er mit harten, geraden Strichen gezeichnet, sodass es richtig schneidig aussah.

Paul malte die Zeichnung farbig aus. Dann hatte er noch einen Einfall. Er holte seinen Füller hervor und schrieb mit großen Buchstaben über das Bild »Helden sterben nie!«.

Paul überlegte, ob er die Zeichnung dem Vater schenken sollte. Schließlich entschied er, dass der Vater sich noch mehr freuen würde, wenn er sich die Zeichnung über sein eigenes Bett hängte. Also holte Paul Reißzwecken hervor und befestigte das Blatt gleich neben dem Foto mit der Lokomotive.

Paul betrachtete sein Werk. Ob es wohl gut aussah, wenn er dem gezeichneten Soldaten noch einen roten Superman-Umhang verpasste?

In seine Überlegung hinein klopfte es. Der Vater trat ins Zimmer.

»Hallo, Vati.«

»Hallo, mein Sohn.«

»Hast du gut geschlafen?«, fragte Paul.

Der Vater nickte, obwohl seine Augen noch immer tief in verschatteten Höhlen lagen.

»Erzählst du mir eine von deinen Heldentaten?«, fragte Paul.

Der Vater winkte ab. »Ein andermal.«

Paul überlegte, ob er seinem Vater etwas erzählen sollte. Vielleicht davon, wie er kurz nach dem Krieg mit Fleckfieber im Krankenhaus gelegen hatte und es in sein Bett reingeregnet hatte, weil das Dach zerbombt war. Er hatte über die Nässe und Kälte nicht gejammert, sondern sich eingeredet, dass die glitzernden Tropfen eine Art Zaubermedizin seien. Tatsächlich war er schneller wieder gesund geworden als alle seine Zimmergenossen.

Oder er könnte von einem Schwarzmarktabenteuer berichten. Wie er einmal mit einem Schwarzhändler gewettet hatte, dass er es schaffen würde, einem GI die Schiffchenmütze vom Kopf zu klauen. In einer Ruine versteckt hatte Paul die Mütze mithilfe von Schnur und Haken richtiggehend geangelt, damit die Wette gewonnen und ein ganzes Pfund Butter mit nach Hause gebracht.

Geschichten gab es genug, das Problem war aber, dass sein Vater kein guter Zuhörer war. Seine Aufmerksamkeitsspanne war kurz, sein Gedächtnis miserabel. Gestern noch hatte der Vater sich darüber gewundert, dass »Henkelmann« ein merkwürdiger Nachname sei, und »Falke« hatte er für einen Jungen gehalten. Paul wusste, dass sein Vater es nicht böse meinte. Aber seine Lust, ihm etwas zu erzählen, war dadurch merklich gesunken.

Etwas verlegen standen sich Paul und der Vater gegenüber.

Schließlich trat der Vater einen Schritt auf Paul zu, streckte plötzlich seine Hände aus und kitzelte Paul unter den Achseln.

»Nicht!« Paul entwand sich den Händen des Vaters. »Ich bin doch kein kleines Kind mehr!«

Das war das eine. Das andere war, dass sich Paul vor der verbrannten Hand seines Vaters ekelte. Schon allein die rötlichen und bläulichen Farbtöne waren irgendwie widerlich. Wenn der Vater die Hand bewegte, dann sah das schrumpelige Narbengewebe aus wie eine zuckende Würmerbrut. Paul ärgerte sich über seine eigene Zimperlichkeit, aber er war immer bemüht, so wenig wie möglich zu der Hand hinzusehen.

»Ich zeig dir was«, sagte Paul. Er ging zu seinem Geheimversteck, hob die Diele an und holte das Messer aus dem Versteck hervor.

Mit einer langsamen, die Spannung steigernden Bewegung zog er das Messer aus dem Futteral und überreichte es seinem Vater.

Der Vater besah es aufmerksam. Seine Hände zitterten leicht, während er es hielt. »Das ist ein richtig gutes Messer«, sagte er.

»Ein Eins-a-Grabendolch«, bestätigte Paul stolz.

»Wo hast du das her?«

»Na, vom Schwarzmarkt natürlich. Ich kann alles besorgen, hab ich dir ja erzählt.«

Paul ging zum Regal und stellte das dicke Mathebuch auf dem obersten Brett auf. »Kiek mal, was ich kann.«

Paul nahm dem Vater das Messer aus der Hand, positionierte sich, zielte und warf es mit einer vollendeten Drehbewegung. Das Messer steckte im Buch.

Paul holte das Messer und sah seinen Vater gespannt an. »Na, was sagste dazu?«

»Ein Messer ist kein Spielzeug.«

»Ja, schon …« Paul verstummte. Er hatte auf eine andere Reaktion gehofft.

»Hast du das gemalt?«, fragte der Vater. Er hatte die Zeichnung entdeckt.

»Ja.«

»Ist dir gut gelungen.«

»Danke. – Kannst du lesen, was ich geschrieben habe? ›Helden sterben nie!‹«

Paul konnte den Gesichtsausdruck seines Vaters nicht deuten.

»Freust du dich?«

»Natürlich. Gut gemacht, Sohn.«

Ein leicht bitterer Zug umspielte jedoch die Mundwinkel des Vaters, während er das Bild betrachtete. Dann drückte er sein Kreuz durch und nahm eine militärische Haltung an. »Gib mir mal das Messer«, sagte er.

Paul reichte es seinem Vater.

»Ich bringe dir jetzt bei, wie man damit kämpft. Halt mal ganz still.«

Paul stand regungslos.

Er kniff seine Augen zu Schlitzen zusammen, damit er die zitternde, verbrannte Hand nicht sehen musste. Aber er bewegte sich keinen Millimeter.

»Pass gut auf«, sagte der Vater. »Wenn du in dieser Höhe zustichst, kann der Gegner im ungünstigen Fall deinen Arm weghebeln. Das kannst du aber vermeiden, indem du seitlich angreifst, siehst du, so …«

Plötzlich spürte Paul einen Schmerz an seinem linken Oberarm. Er riss die Augen auf und sah, wie ein wenig rotes Blut durch sein weiß-blau kariertes Hemd drang.

Der Vater ließ das Messer fallen. Dann knallte er Paul eine. »Biste bescheuert?!«, schrie er. »Du sollst ganz stillhalten, hab ich dir gesagt.«

»Ich hab stillgehalten!«, sagte Paul, während er sich verwirrt die brennende Wange hielt.

»Lüg mich nicht an!«

»Ich hab gar nischt gemacht!« Paul war sauer.

»Zeig mal«, sagte der Vater, der jetzt sanfter und ein wenig besorgt klang. Er wollte nach Pauls verletztem Arm greifen.

Paul drehte den Arm weg. »Halb so wild, nur ein Kratzer«, brummte er.

»Wie du meinst.« Der Vater wandte sich abrupt zur Tür. »Ich lass dich allein, damit du über dein Verhalten nachdenken kannst.« Der Vater schmiss die Tür hinter sich zu. So kräftig, dass die Klinke vibrierte.

Was sollte das denn? Warum beschuldigte der Vater ihn, wenn er selbst einen Fehler gemacht hatte? Der Vater hatte seine Hände nicht mehr unter Kontrolle. Wenn er sie besonders ruhig halten wollte, zitterten sie. Das war vielleicht nicht seine Schuld, aber Pauls Schuld war es auch nicht.

Paul begutachtete seinen Arm. Es hatte schon wieder aufgehört zu bluten. »Halb so wild, halb so wild«, murmelte Paul gebetsmühlenartig vor sich hin.

Henkelmann, Grille und Wally warteten bereits vor dem Hauptquartier. Hotte fehlte noch. Falke war auch nicht da.

»Kiek mal, ick hab eine neue Puppe, sie ist jetzt mein Baby.« Wally hielt Paul stolz ihre Puppe entgegen. »Neu« war vielleicht nicht ganz das richtige Wort dafür. Das Haar der Puppe war mehr schmutzig als blond, das Matrosenkleidchen starrte vor Dreck, und die Porzellanarme waren völlig zerkratzt. Wally hatte die Puppe wohl aus den Trümmern geborgen.

»Sie hat sogar Schlafaugen«, sagte Wally. Sie kippte die Puppe hin und her, sodass die Augenlider klimpernd auf- und zuklappten.

»Toll«, lobte Paul, damit Wally Ruhe gab.

»Mein Baby kriegt jetzt *Happa Happa*«, sagte Wally, ging in die Knie und fütterte ihre Puppe mit Steinchen.

»Vielleicht kommt Falke ja heute«, sagte Paul hoffnungsvoll.

Grille schüttelte den Kopf. »Ich glaube nicht.« Nach einer Pause setzte sie hinzu: »Ich habe sie nämlich gestern besucht. Das heißt, ich wollte sie besuchen. Aber ihre Mutter hat mich nicht reingelassen. Sie hat strikte Anweisung von Falke. Falke will niemanden von uns sehen.«

»Sie lässt uns im Stich«, schimpfte Paul. »Sie ist zu feige, sich uns zu stellen. Sie soll einfach zugeben, dass sie Mist gebaut, dass sie uns angelogen hat, und dann soll sie wieder unsere Anführerin sein. Richtig, Henkelmann?«

Henkelmann zog die Stirn kraus.

»Oder etwa nicht?«

Henkelmann antwortete nicht.

»Sie schämt sich offenbar sehr«, sagte Grille. »Gerade du solltest das doch verstehen.«

»Was soll das denn heißen?«, fragte Paul unwillig. Spielte Grille auf sein Versagen gegenüber dem Ami an? Sie war doch eh dagegen gewesen.

»Es hat mit dem Heldenkult zu tun«, versuchte Grille, ihre Gedanken in Worte zu fassen. »Der ist ja auch so bequem. Man folgt einem Führer, man macht diesen Führer zum großen Helden, man denkt nicht mehr selber nach, und sogar wenn der Führer einen schnurstracks ins Verderben führt, marschiert man blind hinterher.«

»Falke hat uns nicht ins Verderben geführt«, sagte Paul irritiert.

»Da hab ich jetzt über Hitler geredet«, sagte Grille. »Aber mit Falke war das ja ähnlich. Wir haben Falke auf ein ziemlich hohes Podest gestellt. Du allen voran. Und jetzt stellt sich raus, sie ist doch nicht die sagenhafte Heldin, sondern einfach nur ein Mädchen mit schlimmen seelischen Narben. Kein Wunder, dass sie uns nicht mehr unter die Augen treten will.«

Paul versuchte zu widersprechen. »Was Falke für Anfälle hat, wenn sie allein ist, geht uns im Grunde nischt an. Sie ist eine knorke Anführerin. Und im Volkssturm hat sie trotzdem gekämpft, also ist sie schon eine Art von Heldin!«

Er war erleichtert. Was er gesagt hatte, hörte sich nicht ganz falsch an.

»Warum muss sie denn unbedingt eine Heldin sein?«, fragte Grille.

Paul wurde es allmählich zu anstrengend. Bis vor Kurzem hatte Grille kaum einen Ton gesagt, jetzt kam sie ständig mit ihren komischen Ansichten daher. »Jedenfalls will ich nicht, dass Hotte unser Anführer wird«, wechselte er das Thema.

»Hotte ist öde, plöde!«, motzte Wally.

»Das wär wie vom Regen in die Traufe«, fand auch Henkelmann.

»Wenn wir nicht wollen, dass Hotte alles bestimmt, dann müssen wir eben selber Ideen haben«, sagte Grille.

»Du willst also auch nicht, dass Hotte alles bestimmt? Ich meine, weil, also, der Hotte mag dich ja wohl sehr.« Paul sah Grille von der Seite an.

Wally machte schmatzende Knutschgeräusche.

Grille seufzte. Sie dachte nach. »Er mag mich gar nicht«, sagte sie schließlich. »Er denkt nur, er mag mich, aber er kennt mich nicht und will mich auch nicht kennen. Und ich will nicht, dass er alles bestimmt.«

Es war gut zu wissen, dass auch Grille gegen Hotte als Anführer war.

»Also kein Kussi-Kussi?« Wally schien schwer enttäuscht.

»Was haben wir denn für Ideen?«, fragte Paul.

»Wir machen ein Restaurant auf, in unserem Hauptquartier!« Der Vorschlag kam natürlich von Henkelmann.

»Was willste denn da kochen?«, fragte Paul. »Spitzwegerich und Löwenzahn?«

»Corned Beef!« Wally machte ein würgendes Geräusch und beugte ihre Puppe vornüber. »Mein armes Baby hat Corned Beef gegessen, das war vergiftet«, kommentierte sie.

»Hör bloß auf!« Henkelmann verpasste Wally einen Tritt.

»Ich hab mir überlegt, wir könnten mal ein Floß bauen«, sagte Grille.

Ein Floß. Keine üble Idee.

»Das ist ’ne tolle Idee«, schwärmte Henkelmann. »Und dann fangen wir ganz dicke Fische!«

Paul konnte die steife Brise schon spüren, die ihm um die Nase wehen würde. Er sah sich als Steuermann vorne draufstehen und das Floß sicher durch Wind und Wellen navigieren. »Ein Floß, das ist knorke, das wird richtig Spaß machen«, sagte er. »Wir können auf der Spree fahren!« Die Spree floss quer durch die ganze Stadt. Sie würden so viel Neues entdecken. So viele Abenteuer erleben.

»Worauf warten wir?«, rief Henkelmann.

»Ahoi«, ertönte es von hinten.

»Hotte. Du willst doch immer schon zur See fahren«, begrüßte Paul ihn aufgekratzt. »Grille hat die Idee, dass wir ein Floß bauen!«

»Das ist eine sehr schöne Idee«, lobte Hotte. »Aber ich hab was entdeckt! Ein Waffenarsenal, in einer Ruine in der Nähe der Rudower. Mit Panzerfäusten und Handgranaten!«

»Das ist doch gefährlich«, sagte Grille.

»Die Rudower ist aber weit«, meinte Paul.

»Wollen wir nicht doch lieber ein Floß bauen?«, fragte Henkelmann. Dass er an die dicken Fische dachte, stand in seinem Gesicht zu lesen wie in einem offenen Buch.

»Habt ihr was an den Ohren?«, explodierte Hotte. »Ich hab ein Waffenarsenal entdeckt! Wann ist Falke das zuletzt gelungen?«

Ein Waffenarsenal war natürlich schon etwas Besonderes.

Also marschierten sie los. Hotte legte seinen Arm um Grille. »Du musst dir keine Sorgen machen«, sagte er. »Ich weiß, wie man mit Waffen umgeht.«

Grille schien sich in Hottes Umarmung unwohl zu fühlen. »Wally, du schleifst deine Puppe im Dreck.« Unter diesem Vorwand machte sie sich von Hotte los und sorgte dafür, dass Wally ihre Puppe ordentlich auf dem Arm trug. »Richtig so, Grille«, sagte Hotte. »Sie soll auf ihre Puppe achtgeben. Damit sie später auch eine gute Mutter wird.«

»Wenn Wally meine Mutter wäre, würde ich mich erschießen!«, tat Henkelmann kund.

»Wally wird, was immer sie will«, sagte Grille.

Paul dachte immer noch an das Floß. Auf das Waffenarsenal freute er sich nicht so sehr, wie er es erwartet hätte. Aber immerhin wurde heute nicht Karten gespielt.

Sie mussten lange laufen, bis sie an der Ruine ankamen. Als sie die Treppe zum zweiten Stock hochschnauften, hatte Paul Mühe, seine Beine zu heben. Doch was sie dort vorfanden, entschädigte für den Gewaltmarsch. Hotte hatte nicht übertrieben. Gewehre, Panzerfäuste, Granaten und Munition, alles war in rauen Mengen vorhanden.

Paul riss ein Gewehr hoch. »Ich mach euch fertig, ihr Bastarde!«, schrie er und fuchtelte in der Gegend herum.

»Leg das hin«, sagte Hotte. »Hier hört jeder auf mein Kommando. Ich brauch euch doch nicht zu sagen, wie gefährlich das Zeug hier ist. Ihr tut nur das, was ich euch ausdrücklich sage!«

»Leg's lieber wieder hin, Paule«, sagte auch Henkelmann.

Widerstrebend legte Paul das Gewehr auf den Boden.

»Für die Mädchen ist das gar nichts«, sagte Hotte. »Ihr setzt euch da rüber und könnt zugucken, was wir machen.«

»Macht bloß keinen Blödsinn«, sagte Grille stirnrunzelnd und setzte sich gegen eine Innenwand gelehnt hin. »Und fallt nicht durch das Loch«, fügte sie noch hinzu, denn die Mauer der Ruine war straßenseitig halb eingerissen. Eine überflüssige Warnung aus Pauls Sicht, sie kletterten ja wahrlich nicht zum ersten Mal in einer Ruine herum.

»Ich setz mich nicht, das ist öde, plöde«, probte Wally den Widerstand.

»Du setzt dich hin«, verlangte Hotte mit Nachdruck. »Du kannst ja mit deiner Puppe spielen.«

Wally kaute nachdenklich auf ihrer Unterlippe herum. Dann setzte sie sich tatsächlich hin, wiegte die Puppe und summte ihr ein Schlaflied vor.

Hotte drehte sich befriedigt um.

Plötzlich rief Wally: »Luftangriff!« Alle zuckten zusammen. Wally machte das Geräusch einer explodierenden Bombe, schmiss sich selbst lang gestreckt auf den Boden und warf ihre Puppe quer durch die Luft, sodass diese zuerst gegen die Decke und dann auf den Boden knallte.

»Hehe, das macht sogar Spaß«, sagte Wally und ließ gleich den nächsten »Luftangriff« folgen.

»Ein bisschen ruhiger, wenn's geht«, sagte Hotte. Aber er sagte es so leise, dass Wally ihn nicht mal hören konnte. Offenbar war er darauf bedacht, seinen Sieg über Wally nicht gleich wieder aufs Spiel zu setzen.

»So, Männer«, sagte Hotte zu Paul und Henkelmann. »Folgendes: Wir nehmen von den Panzerfäusten den Kopf ab, holen den Zünder raus und lassen ihn gegen eine Mauer knallen. Ich zeige euch, wie's gemacht wird.«

»Das sind Panzerfäuste vom Typ 30. Geschwindigkeit dreißig Meter pro Sekunde, Reichweite dreißig Meter, Durchschlagskraft zweihundert Millimeter«, schlaumeierte Paul.

Sie nahmen sich eine Panzerfaust nach der anderen vor, montierten nach Hottes Anweisungen vorsichtig den Kopf vom Rohr ab und zogen den Zünder heraus. Allen war bewusst, wie gefährlich das war, was sie da taten. Pauls Nerven waren stark angespannt. Das war aber kein unangenehmer Zustand. Im Gegenteil, Paul fühlte sich dabei ungewöhnlich wach und konzentriert.

Als sie schließlich alle Panzerfäuste auseinandermontiert hatten und die Spannung von Paul abfiel, fühlte sich das fast wie eine kleine Enttäuschung an.

Von den Zündern, die wie dicke Batterien aussahen, hatten sie ein paar Hände voll zusammenbekommen. Sie stellten sich damit vor ein Fensterloch.

»Wir schießen auf die Wand gegenüber«, sagte Hotte. »Ihr müsst den Zünder so gegen die Wand werfen, dass er mit dem Zündhütchen auftrifft.«

Die Wand der gegenüberliegenden Ruine war schon ordentlich durchlöchert. Paul brannte darauf, seine eigenen Spuren zu hinterlassen.

»Henkelmann«, sagte Hotte.

Henkelmann stellte sich in Position und warf den Zünder. Er prallte von der Mauer ab und fiel zu Boden, ohne dass er explodiert wäre.

»Das war schon mal nischt«, grinste Hotte. »Jetzt Paul.«

Paul konzentrierte sich. Er war ja ein geübter Messerwerfer, also sollte ihm das auch gelingen. Paul schleuderte den Zünder und es gab einen lauten Knall. Kreisrund um die Stelle, wo Pauls Zünder an der Wand explodiert war, war die Mauer tief geschwärzt.

»Treffer!«, rief Paul begeistert. Wenn das sein Vater gesehen hätte. Aber der hätte es wohl gar nicht gewürdigt, dachte er in Erinnerung an seinen Messerwurf.

Sie warfen, bis alle Zünder explodiert waren. Henkelmann gelangen zwei Explosionen, Paul schaffte neun und schlug damit Hotte, der es nur auf sieben gebracht hatte.

»Jetzt machen wir mal was fürs Auge«, sagte Hotte. »Damit die Damen sich nicht langweilen.« Er schickte Grille ein Lächeln rüber, doch diese hatte ein Heft auf ihren Knien und zeichnete mit Bleistift vor sich hin.

»Zuerst extrahieren wir Schwarzpulver«, ordnete Hotte an. »Dabei kannst du auch mithelfen«, sagte Hotte an Wally gewandt. Die streckte ihm aber bloß die Zunge raus.

Paul, Henkelmann und Hotte klopften Patronenhülsen auf und sammelten das darin befindliche Schwarzpulver auf einem Haufen zusammen. Das war eine fummelige und eintönige Arbeit, aber Paul freute sich schon auf das Feuer, das daraus entstehen würde.

Als sie genug Pulver beisammenhatten, schickte Hotte Henkelmann nach unten, damit er ein kurzes, breites Stück Rohr holte, das in einem offenen Kanalschacht lag. »Sicher ist sicher«, sagte Hotte. »Wir entzünden das Pulver lieber im Rohr.«

Henkelmann kam mit dem Rohrstück zurück und sie schütteten das Pulver hinein. Hotte kramte in seinen Hosentaschen.

»Brauchst du Feuer?«, fragte Paul grinsend und zog das Feuerzeug hervor, das ihm der Polizist geschenkt hatte.

»Geht alle in Deckung«, sagte Hotte. Er zündete einen Fetzen Papier an und warf diesen ins Rohr.

Das Pulver brannte sofort lichterloh. Eine Stichflamme schoss aus dem Rohr nach oben, es knallte und zischte und helle Funken sprühten und regneten ringsum herab.

»Wahnsinn«, sagte Paul andächtig.

Sogar Grille sah lächelnd ins Feuer, worüber sich Hotte mächtig zu freuen schien.

»Ich hab doch gut auf alle aufgepasst«, sagte Hotte selbstzufrieden zu Grille. »Und noch dazu ein famoses Feuerchen gemacht!«

Wally nahm das Rohr einer zerlegten Panzerfaust. »Puh, das ist ja schwer«, sagte sie. Sie hielt das Rohr in beiden Händen und ließ es um ihren Körper herumwirbeln. Dann setzte sie sich in Bewegung, sprang um das Feuer herum, wobei sie sich gleichzeitig um die eigene Achse drehte, und ließ ihr Indianergeheul hören.

Plötzlich stoppte Wallys Singsang und zugleich ertönte ein markerschütternder Schrei.

Es war so schnell gegangen, dass Paul es gar nicht richtig mitbekommen hatte. Gerade noch war Henkelmann neben ihm gewesen, im nächsten Moment war er verschwunden. Er musste, getroffen von Wallys umherwirbelnder Stange, durch das Loch in der Mauer gestürzt sein.

Wally ließ erschrocken ihr Rohr fallen.

Paul sah durch das Loch hinunter. Auf der Straße lag Henkelmann. Halb auf dem Rücken, halb seitlich, mit ausgestreckten Beinen lag er da und bewegte sich nicht.

Für einen Moment stand die Bande fassungslos da.

Dann rannten sie nach unten und beugten sich über Henkelmann.

Pauls Herzschlag setzte kurz aus. Henkelmann lag mit geschlossenen Augen da. Er blutete am Kopf und rührte sich nicht.

»Henkelmann«, sagte Grille. Ihre Stimme kam fast tonlos aus ihrem Mund.

»Henkelmann!« Pauls Stimme klang unnatürlich hoch und spitz.

Henkelmann schlug die Augen auf. »Mein Bein, aua, mein Bein«, stöhnte er.

Paul stützte die Hände auf die Knie und ließ erleichtert Luft ausströmen.

»Beweg es mal«, sagte Grille.

Henkelmann ruckelte ein wenig mit dem Bein hin und her.

»Immerhin«, sagte Grille. »Gebrochen ist es nicht. Aber deine Wunde am Kopf sieht böse aus.«

Henkelmann griff sich an den Kopf und fasste ins Nasse. Es musste ihm klar sein, dass das sein eigenes Blut war. Henkelmann biss sich auf die Lippen. Seine Augen glänzten feucht, aber er weinte nicht.

»Bluse aus«, wies Grille ihre Schwester an.

Fügsam und eilig, wie sie sonst nie eine Anweisung befolgte, knöpfte sich Wally die Bluse auf. Sie musste ein mächtig schlechtes Gewissen haben.

Grille riss die Bluse in Streifen und wickelte daraus einen Kopfverband, der fast professionell aussah. Henkelmanns Augen waren geweitet vor Schmerzen, aber seinem Mund entfuhr kein Mucks.

Wann ist er so tapfer geworden, so kenn ich ihn ja gar nicht, dachte Paul verwundert.

Grille setzte sich hinter Henkelmann. »Kannst du aufstehen? Ich helfe dir auch dabei.«

Von Grille gestützt, kam Henkelmann vorsichtig hoch. Er setzte sich auf, verschnaufte eine Weile, dann stand er mit wackeligen Knien vor ihnen.

»Du bist ja ganz weiß im Gesicht«, sagte Henkelmann zu Paul.

»Sollen wir einen Krankenwagen rufen?«, fragte Grille.

Hotte sah unbehaglich drein. Paul ahnte, warum. Er fürchtete sich vor Konsequenzen. Immerhin war er der Älteste und trug damit die Verantwortung.

Henkelmann schüttelte den Kopf. »Es geht schon«, sagte er. »Aber so weit nach Hause laufen kann ich nicht.«

In diesem Moment sah Paul einen Jeep mit amerikanischen Soldaten vorbeifahren. Ohne nachzudenken, pfiff er auf zwei Fingern und winkte die Soldaten heran.

Der Jeep hielt. Paul erklärte den Soldaten die Lage. Der Fahrer, ein sommersprossiger Kerl mit rotblonden Haaren, nickte gleich verständnisvoll und wies Richtung Rückbank. Zu fünft quetschten sie sich hinein. Sie saßen wie die Hühner auf der Stange. Die Soldaten lachten fröhlich über diesen Anblick, aber sie stellten keine lästigen Fragen. Es dauerte nur wenige Minuten, dann waren sie bei ihrem Mietshaus angelangt.

»Gute Besserung und *good luck*«, sagte der sommersprossige Soldat und fuhr davon.

Im Hof verabschiedeten sich Hotte, Grille und Wally, die in ihre jeweiligen Wohnungen gingen. Paul stützte Henkelmann, damit er die Treppe im Hinterhaus leichter bewältigen konnte.

»Diese blöde Wally«, schimpfte Paul, während sein Freund mit schmerzverzerrtem Gesicht Stufe um Stufe erklomm. »Das Gör ist unmöglich, die reinste Landplage.«

»Wally ist nicht schuld. Ich bin doch viel älter, ich hätte besser aufpassen müssen.«

»Hotte hätte besser aufpassen müssen! Bei Falke wäre das nicht passiert.«

»Hotte ist auch nicht schuld«, sagte Henkelmann und verzog das Gesicht. »Es ist einfach dumm gelaufen.«

Da siehst du mal, sagte Paul in Gedanken zu seinem Vater. Henkelmann ist richtig schwer verletzt und gibt trotzdem nicht anderen die Schuld.

Der Triumph, den Paul bei diesem Gedanken spürte, fühlte sich faulig an. Seinen Vater zu tadeln, machte ihm überhaupt keinen Spaß.

»Soll ich noch mit reinkommen?«, fragte Paul, als sie vor Henkelmanns Wohnungstür angelangt waren.

Henkelmann schüttelte den Kopf. »Es reicht, wenn ich das Donnerwetter abkriege«, sagte er und versuchte zu lächeln.

»Ich kann dir beistehen«, bot Paul an.

»Ich weiß, danke. Ist aber nicht nötig.«

»Na dann. Gute Besserung.« Paul ging zu seiner Wohnungstür und drehte nach kurzem Zögern den Schlüssel im Schloss.

Sauberer Schnitt

Paul und Henkelmann sahen dabei zu, wie die Kaninchen ihren Löwenzahn wegmümmelten. Henkelmann trug inzwischen einen richtigen Verband, der ihm wie ein weißer Turban auf dem Schädel saß. Hin und wieder plagten ihn noch Kopfschmerzen, ansonsten ging es ihm zum Glück wieder gut.

»Wie läuft es denn mit deinem Vater?«, fragte Henkelmann. »Du erzählst ja nicht gerade viel.«

»Ach … ja …«, sagte Paul. Er hatte tatsächlich keine Lust, über seinen Vater zu reden. Dann hätte er nämlich zugeben müssen, dass es ganz schön schwierig war mit dem Vater. Heute Morgen zum Beispiel. Der Vater war verkatert und schlecht gelaunt aufgestanden und hatte Paul angewiesen, ihm ein Fußbad zu machen. Paul war sofort zum Herd gegangen und hatte Töpfe mit Wasser aufgesetzt. Bis das Wasser heiß war, dauerte es natürlich seine Zeit. Der Vater war aber ungeduldig gewesen und hatte Paul beschuldigt, er würde herumtrödeln. Als Paul ihm schließlich die große, mit Wasser gefüllte Zinkwanne ins Schlafzimmer gebracht hatte und der Vater seine Füße hineingesteckt hatte, hatte er sich beschwert, dass das Wasser nur lauwarm sei. Was nicht gestimmt hatte, das Wasser war ordentlich heiß gewesen, wenn auch natürlich nicht kochend heiß. »Für Mutti war es immer gut so«, hatte Paul schüchtern einzuwenden gewagt. »Für mich aber nicht, ich hab den sibirischen Winter in mir«, hatte der Vater Paul angefahren. Und dann hatte er nach der Flasche Korn verlangt, die Paul ihm auf dem Schwarzmarkt organisiert hatte. Paul hatte versucht, dem Vater begreiflich zu machen, dass es noch viel zu früh am Tag wäre, um zu trinken. »Wenn du mir kein anständiges Fußbad machst, muss ich mich eben so entspannen«, hatte der Vater Paul angebellt. Genervt hatte Paul ihm daraufhin seine Flasche gebracht. Der Ärger, den Paul verspürte, hielt noch lange an. Ärger über den Vater, aber auch Ärger über sich selbst. Der Vater hatte so viel mitgemacht. Paul hätte sich mehr Mühe geben müssen und überhaupt musste er nachsichtiger und gehorsamer ihm gegenüber sein.

»Nun?«, hakte Henkelmann nach.

Paul zuckte mit den Schultern, murmelte ein »Es ist alles okay« und wechselte schnell das Thema. »Kiek mal«, sagte er. »Haste schon mal die beiden Flecken da auf Willis Fell gesehen? Das sieht aus wie 'ne Mondsichel und ein Stern!«

»Ich kenne alle Flecken auf Willis Fell«, sagte Henkelmann. »Aber hier, siehste? Der Theo hat ein paar graue Haare bekommen.«

Paul guckte sich Theos Fell an. »Auch Kaninchen werden alt, wa?«, meinte er.

Henkelmann seufzte.

»He«, sagte Paul. »Schau nicht so traurig. Deine Kaninchen leben noch ganz lange, so gut, wie du die pflegst.«

Schmunzelnd sah Henkelmann zu, wie sich die Kaninchen

über einen üppigen Löwenzahn hermachten und die Löwenzahnwurzel quer in Josephines Mund verschwand. »Verhungern lass ich sie jedenfalls nicht«, sagte er froh.

»Jetzt habt ihr gut gefressen, jetzt müsst ihr eure Körper stählen«, sagte Paul zu den Kaninchen, nachdem alles Grünzeug in ihren Mägen verschwunden war. Dazu nahm Paul wie üblich die Harke und ließ die Kaninchen über den Stiel hoppeln. Er passt auf, dass alle mitmachten, selbst Theo brachte er dazu, zwei, drei Hopser über die Stange zu tun.

Schließlich gaben Paul und Henkelmann den Kaninchen noch jeweils einen Kuss auf die Nase und sperrten sie dann in ihren Stall zurück.

Als Paul aus dem Schuppen trat, sah er eine Bewegung hinter einem der Büsche. Da kauerte jemand. Paul guckte genauer hin und erkannte, dass es der Ami war.

»Bill«, rief er erstaunt.

Der Ami fuhr herum. »Hi, Paul«, sagte er.

»Was machst du hier?«, fragte Paul abweisend.

Der Ami kam hinter dem Busch hervor.

»Du hast hier nichts zu suchen!«, schob Paul nach.

Bill lächelte Paul traurig an. »Dein Vater zurück, ich weiß. Keine Sorge, ich nicht einmischen.«

Paul kniff die Augen zusammen. Ob er dem Ami das glauben sollte?

»Vater, Mutter, Familie, gehören zusammen«, fuhr dieser fort. »Aber ich Sehnsucht nach Johanna. Ich wollte sehen. Nur sehen.«

Weil er nicht wusste, was er dazu sagen sollte, verzog Paul nur unbestimmt das Gesicht.

Der Ami sah zum Schlafzimmerfenster der Eltern hoch. »Manchmal ich sehen deine Mutter durch Fenster«, sagte Bill. »Wie geht es ihr?«

»Gut«, sagte Paul. »Es geht ihr gut.« Er merkte selbst, dass es aggressiv klang. Er wusste eigentlich nicht, wie es seiner Mutter ging. Sie war still in letzter Zeit und wirkte oft abwesend.

»Wie geht es dir, Paul?«

»Gut«, sagte Paul mit fester Stimme.

»Heiner, was ist passiert mit deine Kopf?«

»War bloß ein kleiner Unfall«, sagte Henkelmann. »Mir geht's gut. Und meinen Kaninchen geht's auch gut.«

Bill lächelte.

Der Ami war wirklich verdammt freundlich. Und dass er mal nicht gut gelaunt grinste, sondern einen wehmütigen Blick hatte, ließ ihn irgendwie sympathischer wirken.

Er hat hinter deinem Rücken über dich gelästert, rief sich Paul sogleich in Erinnerung.

»Jetzt verschwinde von hier«, sagte Paul. »Wenn mein Vater dich erwischt … Mein Vater ist gefährlich!« Ob er das als Drohung meinte oder als Warnung, war ihm selbst nicht ganz klar.

Die Mutter hatte Rindfleisch besorgt und dazu eine schmackhafte Meerrettichsoße gekocht. Dennoch war die Stimmung beim Abendessen nicht besonders gut. Der Vater hatte einen trüben Blick. Daran war, wie Paul wusste, der Korn schuld.

»Das Fleisch ist mager. Zäh und mager«, sagte der Vater schlecht gelaunt.

Das ärgerte Paul. »Mutti hat dir das mit Abstand größte Stück aufgetan«, sagte er.

»Was Besseres bekomm ich für die Marken leider nicht«, erklärte die Mutter.

»Wo hast du das her?«

»Na, von der Fleischerei Kunze.«

»Vielleicht solltest du mal woandershin gehen. Aber du gehst ja gern zu dem Kunze, wa?«, bemerkte der Vater anzüglich.

Die Mutter verdrehte genervt die Augen.

Paul konnte ihre Reaktion gut verstehen. Herr Kunze war dick und pockennarbig, also ganz gewiss kein schöner Mann. Hoffentlich aber hatte der Vater die Aufmüpfigkeit der Mutter nicht bemerkt.

»Ich war heute mit der Bande unterwegs«, fing Paul an, um ihn abzulenken. Dann wusste er nicht weiter. Was sollte er eigentlich erzählen? Dass sie mal wieder Karten gespielt hatten?

»Mit der Bande, aha«, sagte der Vater und säbelte an seinem Fleisch herum. »Das ist doch die Bande, die von 'nem Mädchen angeführt wird?«

Das hatte sich der Vater also gemerkt.

»Nicht mehr«, murmelte Paul.

»Was?«

Paul hatte keine Lust, sich zu wiederholen. Er brauchte sich nicht zu rechtfertigen. Mit Falke als Anführerin hatte die Bande tolle Sachen erlebt.

»Falke ist mehr als nur ein ›Mädchen‹«, sagte er stattdessen etwas pampig.

»Ach so.« Der Vater grinste. »Geht also schon los mit den Weibern, ja?«

Jetzt war es an Paul, die Augen zu verdrehen. Warum konnten der Vater und er nicht miteinander reden, ohne sich gründlich misszuverstehen?

»Zu meiner Zeit gab's das ja nicht«, sagte der Vater kauend. »Da ham wir uns von 'nem Mädchen nichts befehlen lassen. Da haben die Mädchen gelernt, wie man anständig kocht.«

In den Augen der Mutter blitzte es. »Wir mussten in den letzten Jahren mehr können als bloß kochen, das kannste aber glauben«, sagte sie.

Der Vater sah sie verständnislos an. »Kochen ist doch sehr wichtig«, sagte er. »Und du kochst ja eigentlich auch ganz ordentlich.«

»Warum beschwerst du dich dann ständig?«

»Mutti, lass gut sein«, warf Paul ängstlich ein.

Aber es war zu spät. Der Vater hatte ein rotes Gesicht bekommen. Er knallte das Messer auf den Tisch, seine Hände zitterten. »Ich wär in Sibirien fast krepiert. Verstehste das nicht? Ich muss was Anständiges zu essen haben. Mit dem zähen, fettlosen Stück Pappe, das du da angeschleppt hast, kann ich nichts anfangen!«

»Du verstehst nicht.« Die Mutter blieb ruhig. »Wir leben hier auch nicht im Schlaraffenland.«

»Deine frechen Antworten kannste dir sparen.«

Die Mutter schwieg.

Der Vater aß sein letztes Stück Fleisch. Er starrte auf Pauls Teller.

»Willst du jetzt etwa dem Jungen das Fleisch missgönnen?«, fragte die Mutter scharf.

»Nee«, sagte der Vater. »Nee, das nicht. Der Paul braucht das. Der ist ja immer noch so schmächtig.«

»Ich bin nicht schmächtig!«

»Biste nicht? Na ja. Früher jedenfalls warste so'n Hänfling. Ein kleiner Schwächling warste. Leider.«

Mit einem Mal war Paul der Appetit vergangen. Ruckartig stand er auf. »Ich bin kein Schwächling. Du nennst mich nie wieder Schwächling«, fuhr er seinen Vater an.

»Danke für das Essen, ich bin fertig«, sagte Paul zur Mutter.

»Aber, Paul …«

»Wer nicht will, der hat schon.« Der Vater spießte Pauls Fleisch auf seine Gabel.

»Guten Appetit«, zischte Paul böse.

Paul schreckte aus seinen Gedanken hoch, als die Zimmertür aufging und sein Vater plötzlich vor ihm stand.

»Hier stinkt's«, sagte der Vater.

Paul hatte mit seinem Feuerzeug am Bettpfosten herumgekokelt. »Na und«, erwiderte er.

»Jetzt hör mir mal gut zu«, sagte der Vater. Seine Stimme zitterte leicht, das ließ ihn umso bedrohlicher wirken. »Ich war mehr als zwei Jahre in Gefangenschaft. Ich komme nach Hause, ich krieg kein anständiges Fußbad, ich krieg kein anständiges Essen. Und dann auch noch Widerworte! Das dulde ich nicht, ist das klar?«

Gar nichts war klar.

»Du hast keine Ahnung«, sagte Paul. »Du kannst nicht so mit mir umspringen. Ich bin kein kleines Kind mehr! Ich bin jetzt ein Mann.«

Der Vater reagierte auf Pauls Worte mit einem verächtlichen Lachen.

Das war zu viel.

»Jedenfalls bin ich mehr Mann als du«, brüllte Paul. Er sah seinen Vater dabei nicht an, er schrie gegen den Boden. »Du schläfst ja immer nur oder du säufst. Und du zitterst!«

»Sei still.«

Paul sagte nichts mehr, dafür nahm er jetzt den Kopf hoch und sah seinem Vater trotzig ins Gesicht.

Der Vater war bleich geworden. Seine Augen wirkten wässrig, und er schien Mühe zu haben, Paul zu fixieren. »Komm mit«, sagte er.

Paul rührte sich nicht.

»Und nimm dein Messer. Wir gehen raus.«

»Es ist Sperrstunde.«

»Du tust, was ich dir sage!«, befahl der Vater.

Also nahm Paul sein Messer aus dem Geheimversteck und folgte dem Vater in den Flur. Der Vater nahm die Schlüssel vom Brett. Pauls Hand zuckte automatisch zu seiner Lokführermütze. Doch dann nahm er die Hand langsam zurück und setzte die Mütze nicht auf.

Sie liefen die Treppe hinunter und gingen zur Hintertür hinaus.

Der Vater sperrte die Tür zum Schuppen auf. Paul ahnte nichts Gutes.

Sein Vater stellte sich vor den Stall und blickte auf die Kaninchen hinunter, die munter darin herumsprangen. Während der Dämmerung waren sie besonders aktiv.

»Ganz schön dicke Brocken«, sagte der Vater.

Das wird er nicht tun, dachte Paul. Das kann er einfach nicht tun.

An diesem Gedanken biss sich Paul derart fest, dass er innerlich und äußerlich dastand wie gelähmt.

»Zeig, dass du ein Mann bist. Schlachte mir ein Kaninchen.«

Jetzt war es gesagt.

Paul erwachte aus seiner Schockstarre. »Bist du völlig verrückt?«, fragte er. »Das sind Henkelmanns Kaninchen, das weißt du doch.«

»Ich habe Hunger«, sagte der Vater.

»Henkelmann liebt seine Kaninchen. Er tut alles für sie. Er füttert sie, er streichelt sie, er pflegt sie …«

Während Paul plapperte, merkte er zu spät, dass der Vater ihm das Messer aus der Hand genommen und aus dem Futteral gezogen hatte.

»Das ist mein Messer. Gib es her!« Paul griff nach dem Messer, aber der Vater entzog es seiner Reichweite. Paul stellte sich schützend vor den Stall.

»Ich habe Hunger«, wiederholte der Vater.

»Trink doch noch Schnaps«, rief Paul verzweifelt. »Damit kannst du den Hunger betäuben.«

Ärgerlich schubste der Vater Paul beiseite. »Jetzt stell dich nicht so an. Du bist vielleicht noch kein Mann. Aber ich kann dir beibringen, wie du einer wirst.«

Der Vater hob den Deckel an und zog Willi aus dem Stall. Er nickte Paul aufmunternd zu. »Ich weiß, du kannst das. Du bist ja mein Sohn«, sagte er.

»Das ist der Willi«, rief Paul entsetzt. »Das kannst du nicht machen. Das ist Willi.«

»Das ist ein Karnickel. Und das geht ganz schnell, keine Sorge, der spürt nischt. Ein sauberer Schnitt.«

Dann ging es tatsächlich schnell. Der Vater packte Pauls Hand in seine eigene verbrannte Pranke und führte sie zusammen mit dem Messer an Willis Kehle.

»Nein!«, schrie Paul.

Willi zappelte und hatte schreckgeweitete Augen, als wüsste er genau, was ihn erwartete.

Paul versuchte, seine Hand, die das Messer umklammert hielt, dem Griff des Vaters zu entwinden. Aber der Vater war stark. Pauls Hand und das Messer waren seine Gefangenen. In einer schnellen, heftigen Bewegung drückte er sie gegen das zappelnde Kaninchen. Blut spritzte und Willis Kehle war durchgeschnitten.

Das war ich nicht!, dachte Paul fassungslos. Sein Arm, der noch immer das Messer hielt, hing schlaff an seinem Körper.

Paul starrte seinen Vater an, von dessen linker Hand der tote Willi baumelte.

»Nein«, stammelte Paul. »Nein.«

Er stolperte zur Tür und rannte los.

»Paul!«, rief der Vater.

Paul sprintete, so schnell er konnte. Der Vater würde ihn nicht erwischen. Er kannte hier jeden Winkel, der Vater nicht.

»Komm zurück«, hörte er den Vater aus der Ferne. Er war beim Schuppen stehen geblieben, während Paul bereits das andere Ende der Gartenparzellen erreicht hatte.

Zur Sicherheit rannte Paul noch ein paar Straßen weiter, bis er keuchend stehen blieb. Voller Ekel wischte er sein blutverschmiertes Messer an einem Grasbüschel ab.

In der Kaserne

Paul lief durch die Straßen, ohne sich umzusehen. Er wollte weg, einfach nur weg. Nur nicht anhalten, nur nicht daran denken, was gerade im Schuppen passiert war.

Paul kam zu einer Kreuzung. Wahllos bog er in die rechte Straße ein. Gleich drauf erkannte er, dass dies ein Fehler gewesen war.

Er war zwei patrouillierenden GIs direkt in die Arme gelaufen.

Die GIs stellten sich Paul breitbeinig in den Weg. Der eine hatte schwarze Locken und eine spitze Nase, der andere war blond mit einem Pfannkuchengesicht.

»Stopp«, sagte der dunkelhaarige. »Wo willst du hin?«

Paul sah den GI verwirrt an.

»Es ist Sperrstunde«, sagte der GI und wiederholte seine Frage, diesmal eine Spur schärfer: »Wo willst du hin?«

»Äh … nach Hause«, sagte Paul, weil es das Erste war, was ihm einfiel. »Ich bin auf dem Weg nach Hause, ich habe mich nur verspätet.«

Der GI musterte Paul. »Du lügst«, stellte er fest. Er sagte etwas auf Englisch zu seinem Kollegen, dann wandte er sich wieder Paul zu: »Komm mal mit.« Der GI streckte seinen Arm aus.

Mit einer flinken Drehbewegung wich Paul dem Griff aus. »Fassen Sie mich nicht an!«

Der GI machte einen Schritt auf Paul zu.

Instinktiv sprintete Paul los. Er kam jedoch nicht weit. Der GI musste einen Hechtsprung gemacht haben, jedenfalls spürte Paul plötzlich einen dumpfen Schlag, mit dem der Soldat gegen seinen Rücken krachte. Paul wurde vom Gewicht des GIs zu Boden gerissen.

Pauls Lippe platzte auf, als er mit dem Gesicht auf dem Pflaster landete. Er schmeckte das Blut in seinem Mund und geriet in Zorn. Das ging zu weit! Es war ihm egal, wie dumm das war, aber er würde sich nicht kampflos ergeben. Ruckartig drehte er sich um, wobei ihm ein stechender Schmerz in die Glieder fuhr. Er trat nach dem GI und boxte wild auf ihn ein.

Der blonde zog seine Waffe.

Paul blickte in den Lauf eines Revolvers und in das teigige Gesicht des blonden, das jetzt hassverzerrt war.

»German bastard!«, stieß er hervor.

Paul ließ augenblicklich seine Fäuste sinken.

Der Revolver blieb weiterhin auf Paul gerichtet.

Der dunkelhaarige ließ von Paul ab. *»Henry, no«*, sagte er warnend zu seinem Kollegen.

Der blonde spannte den Abzugshahn. Seine Augen fixierten Paul mit gierigem Hass. Er sah wie ein Verrückter aus.

Die Erkenntnis traf Paul wie ein Hammerschlag auf den Kopf. Der Typ würde ihn erschießen. Und es gab nichts, gar nichts, was er dagegen tun konnte.

Ein Schwall Magensäure schoss brennend Pauls Speiseröhre hoch. In seinem Bauch rumorte es, um ein Haar hätte er sich in die Hose gemacht.

Das war's jetzt, konnte Paul nur noch denken. Sein ganzer Körper schwamm in einer Welle von Übelkeit und maßloser Angst.

Wie durch Watte drang eine bekannte Stimme an sein Ohr. *»What's going on?«*

Bill war um die Ecke gekommen. Er nahm dem überraschten blonden den Revolver aus der Hand.

Der dunkelhaarige erklärte Bill die Lage. Er redete sehr schnell und gestikulierte lebhaft dabei. Paul verstand nur ein paar Brocken. Dass er sie angelogen hatte, dass er getreten und um sich geschlagen hatte.

Paul stand zitternd auf.

Er wusste nicht, ob es die Kälte war, die ihn zittern ließ, oder weil der blonde auf ihn hatte schießen wollen oder weil er vielleicht ins Gefängnis musste.

Von dem, was Bill sagte, bekam Paul nur wenig mit. Aber Bill sprach so ruhig und besonnen, dass Paul auch langsam ruhiger wurde.

Schließlich verlangte Bill, dass Paul sich bei dem dunkelhaarigen entschuldigte.

Mechanisch streckte Paul seine Hand aus. »Entschuldigung«, sagte er.

Der dunkelhaarige ergriff Pauls Hand. »Entschuldigung angenommen, du junger Heißsporn. Du hast Glück, dass du Bills Freund bist.«

Hatte Bill gesagt, dass Paul sein Freund war?

»Ich hoffe, das war dir eine Lehre«, sagte der dunkelhaarige streng. »Mach in Zukunft keine Dummheiten mehr!«

Paul nickte. Er fühlte sich elend. Was hatte er sich nur dabei gedacht?

Dem blonden schien es nicht besser zu gehen. Wie ein geprügelter Schuljunge musste er eine Standpauke des dunkelhaarigen über sich ergehen lassen, bevor dieser Bill veranlasste, ihm seinen Revolver zurückzugeben.

Bill legte einen Arm um Paul, Paul zuckte zusammen. Bill nahm den Arm wieder fort. *»I take care of him now«*, sagte er zu den anderen GIs. »Komm. Wir gehen«, sagte er zu Paul.

Paul folgte ihm wie in Trance.

Eine Weile liefen sie stumm nebeneinanderher. Schließlich kam es Paul in den Sinn, dass er sich noch gar nicht bei Bill bedankt hatte.

»Vielen Dank«, sagte er also.

»Was du hast da gemacht?«, platzte es aus Bill heraus. »Bist du …?« Bill wischte sich mit der Hand vor dem Gesicht hin und her, um eine Geisteskrankheit anzudeuten.

Paul sagte nichts.

Paul konnte spüren, dass Bill ordentlich sauer war. Aber er ließ ihn in Ruhe.

»Bist du verletzt?«, fragte Bill nach einiger Zeit weiteren Schweigens.

In Pauls aufgeplatzter Lippe pochte das Blut. Außerdem würde er ein paar blaue Flecke bekommen. Aber das war nicht der Rede wert. Also machte Paul nur eine wegwerfende Handbewegung.

»Gut«, sagte Bill. »Ich bringe dir nach Hause.«

Paul blieb abrupt stehen. »Nein«, sagte er. »Nein. Nicht nach Hause.«

Bill sah ihn stirnrunzelnd an. »Nein?«

Paul schüttelte vehement den Kopf.

»Okay«, sagte Bill und zuckte mit den Schultern. »Wir gehen zu die Kaserne.«

Bill drehte um und schlug den Weg Richtung Kaserne ein. Paul war das recht. Besser, als die Nacht im Freien zu verbringen, war es allemal.

»Henry ist Jude«, sagte Bill unvermittelt.

Der blonde? Der hatte gar nicht wie ein Jude ausgesehen. Aber es erklärte den Hass, den Paul in seinem Gesicht gesehen hatte. Angeblich hatten die Deutschen den Juden ja viel Schlimmes angetan.

»Ich verstehe«, sagte Paul. »Deshalb wollte er auf mich schießen.«

»Du verstehst?«, fragte Bill. »Ich nicht. Bist du schuld, was passiert ist mit Juden? Hast du umgebracht Juden?«

Paul antwortete nichts darauf. Er hatte die Juden auch gehasst, so hatte er es ja in der Schule gelernt. In der letzten Zeit allerdings wurde über die Juden nicht mehr geredet, daher hatte Paul fast vergessen, dass es sie gab.

»Der andere sprach sehr gut Deutsch«, fiel Paul ein.

Bill nickte. »Robert ist halbe Italiener, halbe Deutscher. In Amerika es gibt Menschen von die ganze Welt.«

Na toll, dachte Paul.

Kurz darauf waren sie bei der Kaserne angelangt. Bill sprach ein paar Worte mit dem wachhabenden Soldaten, dann nahm er Paul mit hinein.

Sie gingen durch Flure mit hohen, gewölbten Decken und Wänden aus grauem Stein. Die Wände waren von vielen gleich aussehenden Türen durchbrochen. Eine dieser Türen sperrte Bill auf. Bills Zimmer war klein und nur spärlich möbliert. Ein Bett stand darin, ein Stuhl und ein Spind. An den Wänden hingen einige Fotos von Bills Familie. Paul entdeckte auch ein Foto, das Bill Arm in Arm mit Pauls Mutter zeigte. Er sah gleich wieder weg.

»Willkommen«, sagte Bill. »Du schlafen in die Bett.« Bill öffnete den Spind, zog einen Schlafsack heraus und rollte ihn für sich selbst auf dem Boden aus. »Hier!« Bill griff noch einmal in den Spind und warf Paul ein großes Army-Hemd zu. Paul verstand, dass er es als Nachthemd anziehen sollte.

Nachdem Paul sich umgekleidet hatte, räumte Bill Pauls Klamotten beiseite. Plötzlich fuhr er herum und sah Paul fuchsteufelswild an. »Dein Messer?«, fragte er entgeistert und zog das Messer aus Pauls kurzer Hose hervor. »Du laufen in Sperrstunde mit dein Messer!?«

Paul konnte sich nicht verteidigen. Dann hätte er ja erzählen müssen, was zuvor passiert war, und das ging Bill gar nichts an.

»Bist du vollkommen *crazy*?«, brüllte Bill.

Paul schauderte. Ihm stand plötzlich alles wieder vor Augen. Der hasserfüllte Blick des blonden Soldaten. Der gespannte Abzug des Revolvers. Was, wenn der Soldat wirklich geschossen hätte? Bill hätte zur Mutter gehen und ihr erklären müssen, dass ihr einziger Sohn tot war.

»Lass mich in Ruhe«, sagte Paul mit gequälter Stimme. Seine Beine wurden weich. Schnell setzte er sich auf den Stuhl.

»Du Angst? Gut!«, sagte Bill grimmig. Unablässig den Kopf schüttelnd machte er sich an seinem Rucksack zu schaffen. Er hielt Paul eine Tafel Schokolade vor die Nase. »Gut für Nerven«, sagte er.

Paul nahm die Schokolade und brach sich ein Stück ab. Während er es langsam lutschte, begann er, sich tatsächlich besser zu fühlen.

»Kannst du schlafen jetzt?«, fragte Bill.

Paul schüttelte den Kopf. Dazu war er noch viel zu aufgewühlt.

»Ich mir gedacht.«

Bill kratzte sich nachdenklich am Kopf. »Paul, wie heißt das …?«, fragte er. Bill ließ seine Finger vor dem Gesicht in einer bestimmten Weise auf und ab tanzen.

»Ähm … Flöte spielen?«

»Okay.« Bill grinste Paul fröhlich an. »Ich weiß, du kannst pfeifen. Richtig toll pfeifen! Du vielleicht auch kannst Flöte spielen?«

»Kann ich«, sagte Paul. Beim »Deutschen Jungvolk« hatten sie oft Liederabende veranstaltet, dabei hatte er Blockflöte gespielt.

»Sehr gut.« Bill nahm Pauls Messer in die Hand und öffnete das Fenster. Kühle Luft strömte herein. Paul fror in seinem Hemd und schlang die Arme um seine Beine.

Vor dem Fenster stand ein üppiger Busch. An den weißen, schon halb verblühten Dolden erkannte Paul, dass es sich um einen Holunderstrauch handelte. Bill wühlte in den Zweigen herum, prüfte einzelne Stücke und schnitt schließlich ein dickeres Stück ab, das etwa so lang wie sein Unterarm war.

»Du willst eine Flöte schnitzen«, sagte Paul.

Bill lächelte.

Das kann ja was werden, dachte Paul skeptisch.

Aber Bill ging zielstrebig zu Werke. Mithilfe des Messers zog er zunächst die Rinde ab. Dann holte er einen Draht aus seinem Rucksack und stocherte mit diesem das Mark aus dem Inneren des Zweigs.

Paul sah zunehmend interessiert zu.

»Ich oft gemacht zu Hause in Alabama«, sagte Bill. »Für die *kids*. *Kids* von mein Bruder, *kids* von mein Schwester, *kids* von Onkel und von Nachbarn.« Ein Anflug von Sehnsucht trat in seinen Blick.

Bill schnitzte das Mundstück, dann blies er einmal probeweise in die Flöte hinein.

Paul war erstaunt. Der Klang war voll und warm und kaum anders, als er ihn von der Blockflöte her kannte.

»Bisschen zu tief«, sagte Bill. Er korrigierte die Länge der Flöte, indem er sie am unteren Ende vorsichtig kürzte. Schließlich war er mit der Tonhöhe zufrieden und machte sich daran, die Grifflöcher zu schnitzen. Er maß dazu die richtigen Abstände mit seinen Fingern ab.

»Hier.« Bill reichte Paul die fertige Flöte. »Ich schenke dir.«

»Danke!«

Neugierig blies Paul in die Flöte hinein und probierte ein paar Töne aus. Es klang richtig gut. Bill sah ihn gespannt an. Um ihm eine Freude zu machen, entschied er sich dafür, ein einfaches Lied zu spielen. Er spielte »Ein Männlein steht im Walde«, weil es ihm als erstes in den Sinn kam. Paul bemerkte, dass Bill ganz andächtig lauschte.

Als er geendet hatte, klatschte Bill begeistert und laut.

Paul setzte zu einem zweiten Lied an. Während er »Kein schöner Land« zum Besten gab, klopfte es, und eine Handvoll Soldaten betrat Bills Zimmer. Sie setzten sich auf den Boden und sahen Paul erwartungsvoll an. Anscheinend waren sie gekommen, um ihm zuzuhören.

Paul brach irritiert ab.

Da hob einer der Soldaten in perfektem Deutsch an zu singen:

»Kein schöner Land in dieser Zeit,
als hier das unsre weit und breit,
wo wir uns finden
wohl unter Linden
zur Abendzeit.«

Bill klopfte Paul aufmunternd auf die Schulter. Also setzte Paul die Flöte wieder an die Lippen und spielte. Der Soldat sang mit heller, klarer Stimme dazu.

Bills Zimmer füllte sich immer weiter. Bald war es viel zu klein für das Publikum, die Männer standen bis in den Flur. Es wurde entschieden, in den Aufenthaltsraum umzuziehen.

Während Paul mit den GIs durch die Gänge lief, machten sie Witze über sein Army-Hemd. Aber auf eine freundliche Weise. Paul kapierte, dass sie ihm damit signalisierten, dass er jetzt zu ihnen gehörte. Er konnte nicht anders, als sich ein wenig stolz zu fühlen.

Paul erinnerte sich an ein Lied aus dem Englischunterricht. Schon als er die ersten Töne von »What shall we do with the drunken sailor?« spielte, fingen die Soldaten an zu johlen. Dann sangen sie aus vollem Halse mit. Es war ein lustiger Anblick. Blonde, schwarz- und rothaarige, blau- und braunäugige, hellhäutige sowie dunkelhäutige in allen Schattierungen waren darin vereint, dass sie den Mund sperrangelweit aufrissen und wie aus einer Kehle *»Hooray and up she rises«* brüllten. Ein großes Geschunkel setzte ein, von dem auch Paul mitgerissen wurde, sodass er Mühe hatte weiterzuspielen. Schließlich gab er es auf, in dem ohrenbetäubenden Gesang war sein Flötenspiel ohnehin kaum zu hören. Dafür machte es mächtig Spaß, sich in der Gruppe hin und her schaukeln zu lassen. Man kam sich bald selbst wie ein betrunkener Seemann vor.

Nachdem sich die Gemüter allmählich wieder beruhigt hatten und Paul sich an einer einfachen Swing-Melodie von Benny Goodman versuchte, waren die GIs dafür ganz Ohr. Einem Soldaten standen zu Pauls Verblüffung sogar Tränen in den Augen.

Nach dieser langen Nacht fiel Paul völlig erschöpft in Bills Bett.

Als Paul am nächsten Morgen erwachte, brauchte er einen Moment, bis er kapierte, wo er war.

»Gut geschlafen?«, fragte Bill. Der Ami saß mit überschlagenen Beinen auf dem Stuhl, wippte mit dem Fuß und hielt einen riesigen Kaffeebecher in der Hand.

Schlaftrunken setzte Paul sich auf und rieb sich die Augen. Das Linoleum war kalt unter seinen nackten Füßen.

»Willst du auch Kaffee?« Bill nahm einen geräuschvollen Schluck.

Paul schüttelte den Kopf. Er stand auf, dehnte kurz seinen Oberkörper und kleidete sich um.

»Wie geht es dir?«, fragte Bill.

»Gut.« Gedankenfetzen trieben durch Pauls Kopf, zu schnell, um sie sortieren zu können. Der geschlachtete Willi, der Lauf des Revolvers, das fröhliche Schunkeln und Musizieren.

»Ist deine Angst von die letzte Nacht gut wieder verschwunden?«

Paul fuhr herum. »Angst? Ich hatte keine Angst!«

Bill lachte. »Du – wie sagt man, hast gehabt Hose voll!«

Paul starrte Bill zornig an.

Bill legte ihm besänftigend eine Hand auf die Schulter. *»It's alright, Buddy.«*

Paul schoss etwas durch den Kopf. Was hatte Hotte erzählt? Bill hatte ihn ein Muttersöhnchen genannt. Einen Schwächling, den er beschützen musste. Paul schlug Bills Hand weg. »Geh weg«, sagte er. »Geh weg von mir, du stinkst!«

Bill sah ihn verdattert an. Dann wurde sein Blick hart. »Raus!«, sagte er und wies Paul die Tür.

»Leck mir die Bollen«, fauchte Paul und ging.

Kaum dass er die Kaserne verlassen hatte, tat es ihm bereits ein bisschen leid. Bill hatte ihm letzte Nacht vielleicht das Leben gerettet. Aber er brauchte sich trotzdem nicht so aufzuspielen. »Eingebildeter Fatzke«, knurrte Paul vor sich hin.

Er schlug den Weg nach Hause ein. Wo sonst hätte er hingehen sollen? Außerdem war seine Mutter bestimmt schon krank vor Sorge.

Tatsächlich kam die Mutter in den Flur gestürzt, kaum dass Paul einen Fuß über die Schwelle gesetzt hatte.

»Wo warst du die ganze Nacht?«

»Es tut mir leid, Mutti«, sagte Paul.

»Leid«, höhnte sie. »Es tut dir leid!«

Paul erblickte seinen Vater. Der sah so zerknittert aus, als hätte er die ganze Nacht kein Auge zugetan. Jetzt stand ihm eine große Erleichterung ins Gesicht geschrieben. Aber nur für einen Moment. Dann trübte Zorn seinen Blick. »Wo warst du?«, donnerte er Paul entgegen.

Paul zuckte mit den Schultern und wollte an den Eltern vorbei in sein Zimmer gehen.

Der Vater hielt ihn fest. »Wo du warst, hab ich gefragt! Antworte gefälligst oder du fängst dir eine ein!«

»Du sei still«, fuhr die Mutter den Vater an. »Deinetwegen ist er davongelaufen!«

»Denkst du, ich lasse mir von dir den Mund verbieten?«

»Du bist schuld, dass sich der Junge die ganze Nacht Gott weiß wo herumgetrieben hat!«

»Du hältst jetzt sofort deinen Mund!«

Paul stieg ein seltsamer Geruch in die Nase. Er hoffte inständig, dass es nicht der Geruch von gebratenem Kaninchen war. Ihm wurde flau im Magen. Er musste hier schnellstens weg. »Streiten könnt ihr auch alleine!« Mit einem Ruck zog Paul die Wohnungstür zu. Er hörte sie ins Schloss fallen, während er bereits die Treppe hinuntersprang.

Im Hof traf er auf Henkelmann. Mit seinem schmutzig weißen Kopfverband und einem total verheulten Gesicht sah sein Freund erbärmlich aus. »Willi ist weg«, schluchzte Henkelmann.

Es kostete Paul einige Mühe, ihm zu antworten. »Ich weiß. Mein Vater hat ihn geschlachtet.«

Henkelmann starrte Paul mit offenem Mund an.

»Es tut mir so leid«, stieß Paul hervor. »Ich wollte ihn abhalten, aber ich hab's nicht geschafft.«

Henkelmann nickte. Er wirkte wie betäubt.

»Immerhin ging alles ganz schnell, gelitten hat er nicht.«

Henkelmann weinte jetzt so stark, dass seine Schultern bebten. Paul biss sich auf die Lippe. Es fiel ihm schwer, nicht selbst mitzuweinen.

Ausflug

»Wir müssen Theo und Josefine in Sicherheit bringen«, sagte Paul.

Henkelmann nickte vehement. Er rieb sich die Augen, die vom langen Weinen gerötet waren. »Aber wie denn?«, fragte er.

Es war wirklich vertrackt. In seiner Wohnung konnte Henkelmann die Kaninchen nicht beherbergen, denn abgesehen davon, dass diese für die siebenköpfige Familie ohnehin schon viel zu eng war, bekam Henkelmanns Bruder Klaus Niesanfälle, wenn er in die Nähe der Kaninchen kam.

Paul war unbehaglich zumute. Er fühlte sich irgendwie schuldig, weil er Willi nicht hatte retten können. Wenn er doch wenigstens dafür sorgen könnte, dass den beiden anderen Kaninchen nichts geschah. »Wir könnten sie hierherbringen, ins Hauptquartier«, schlug er vor.

»Hier wurde ja auch schon eingebrochen«, sagte Henkelmann.

Das stimmte. Vor einigen Monaten hatte jemand das alte Vorhängeschloss geknackt. Offenbar in der verzweifelten Hoffnung, dass in den Strohsäcken, auf denen sie jetzt gerade saßen, etwas Wertvolleres sein könnte als eben Stroh.

Paul dachte angestrengt nach.

Wally presste ihren Mund gegen den Arm und ließ ein lang gezogenes Furzgeräusch ertönen.

»Wally«, rügte Grille matt.

»Rumhocken ist öde, plöde«, schimpfte Wally.

»Du hast doch deine Puppe.«

Gerade noch hatte Wally diese geherzt und getätschelt. Jetzt blickte sie gelangweilt, fast schon angeekelt auf ihre Puppe, die neben ihr auf dem schmutzigen Boden lag.

Hotte, der Klimmzüge zur Schau gestellt hatte, schwang sich vom Eisenträger runter, wischte sich mit dem Ärmel den Schweiß von der Stirn und kam zu ihnen rüber. »Falke kommt heute wohl auch nicht mehr«, stellte er fest. »So geht es nicht weiter. Wir brauchen einen neuen Anführer.«

Er sah vom einen zum anderen. »Wenn ich offiziell das Kommando übernehme, dann wird wieder Stimmung sein in der Budc. Glaubt ihr mir nicht? Ich hab in letzter Zeit das Geländc ausgekundschaftet. Es scheint in der Nähe eine zweite Trümmerbande zu geben. Gegen die können wir in den Krieg ziehen.«

»Au ja«, rief Wally, »dann nehmen wir sie gefangen, wir teeren und federn die Bastarde, wir rädern und vierteilen sie!«

»Darf ick sie teeren und federn?«, bohrte Wally mit leuchtenden Augen bei Hotte nach. »Darf ick? Darf ick?«

»Gar nischt darfst du. Ein Krieg ist eine ernsthafte und ehrenvolle Sache«, wies Hotte sie zurecht.

»Dann will ick nicht, dass du mein Anführer bist.« Wally verschränkte trotzig ihre Arme vor der Brust.

»Das spielt keine Rolle. Was sagt ihr denn dazu?«, wandte

sich Hotte an die anderen. Es klang leicht gereizt. Offenbar hatte er mehr Begeisterung erwartet.

Gegen eine andere Bande in den Krieg zu ziehen, wäre auf jeden Fall eine dolle Sache. Aber unter Hottes Kommando, das kam für Paul gar nicht infrage.

»Ich finde, wir haben genug Krieg erlebt«, sagte Grille.

»Es ist ja bloß zum Spaß«, erwiderte Hotte.

»*Ein Krieg ist eine ernsthafte und ehrenvolle Sache*«, verhöhnte ihn Wally mit quietschiger Stimme.

»Wir werden natürlich auch ganz viele andere Dinge machen«, sagte Hotte an Grille gewandt. »Wir können zum Beispiel das Hauptquartier verschönern. Mit Bildern und so. Oder was du willst. Jetzt gib mir doch mal eine Chance, verdammt«, fuhr es aus ihm heraus.

Grille senkte den Kopf.

»Grille kann auch die Anführerin sein«, sagte Paul. Er meinte das nicht ganz ernst. Grille war mit ihren vierzehn Jahren zwar fast so alt wie Hotte, außerdem war sie um einiges schlauer als er. Aber sie war zu sehr in sich gekehrt, ihr fehlten das Zupackende und Bestimmende, das ein Anführer haben musste.

»Grille ist doch toll, oder etwa nicht?«, forderte Paul Hotte weiter heraus.

»Natürlich«, sagte Hotte. Aber besonders leidenschaftlich klang es nicht. Anscheinend dämmerte es Hotte allmählich, dass Grille ihn wohl nie wirklich toll finden würde.

»Das Kommando ist aber Männersache«, kam Hotte zu seinem Anliegen zurück.

»Falke ist kein Mann«, sagte Paul sofort.

»Die Zeiten werden langsam wieder normal, zum Glück. Die Männer führen das Kommando.«

»Falke hat im Volkssturm gekämpft, du nicht!«

»Ich war zu jung.« Hotte funkelte Paul böse an.

»Falke auch«, sagte Grille mit trauriger Stimme.

»Falke hat im Volkssturm vielleicht Befehle ausgeführt, aber das Kommando hatten die Männer.«

»Das stimmt«, erwiderte Grille. »Die Männer hatten das Kommando. Sie haben Deutschland in den Krieg geführt und in die totale Niederlage.«

Hotte war anzusehen, dass er allmählich genug hatte.

»Willst du mich nicht als Anführer?«, fragte er Grille rundheraus.

»Ich finde gar nicht, dass die Bande einen Anführer braucht«, sagte Grille. »Wir können alle zusammen entscheiden. So richtig demokratisch.«

Das war die einfachste Art, Hotte als Anführer zu verhindern. Also war Paul sofort dafür. »Das ist eine dufte Idee«, rief er aus.

»Find ich auch!« Zum ersten Mal seit Willis Tod sah Henkelmann wieder ein bisschen fröhlich aus.

»Die Mehrheit hat entschieden«, sagte Paul aufgekratzt. »Wir sind jetzt alle Anführer!«

»Ick ooch! Ick ooch!«, freute sich Wally.

Jubel brach aus. Nur Hotte stand beleidigt da, die Arme vor seiner Brust gekreuzt.

»Du hast Petersilie an der Backe«, krähte Wally.

Automatisch wischte sich Hotte übers Gesicht. Als er kapierte, dass Wally ihn nur verkohlt hatte, wurde er stocksauer.

»Dann macht eure Kinderkacke halt alleine!«, blaffte er und lief zum Ausgang.

»Jetzt sei keine beleidigte Leberwurst!«, rief Henkelmann.

»Wisst ihr, was? Ich hab schon lange die Schnauze voll von euch. Ich bin raus aus der Bande.« Mit diesen Worten stapfte Hotte die Treppe hoch.

Durch die Kellerluken sahen sie ihm hinterher, wie er über die Trümmer davonstolperte.

Es war ein komisches Gefühl. Die Bande war auf vier Personen zusammengeschrumpft. Der Keller wirkte auf einmal noch kahler und düsterer als zuvor.

»Lasst uns rausgehen, in die Sonne«, schlug Paul vor.

Sie folgten ihm nach draußen. Paul lümmelte sich auf einen alten Autoreifen, die anderen nahmen ebenfalls auf irgendwelchen Trümmerteilen Platz.

»Ich wollte ihn ja nicht vertreiben«, murmelte Grille zerknirscht vor sich hin.

»Ich wein dem Hotte keine Träne hinterher«, bemerkte Paul.

»Wir müssen überlegen, wie es jetzt weitergeht«, schaltete Henkelmann sich ein. »Ich bin ja dafür, dass wir endlich mal unser Floß bauen.«

»Ja, genau«, rief Paul, »das Floß. Das war ja auch so eine dufte Idee von Grille.«

Grille zog lächelnd ein Heft aus ihrer Rocktasche. »Ich habe einen Plan dafür gezeichnet. Während ihr mit der Munition gespielt habt«, sagte sie.

Das Wort »Munition« ließ Wally auffahren. »Ick will, dass wir was in die Luft jagen!«, schrie sie.

»Die Mehrheit ist aber für Floßbauen«, sagte Paul.

»Das ist Demokratie«, erklärte Grille.

»Demoplatie ist scheißplöd«, schimpfte Wally.

»Pech gehabt«, grinste Henkelmann sie an.

Grille erklärte ihnen den Plan.

»Wir suchen jetzt die Trümmer nach hohlen Gegenständen ab, also so etwas wie Fässer und Kanister. Wisst ihr, wofür? Diese Dinge schnallen wir unter unser Floß, damit es mehr Auftrieb hat. Außerdem müssen wir Seile und Schnüre finden zum Zusammenbinden der Hölzer. Wenn ihr lange Nägel findet, ist das auch toll. Für die Hölzer selbst gehen wir in den Treptower Park und sägen uns geeignete Äste von den Bäumen.«

Mit Feuereifer machten sie sich auf die Suche, um die benötigten Gegenstände zusammenzutragen. Paul lief der Schweiß in Strömen übers Gesicht und über den nackten Oberkörper. Dennoch grub er ohne Pause ein Trümmerteil nach dem anderen um.

Wally war die Einzige, die nicht bei der Sache war. Sie warf mit Steinen um sich, was Bombenangriffe darstellen sollte, und trat gegen Mauerreste, um sie zum Einsturz zu bringen. Ein Mauerteil geriet nach einigen festen Tritten von ihr ins Wanken, dann jedoch, anstatt von ihr wegzukippen, fiel es in Richtung Wally. Wally sprang blitzschnell nach hinten. Beim Rückwärtslaufen stolperte sie über einen Schutthaufen und setzte sich auf den Hosenboden. Krachend ging die Mauer vor ihrer Nase nieder.

»Wally«, schimpfte Grille besorgt, »hör jetzt sofort mit diesem Blödsinn auf!«

Wally rieb sich ihr schmerzendes Hinterteil. Dann zog sie etwas aus dem Schutthaufen, auf dem sie gelandet war, hervor.

»Ein Kanister«, rief Grille begeistert. »Wally hat einen Kanister gefunden! Toll gemacht, Wally!«

Von da an war auch Wally eifrig beim Suchen mit dabei.

Die Sonne stand schon ziemlich schräg, als sie schließlich genug Nägel, Schnüre und Kanister beisammenhatten. Paul lief schnell nach Hause, um aus dem Schuppen Hammer und Säge zu holen. Dabei vergewisserte er sich, dass es Theo und Josefine gut ging. Sie waren wohlauf, aber es kam ihm so vor, als blickten sie trübe und ließen ihre Köpfe hängen. Wahrscheinlich vermissen sie ihren Spielkameraden Willi, dachte Paul mit einem Kloß im Hals.

Ausgestattet mit ihren Trümmerfunden und den Werkzeugen marschierte die Bande zum Treptower Park. Paul und Grille sägten etwa faustdicke, gerade Äste ab, während Henkelmann dünnere Schnüre zu dickeren Seilen zusammendrehte. Wally planschte fröhlich am Ufer des Sees herum, auf dem sie ihr Floß ausprobieren wollten.

Mit den Seilen flochten sie die Äste zu einer gut zwei Quadratmeter großen Fläche zusammen. Dabei war es hilfreich, dass Paul spezielle Seemannsknoten kannte, die er aus einem Buch gelernt hatte. Zusätzlich schlugen sie an einigen Stellen stabilisierende Nägel ein, dann banden sie die Kanister oben an den Ästen fest und hatten schließlich nach mehr als zwei Stunden gemeinsamer harter Arbeit ihr Floß fertiggestellt.

Jetzt war der große Moment gekommen. Sie schleppten das Floß ans Ufer des Sees und drehten es mit einem großen Hauruck um, sodass es mit den Kanistern zuunterst aufs Wasser platschte.

»Schwimmt wie ’ne Eins«, sagte Henkelmann.

»Warte erst mal ab, ob es deine Speckschwarten auch tragen kann«, triezte ihn Paul.

»Speckschwarten? Was für Speckschwarten?«, empörte sich Henkelmann. »Ich hab nur geschuftet und nichts gegessen. Wenn ich nicht bald meine Fische bekomme, fall ich völlig vom Fleisch!«

Henkelmann hatte sich aus einer Rute und einer Schnur eine Angel gebastelt. Jetzt fiel ihm ein, dass er ja noch einen Köder brauchte. Mit den Händen wühlte er auf der Suche nach Regenwürmern in der Erde herum.

Wally sprang mit einem großen Satz aufs Floß. Das Floß wackelte und ließ Wellen gegen die Uferböschung schwappen, aber es trug Wally ohne Probleme. Paul folgte, dann Grille und schließlich Henkelmann, nachdem er einen Regenwurm erbeutet hatte. Das Floß trug sie alle, dank der Kanister konnten sie sogar mit völlig trockenem Hosenboden auf ihm sitzen.

Paul hatte in kluger Voraussicht eine kleine Schaufel aus dem Schuppen mitgebracht, die sie als Paddel benutzen konnten. Auch hatte er eine breite Schneeschaufel angeschleppt, die als Heckruder dienen sollte. Während Grille eifrig paddelte, und das Floß in die Mitte des Sees trieb, saß Paul am Heckruder und korrigierte den Kurs.

Schließlich hatten sie die Mitte des Sees erreicht und hielten inne. Paul ließ seinen Blick ringsum schweifen und war total fasziniert. Die Bäume, das Gras, die Schilfpflanzen, all das konnte man eigentlich auch vom Ufer aus sehen. Aber es entfaltete eine ganz andere Wirkung, wenn man es aus der Mitte des Sees vom selbst gebauten Floß aus betrachtete. Paul atmete tief durch. Für einen Moment fühlte er sich losgelöst von allem, unbeschwert und frei.

Henkelmann band seinen Wurm an die Schnur und ließ die Angel ins Wasser.

Wally sprang vollständig bekleidet in den See und strampelte darin herum. Ihr Flickenkleid bauschte sich an der Wasseroberfläche, das sah lustig aus. Wally lachte, schluckte Wasser, spuckte und musste sich am Rand des Floßes festhalten. Schwimmen konnte sie nicht.

»Mit deinem Gezappel verscheuchst du meine Fische«, beschwerte sich Henkelmann.

»Dann spiel ich eben Wasserleiche«, sagte Wally, hakte sich mit den Fersen am Floß ein und ließ sich auf dem Wasser treiben.

Grille blickte träumerisch auf den Park, wo das milde Abendlicht zwischen die Bäume fiel.

Ein Entenpaar landete geräuschvoll auf dem Wasser. Weiter hinten zogen einige Schwäne majestätisch ihre Runden.

»Ich glaube, da beißt einer«, sagte Henkelmann aufgeregt. Vorsichtig zupfte er an der Schnur.

»Bestimmt ein Karpfen«, sagte Paul. Der See wurde immerhin »Karpfenteich« genannt. Paul holte sein Messer hervor. »Damit können wir ihn ausweiden.«

Henkelmann sah auf das Messer. Dass es die Waffe war, mit der Willi getötet worden war, wusste er von Paul. Tränen schossen Henkelmann in die Augen. Seine Schultern bebten, und seine Hände, die die Angelrute hielten, zitterten.

»Tut mir leid«, murmelte Paul betreten. Wie hatte er so gedankenlos sein können?

Henkelmann schniefte und starrte aufs Wasser. »Mist. Ich war zu unruhig. Der Fisch ist weg.«

Verlegen packte Paul sein Messer wieder ein.

»Egal, ich hab eh keinen Hunger mehr.«

Uff. Das wollte bei Henkelmann schon was heißen. Paul überlegte, wie er ihn trösten könnte.

»Dein Vater ist ein Monster«, brach es kurz darauf aus Henkelmann hervor.

Paul zuckte zusammen. Das war ein hartes Urteil. »Na ja, ein Monster vielleicht nicht, er war betrunken und …«, setzte er an.

»Ein Monster!«, sagte Henkelmann mit Nachdruck.

Sie schwiegen. Paul wollte mit seinem Freund nicht streiten. Der litt schon genug unter Willis Tod.

»Es gibt mehr Monster, als man denkt«, sagte Grille in die Stille hinein. »Neulich haben sie einen Film über Konzentrationslager gezeigt. Wenn ich noch weinen könnte, hätte ich die ganze Zeit nur geflennt.«

Über diese Konzentrationslager hatte Paul auch schon munkeln gehört. Und dass manche Menschen Dinge getan hatten, die so furchtbar waren, dass man es sich nicht vorstellen konnte.

Paul rutschte unruhig auf dem Floß hin und her. Wie man sich manchmal täuschen konnte. Er hätte auch nie gedacht, dass sich sein Vater am Kaninchen seines besten Freundes vergreifen würde.

»Eigentlich«, gab Paul zu, »kenn ich meinen Vater gar nicht

richtig. Ich war ja noch ein Kind, als er zuletzt bei uns war.« Dieses Eingeständnis schmerzte Paul in der Brust. Zu lange hatte er mit seinem Vater, dem Helden, im Herzen gelebt.

Paul streckte einen Fuß ins Wasser und beschrieb Kreise mit den Zehen. Er sah einer Ente dabei zu, wie sie versuchte, sich vom See aus in die Luft zu schwingen. Lange schlug die Ente unter großer Anstrengung mit den Flügeln, schließlich hob sie ab.

»Bill war ein netter Typ«, sagte Henkelmann, »deine Mutter hätte bei ihm bleiben sollen.«

Das wollte Paul nicht so stehen lassen. »Nett vielleicht«, sagte er, »aber er war falsch! Hinter meinem Rücken hat er mich …«, Paul fiel es schwer, die Worte auszusprechen. »…'nen Schwächling und ein Muttersöhnchen genannt«, brachte er seinen Satz dann doch noch zu Ende.

»Das war natürlich blöd«, sagte Henkelmann. »Jeder weiß, dass du kein Schwächling bist.«

»Blöd?«, ereiferte sich Paul. »Das ist eine verdammte Beleidigung, das lass ich mir bestimmt nicht gefallen! Ich nicht!«

»Hat er das denn wirklich gesagt?«, schaltete sich Grille ein. »Was ist, wenn Hotte sich das nur ausgedacht hat?«

»Hotte und Falke haben sich auch so komisch zugegrinst damals«, fiel es Henkelmann ein.

Paul runzelte die Stirn. Hatte er dem Ami etwa unrecht getan? Er spürte plötzlich, wie aufgeheizt sein Körper war und dass ihm der Schweiß auf der Haut klebte. Paul sprang ins Wasser. »Los«, rief er. »Wir machen eine Wasserschlacht!«

Paul packte Henkelmann am Knöchel und zog ihn ebenfalls ins Wasser hinein. Henkelmann kreischte und rächte sich, indem er Paul unter Wasser drückte. Paul kam prustend wieder hoch und spritzte Grille nass, die noch auf dem Floß saß.

»Komm rein«, befahl Wally ihrer Schwester. Grille hob resigniert die Achseln und ließ sich ins Wasser gleiten.

Und dann spritzten und tobten sie, bis alle vollkommen erschöpft waren.

Paul spürte, wie ihm die Arme wehtaten, als er das Floß schließlich zurück ans Ufer paddelte. Zum Glück war es nicht so weit. Mit vereinten Kräften zogen sie das Floß an Land und versteckten es im Gebüsch. Dann machten sie sich auf den Heimweg. Es war schon spät, die Luft war kühl und in ihren nassen Sachen zitterten sie erbärmlich. Obwohl Paul nicht erpicht darauf war, seinem Vater zu begegnen, ließ ihn der Gedanke an ein heißes Bad in der Zinkwanne im Galopp nach Hause springen.

Alle haben Angst

Auf dem Heimweg von der Schule träumte Paul vor sich hin. Er war der Kapitän auf seinem Floß. Er trotzte dem Wind, steuerte es durch Untiefen und hohe Wellen und schlug furchtlos Wegelagerer und Piraten in die Flucht.

Wohin man wohl kam, wenn man immer weiter die Spree entlangfuhr? Die Spree mündete in die Havel, die Havel mündete in die Elbe, und die Elbe mündete in die Nordsee, wenn Paul sich richtig erinnerte. Das war aufregend. Man konnte also von Berlin aus bis zum Atlantischen Ozean fahren und dann bis nach Afrika oder sogar bis Amerika.

Paul fuhr aus seinen Gedanken hoch, als er ein brüchiges Lachen vernahm, in welchem er die Stimme seines Vaters erkannte. Sein Vater stand an die Fassade des Vorderhauses gelehnt, um ihn herum hatte sich eine Traube von Frauen gebildet. Paul erkannte einige der Nachbarinnen. »Dass Sie das überlebt haben – alle Achtung!«, sagte eine junge Frau gerade, die Kriegswitwe war und irgendwo im ersten Hinterhaus wohnte. »Eisenbahner sind Sie. Da kriegen Sie bestimmt fix wieder Arbeit«, sagte eine andere Stimme. »Aber sicher«, bestätigte der Vater. »Patentes Mannsbild!« Die Frau, die direkt neben dem Vater stand, boxte ihn neckisch mit ihrer Hüfte in die Seite.

Paul verzog demonstrativ das Gesicht. Aber der Vater sah ihn gar nicht.

Patentes Mannsbild, jaja, dachte Paul verächtlich. Er durchquerte den Torbogen und lief zackigen Schrittes durch die Höfe zu seiner Wohnung. Dort begrüßte er die Mutter, die wie üblich an ihrer Nähmaschine saß, dann ging er in sein Zimmer und begann mit den Schulaufgaben. Es fiel ihm jedoch schwer, sich auf Mathe zu konzentrieren. Irgendwie beschwor die Sachaufgabe, in der es um die Berechnung des Inhalts von Ölfässern ging, das Bild eines Tankers herauf, der mit einer Ladung Öl die sieben Weltmeere durchpflügte. Und schon schipperte Paul in Gedanken davon …

Es war erneut die Stimme seines Vaters, die Paul aus seinen Tagträumen riss. Der Vater war vor einiger Zeit nach Hause gekommen und ins Schlafzimmer gegangen, wo die Mutter nach wie vor Näharbeiten verrichtete. Ein gebrülltes »Lass mich doch in Ruhe!« ließ Paul zusammenzucken.

»Schrei nicht so!« Auch die Mutter hatte ihre Stimme erhoben.

Die beiden fielen sich gegenseitig ins Wort, sodass Paul nicht verstehen konnte, worum es eigentlich ging. Kurz darauf wurden ihre Stimmen wieder gedämpfter.

Paul seufzte. Die Mutter versuchte immer zu vermeiden, dass er viel von ihren Streits mitbekam. Aber er wusste sehr gut, dass die Eltern fast pausenlos stritten.

Jetzt war zwar kein Gebrüll mehr durch die Wände zu hören, aber Paul vernahm scharfes Gezischel von seinem Vater, das ihn mindestens genauso störte. Der Vater hatte kein Recht, so unfreundlich mit der Mutter zu reden! Die Mutter tat alles für die Familie.

Paul griff nach der Holunderflöte. Er setzte sie an die Lippen und spielte Swing. Er hatte eine wilde Lust darauf, den Vater zu reizen.

Tatsächlich steckte der Vater kurz darauf den Kopf ins Zimmer. »Hör sofort auf mit diesem Negergedudel!«, verlangte er.

Paul setzte die Flöte ab, um seinem Vater etwas zu erwidern, doch der Vater hatte die Tür schon wieder geschlossen.

Aus dem Schlafzimmer war erneut ein unheilvolles Gezischel zu vernehmen. Dann hörte Paul einen Knall, der ihn zusammenfahren ließ. Es klang, als ob der Vater mit der Faust gegen ein Möbelstück geschlagen hatte. Paul fiel nichts Besseres ein, als wieder in die Flöte zu blasen. Die fröhliche Melodie von Benny Goodman stand in starkem Gegensatz zu seinem eigenen Gemütszustand, doch Paul flötete sie heraus, so laut er konnte.

Der Vater steckte wieder seinen Kopf ins Zimmer. »Aufhören, hab ich dir gesagt!« Die Wangen des Vaters hatten sich dunkelrot verfärbt.

Paul zitterte und versemmelte ein paar Töne, doch er hörte nicht auf. Trotzig flötete er seinem Vater ins Gesicht.

Der Vater ging auf Paul zu, riss ihm die Flöte aus der Hand und brach sie entzwei.

Paul stand der Mund offen. Seine Hände hielt er erstarrt in der Luft, als wollte er noch weiterspielen.

Paul nahm seine Hände herunter und blickte auf die zerbrochene Flöte, die der Vater auf die Dielen hatte fallen lassen. »Das war ein Geschenk!«, sagte Paul mit leiser Stimme.

Für einen Moment sah der Vater zerknirscht aus, als habe er dies selbst nicht gewollt. Dann wurde seine Miene säuerlich. »Euch hält man ja im Kopf nicht aus!«, spuckte er Paul entgegen. Der Vater drehte sich um und verließ türknallend die Wohnung.

Vorsichtig nahm Paul die entzweigebrochene Flöte in die Hand.

Die Mutter trat ins Zimmer. »Was ist passiert?«, fragte sie erschrocken.

Paul ließ die Flöte hinter seinem Rücken verschwinden. »Nichts«, sagte er.

»Bist du sicher?«

Paul nickte und die Mutter ging wieder heraus.

Die Flöte war so leicht in seiner Hand. Wie ein Vögelchen.

Es reicht, dachte Paul. Das Band zwischen ihm und seinem Vater war zerrissen. Endgültig. Eigentlich war das schon passiert, als der Vater Willi geschlachtet hatte. Komischerweise wurde das Paul erst jetzt wirklich bewusst.

Er legte die Flöte beiseite und ging ins Schlafzimmer. Die Mutter saß vor der Nähmaschine, aber sie nähte nicht, sondern starrte trüb vor sich hin. Bei ihrem Anblick zog sich etwas in Paul schmerzlich zusammen.

»Mutti, du siehst so müde aus.«

»Na, das ist ja ganz was Neues.« Selbst der Spott in der Stimme der Mutter klang abgekämpft.

»Und traurig.«

Die Mutter antwortete nicht. Nur ihre Mundwinkel zuckten.

»Ich will, dass Vati geht«, platzte Paul heraus.

Jetzt, da er es ausgesprochen hatte, kam es ihm plötzlich so vor, als könne er es nicht einen Tag länger mit seinem Vater unter einem Dach aushalten.

»Was?«

»Ich will, dass er geht!«

»Paul, was redest du da?«

»Er macht uns beide nur unglücklich.«

Die Mutter seufzte. »Schau mal, Paul. Es ist auch nicht leicht für Vati, nach so langer Zeit nach Hause zu kommen. Und nach allem, was er durchgemacht hat. Wir müssen ihm Zeit geben.«

Paul sah grimmig drein.

»Er ist mein Ehemann.« Die Mutter sagte es so bestimmt, dass Widerworte zwecklos zu sein schienen.

Dennoch blieb Paul im Türrahmen stehen. Er wollte sich so schnell nicht geschlagen geben. »Worüber habt ihr gestritten?«

»Ach.« Die Mutter machte eine wegwerfende Handbewegung.

»Sag's mir doch«, beharrte Paul.

»Vati hat sich beschwert. Über dies und über jenes, dass ich zu freizügig rumlaufe, dass ich mich nicht genug um ihn kümmere, dass kein vernünftiges Essen im Haus ist. Und da hab ich ihm gesagt, dass wir bessere Lebensmittelkarten bekämen, wenn er arbeiten gehen würde.«

»Ja, natürlich«, sagte Paul.

»Es war aber zu früh, ihn darauf anzusprechen, das seh ich ja ein. Vati muss sich immer noch ausruhen.«

»Patentes Mannsbild«, knurrte Paul.

Die Mutter sah ihn irritiert an.

»Vati lässt sich von den Nachbarinnen umschmeicheln, hast du das gewusst?«

Die Mutter zog die Augenbrauen hoch. »Na ja«, sagte sie, »das ist auch nichts Neues. Er spielt halt gern den Charmeur.«

Warum bekamen sie davon zu Hause nichts mit? Warum verhielt er sich seiner eigenen Familie gegenüber wie ein Tyrann?

Die Mutter stand resolut auf. »Ich muss jetzt los. Beim Fleischer soll es heute Kalbsbrust geben.«

»Aber doch nicht auf unsere Marken«, sagte Paul.

»Nein. Aber vielleicht kann das den Kunze überzeugen.« Die Mutter griff in die Kommode hinter sich und zog eine silberne Granatbrosche hervor. Versonnen drehte sie sie hin und her. »Das letzte Schmuckstück von meiner Mutter«, sagte sie.

Den anderen Schmuck, den sie vor den plündernden Russen hatten verstecken können, hatten sie längst gegen Essbares eingetauscht. Meistens waren sie damit zu Bauern ins Umland gefahren. Die mussten nicht hungern und waren manchmal bereit, Lebensmittel im Tausch gegen wertvolle Gegenstände abzugeben.

Die Mutter steckte die Brosche entschlossen ein. »Wir müssen eben alles tun, was wir können. Wenn wir Glück haben, wird es heute Abend leckeren Braten geben. Dann hat Vati auch wieder bessere Laune. Bis später, Pauleken.«

Paul ließ sich auf den Stuhl sinken. Mochte die Mutter den Fleischer bestechen, Braten heimbringen und glauben, alles würde irgendwann wieder gut. Er glaubte nicht mehr daran.

Die Mutter war unglücklich und wollte ihr eigenes Unglück nicht sehen. Dabei war es noch gar nicht lange her, dass seine

Mutter Lachfalten statt dunkler Ringe um die Augen gehabt hatte.

Paul zog die Nase kraus. Was war denn das für ein Gedanke? Wollte er damit wirklich meinen, dass der Ami die bessere Wahl für die Mutter war? Das gefiel ihm nicht. Das widersprach allem, was er glaubte. Geglaubt hatte. Denn eigentlich wusste er gar nicht mehr, was er noch glauben sollte.

Was würde Superman jetzt tun?, fragte sich Paul. In Gedanken erhob er sich in die Lüfte und versuchte, die Situation von oben zu betrachten.

Paul sah sich selbst zur Kaserne fliegen. Egal, wohin er seine Gedanken zu schicken versuchte, immer wieder zog ihn etwas zur Kaserne hin.

Sollte er wirklich Bill holen? Das widerstrebte Paul zutiefst. Bei der letzten Begegnung hatte der Ami ihn rausgeworfen.

Aber es schien Paul sonnenklar, dass Bill seine größte Chance war.

Paul stellte sich vor, was passieren würde, wenn Bill plötzlich vor der Mutter stand. Die Mutter würde überrascht blinzeln, sie würde zu sich kommen, wie aus einem Albtraum erwacht. Dann musste die Mutter ihre Wahl treffen. Sie würde sich für Bill entscheiden und den Vater in die Wüste schicken, wo er hingehörte. Sie konnte gar nicht anders. »Sonst wär sie ja bekloppt«, sprach Paul laut in den Raum hinein und tippte sich an die Stirn.

Ob er Bill überreden konnte, mit ihm zu kommen? Der Ami würde sich vielleicht weigern, sich einzumischen. »Vater, Mutter, Familie gehören zusammen«, hatte Paul noch im Ohr. Es blieb ihm wohl nichts anderes übrig, als Bill davon zu erzählen, wie sein Vater war und was er tat. Doch kaum war Paul dieser Gedanke gekommen, verwarf er ihn gleich wieder. Angeekelt von sich selbst verzog er das Gesicht. Hier war wirklich eine Grenze erreicht. Paul war keine Petze. Er wollte, dass sein Vater die Familie verließ. Aber schmutzige Wäsche vor dem Ami ausbreiten, das würde er nicht.

Pauls Gedanken schweiften ab zu seinem Vater. So zornig, wie dieser ausgesehen hatte, als er die Wohnung verließ, wusste Paul genau, was der Vater jetzt gerade tat. Er traf sich mit irgendwelchen Kumpanen, um seinen Ärger mit Schnaps runterzuspülen. Doch der Ärger des Vaters war ein guter Schwimmer, er würde immer wieder nach oben kommen. Und wenn der Vater betrunken heimkam, würde er noch jähzorniger und unberechenbarer sein als zuvor.

Denk nach, denk nach, spornte Paul sich an. Wie konnte er den Ami herlocken? Wer wusste, was dem besoffenen Vater einfiel. Vielleicht gelang es der Mutter nicht, den Braten zu besorgen, und der Vater würde Theo oder Josefine schlachten.

Paul erschauderte, doch dann kam ihm eine famose Idee. Die US-Army hatte stabile Gitterboxen, er hatte solche schon öfter auf den Jeeps gesehen. Er konnte Bill bitten, dass er ihm so eine Gitterbox, die mit einem Vorhängeschloss gesichert wurde, für die Kaninchen besorgte. Und weil die Box für Paul viel zu schwer zum Schleppen war, musste Bill sie mit seinem Jeep herbringen. Paul würde dann dafür sorgen, dass Bill und die Mutter aufeinandertrafen.

Zwei Fliegen mit einer Klappe, frohlockte Paul.

Er marschierte sofort los, bevor ihn der Mut wieder verließ. Auf dem Weg zur Kaserne fiel Paul dann leider ein, dass er sich erst mal bei Bill für seine Beleidigung entschuldigen musste. Ihm wurde mulmig. Sich zu entschuldigen, gehörte bestimmt nicht zu Pauls Lieblingsbeschäftigungen. Entschuldigten sich echte Männer überhaupt? Und was, wenn Bill ihm nicht verzieh? Obwohl Paul sich abzulenken versuchte, kreisten seine Gedanken hartnäckig darum.

Paul bog in den Vorhof der Kaserne ein. Vor dem Kücheneingang erblickte er Hotte. In weißer Arbeitskleidung und mit einer karierten Küchenschürze vor den Bauch gebunden saß Hotte zusammen mit fünf, sechs GIs in der Sonne. Sie spielten Karten. Hotte scherzte mit den Soldaten und ließ sich von einem GI Feuer für seine Zigarette geben.

Ach, sieh an, dachte Paul. Jetzt, da Hotte als Anführer von der Bande abgelehnt worden war, schienen auf einmal die Soldaten, die er immer nur Schweinebande genannt hatte, seine besten Freunde geworden zu sein.

»He, Hotte«, rief Paul spöttisch grinsend und winkte Hotte zu. Hotte blickte auf, doch dann drehte er schnell den Kopf weg, ohne Paul zurückzugrüßen. Offenbar war es ihm äußerst peinlich, von Paul in dieser Situation erwischt worden zu sein.

Paul genoss für einen kurzen Moment den Triumph. Dann musste er sich wieder auf seine Mission konzentrieren.

Der wachhabende GI am Eingang erkannte Paul sofort. »Der *boy* mit die Musik«, sagte er lachend und ließ Paul ohne Weiteres passieren.

Paul fürchtete, er würde sich in den langen Gängen verlaufen, doch zu seiner eigenen Überraschung fand er Bills Zimmer sofort. Er atmete durch und klopfte an.

Schritte waren zu hören. Bill öffnete die Tür. Als er Paul erblickte, wurden seine Gesichtszüge hart, und er machte die Tür sofort wieder zu.

Scheiße.

Du mich auch, dachte Paul. Aber er riss sich zusammen. Er durfte jetzt nicht aufgeben. Paul hämmerte gegen die Tür. »Mach doch auf, Bill. Mach auf. Es tut mir leid.« Paul spürte, dass es ihm tatsächlich leidtat. »Ich hab das letztes Mal nicht so gemeint! Ich bitte dich um Entschuldigung.«

Paul war erleichtert. Er hatte nicht geheuchelt, sondern von Herzen gesprochen. Geradeheraus. Wie ein Mann.

Aber es tat sich nichts. Bill öffnete nicht die Tür.

Während Paul wartete, kam er sich ganz schön blöd vor. Um nicht wieder in Wut zu geraten, fing er an zu pfeifen. Er würde jetzt einfach so lange pfeifend vor der Tür ausharren, bis Bill ihm aufmachte.

Paul brauchte einen Moment, bis er kapierte, dass die Tür wieder aufgegangen war. Bill stand da, sein Gesichtsausdruck war weiterhin abweisend. Aber er signalisierte Paul, dass er reinkommen sollte.

Paul trat ins Zimmer.

»Darf ich mich setzen?«

Bill nickte kühl.

Paul setzte sich auf den einzigen Stuhl und dachte gleich darauf, dass das ein Fehler war. Er kam sich wie ein Schuljunge vor, der Mist gebaut hatte und nun auf die Strafe des Direktors wartete.

Bill verschränkte die Arme vor der Brust.

»Entschuldigung«, wiederholte Paul. Diesmal klang es etwas kläglich und Paul ärgerte sich.

In Bills Gesicht kam Bewegung, und es sprudelte aus ihm heraus: »Ich war immer gut mit dir, Paul. Oder nicht? Ich war Freund mit dir. Habe dir gegeben Zuneigung, habe dir gegeben Respekt.«

Bill wartete auf eine Reaktion, also nickte Paul.

Bill fuchtelte mit den Armen. »In mein Leben ich wurde oft beleidigt. Okay. Aber warum du? Du mir verletzt! Warum ich stinke?«

»Ich hab's doch nicht so gemeint.«

»Weil ich bin Amerikaner? Weil ich habe dunkle Haut?«

Paul schüttelte den Kopf. »Das spielt für mich keine Rolle.« Und das stimmte.

»Aber warum?«

Paul atmete durch. »Du hast mich Schwächling genannt.«

»Was bedeutet diese Wort?«

»Jemand, der nicht stark ist. Du hast bei den GIs über mich gelästert, du hast gesagt, dass ich ein Muttersöhnchen bin, dass du mich beschützen musst …«

»Stopp. Stopp. Was?«

Paul wiederholte, was Hotte ihm erzählt hatte.

Bill schien nur mit Mühe folgen zu können. Dann sah er ehrlich verblüfft drein. »Wer hat das erzählt?«, fragte er.

»Ist doch egal.«

»Paul«, sagte Bill ernst. »Ich habe schlecht über dich gesagt niemals. Ich bewundere, wie du es geschafft, überleben in völlig kaputte *Germany*. Und sorgen für deine Mutter. Deine Mutter mir viel davon erzählt.«

»Ich glaube dir«, sagte Paul langsam. Dass Hotte gelogen hatte, war keine wirkliche Überraschung.

»Aber«, brauste Paul auf, »als ich bei dir war, da hast du behauptet, ich hätte die Hosen voll gehabt. Das war eine Beleidigung! Ich hatte keine Angst. Ich bin stark!« Paul sah Bill funkelnd an.

»Du hast gehabt Angst«, antwortete Bill ruhig.

»Hatte ich nicht. Nimm das zurück«, sagte Paul.

Bill hob die Augenbrauen.

»Ich bin stark. Wer was anderes behauptet, der kriegt es mit mir zu tun!« Unwillkürlich hatte Paul die Hand zur Faust geballt.

»Du hast falsche Ideen von Starksein. Auch starke Männer manchmal sind schwach. Auch starke Männer manchmal haben Angst. Alle haben Angst.«

»Blödsinn. Ein echter deutscher Mann ist tapfer und furchtlos.«

Bill lächelte ein wenig. »So du hast gelernt. Alles immer richtig, was du hast gelernt? Alle Deutsche immer Helden? Alle Amis immer böse?«

Paul wusste nicht, was er darauf antworten sollte.

»Du bist clever, Paul. Du weißt, Welt ist nicht so simpel.«

Paul schwieg.

»Warum bist du hier gekommen?«, fragte Bill schließlich.

»Es geht um Henkelmanns Kaninchen. Jemand aus dem Haus hat Willi – hat eins der Kaninchen getötet.«

»Das ist traurig.«

»Ja«, sagte Paul und erzählte Bill von seiner Idee mit der Gitterbox.

Bill nickte. »Komm. Wir fragen in die Techniklager.«

Paul folgte Bill. »Glaubst du, wir kriegen eine Box?«

»Glaube ich ja.«

Damit wäre schon mal eine Sache geritzt.

»Wie geht es deiner Mutter?«, fragte Bill, als sie durch den Gang liefen.

»Ganz gut«, sagte Paul zögerlich.

Bill sah ihn zweifelnd an. »Wirklich?«

Paul konnte plötzlich nicht mehr weitergehen.

»Was ist?«

»Ich habe Angst«, gestand Paul. »Vor meinem Vater. Ich habe Angst, dass er meiner Mutter oder mir etwas antut.«

Jetzt hatte er doch mehr preisgegeben, als er gewollt hatte. Aber er fühlte dabei eine ziemlich große Erleichterung.

Der Kampf

Pauls Plan schien aufzugehen. Die Gitterbox für Theo und Josefine hatten sie bekommen. Und Bill, der Paul besorgt zugehört hatte, war entschlossen, mit der Mutter zu reden.

Gemeinsam schleppten Paul und Bill die schwere Box durch die Höfe. Jetzt mussten sie nur noch durch das zweite Hinterhaus hindurch, um die Box zum Schuppen zu bringen. Bereits als Paul die Haustür mit dem Hintern aufstemmte, schlug ihnen Geschrei entgegen.

Hat sich die Hauswartin mal wieder ein Opfer vorgeknöpft, wollte Paul gerade sagen, als er kapierte, dass es seine Eltern waren, die brüllten.

Paul blieb wie angewurzelt stehen. Auch Bill lauschte.

Satzfetzen waren zu hören.

»… dann erklär's mir … lässt mich fast verhungern … jetzt plötzlich eine riesige Kalbsbrust … dem Kunze schöne Augen gemacht …«

»… Brosche meiner Mutter versetzt, du undankbarer …«

»… der Fleischer … auch früher schon angetan … hab schließlich Augen im Kopf…«

»… bist ja total besoffen …«

»… immer in der Gegend herumpoussiert …«

Was die Mutter darauf antwortete, war nicht zu verstehen. Dann donnerte die Stimme des Vaters: »Halt 's Maul, du Schlampe!«

Paul und Bill ließen die Gitterbox zu Boden fallen und rannten die Treppe hoch. Als Paul mit zitternder Hand die Wohnungstür aufschloss, war plötzlich ein Schlag zu hören. Und dann ein Schrei der Mutter.

Paul stürzte in die Wohnung, Bill hinterdrein.

In der Küche lag die Mutter am Boden. Sie blutete oberhalb der Schläfe. Der Vater musste sie gestoßen haben, sodass sie mit dem Kopf gegen die Anrichte gefallen war.

Die Mutter stöhnte. Mit der einen Hand hielt sie sich den Kopf, mit der anderen umfasste sie die Platte der Anrichte und versuchte, sich daran hochzuziehen.

Blind vor Wut holte der Vater zu einem weiteren Schlag aus. »Du mieses Flittchen!«, brüllte er.

»Nein!«, schrie Paul.

Im selben Moment warf sich Bill schützend vor die Mutter und fing den Schlag des Vaters ab.

Der Vater geriet ins Wanken. »Was will der hier?« Keuchend hielt er inne, warf der Mutter einen vernichtenden Blick zu, dann stürzte er sich auf Bill.

Bill und der Vater rangen miteinander. In seiner rasenden Wut gelang es dem Vater tatsächlich, Bill zu Boden zu reißen. Er trat auf Bill ein.

»Hör auf!«, schrie Paul und versuchte, den Vater von Bill wegzuziehen. Der Vater schien es nicht einmal zu bemerken. Paul bekam einen schmerzhaften Tritt ab.

Paul sah zur Mutter. Blut rann ihr über die Schläfe, dennoch machte sie Anstalten, Bill zu Hilfe zu kommen.

Paul wedelte abwehrend mit den Armen. Die Mutter durfte sich nicht in Gefahr bringen.

Gerade als Paul erneut den Vater von Bill wegzerren wollte, gelang es Bill, dem Vater einen gezielten Tritt zu verpassen. Der Vater strauchelte. Diesen kurzen Moment nutzte Bill, um aufzustehen.

Der Kampf ging weiter. Mit Fäusten prügelten die beiden Männer aufeinander ein.

Paul hielt den Atem an.

Schließlich gewann Bill die Oberhand. Er presste den Vater mit seinem Körper gegen die Wand und drückte ihm mit einer Hand die Kehle zu.

»Lass ihn los«, bat die Mutter.

»Du aufgeben?«, fragte Bill.

Der Vater antwortete nicht, er fletschte nur die Zähne.

Bill verstärkte seinen Griff.

Schockiert sah Paul, wie das Gesicht des Vaters allmählich blau anlief.

Der Blick des Vaters fiel auf Paul. »Dein Messer!«, stieß er röchelnd hervor.

Paul zögerte kurz, dann lief er in sein Zimmer, um das Messer zu holen. Als Paul mit dem Messer auf die beiden Männer zukam, riss der Vater mit letzter Kraft einen Arm aus Bills Kontrolle los und streckte die Hand Richtung Messer aus.

Doch Paul gab das Messer nicht seinem Vater. Er überreichte es Bill.

Mit dem Messer konnte Bill den Vater in Schach halten. Bill

löste seine Hand von der Kehle des Vaters und hielt das Messer drohend auf ihn gerichtet.

Der Vater schnappte gierig nach Luft. Stöhnend massierte er seinen Hals. Er starrte auf das Messer und schien zu wissen, dass er verloren hatte. Jegliche Spannung wich aus seinem Körper, jegliche Aggressivität verschwand aus seinem Blick. Der Vater ließ sich auf einem Küchenstuhl nieder und glotzte Bill an.

»Ich hab Bill geholt. Mutti hat damit nichts zu tun«, stellte Paul klar, damit nicht gleich wieder das Gekeife losging. Er war erschöpft.

Auch der Vater schien am Ende seiner Kräfte zu sein. Er ließ den Kopf auf die Brust sinken.

Das Messer weiterhin auf den Vater gerichtet, ging Bill zur Mutter und half ihr auf. »Dir geht okay?«, fragte er, während er ihr vorsichtig einen Stuhl unterschob.

Die Mutter zwang sich zu einem Lächeln.

Paul lief ins Schlafzimmer und holte die braune Jodflasche aus der Kommode. Sorgfältig betupfte er die Wunde der Mutter, um sie zu desinfizieren. »Die Wunde ist nicht sehr tief«, beruhigte er sie.

Nach einem prüfenden Blick auf den Vater legte Bill das Messer beiseite. Er streichelte die Mutter am Arm. »Keine Sorge, ich bin hier«, sagte er. Die Mutter lehnte sich an Bill an.

Plötzlich tat der Vater einen schweren Seufzer. Alle drehten sich zu ihm um.

»Ich hätte dich fast totgeschlagen«, sagte der Vater fassungslos. Er machte auf einmal einen ziemlich nüchternen Eindruck.

Sie sahen den Vater stumm an.

Der Vater nickte. Er schien zu kapieren, dass sie ihr Urteil über ihn gefällt hatten. Langsam stand er auf. »Ich gehe«, sagte er.

»Ja, Werner«, erwiderte die Mutter leise.

Der Vater wagte kaum, sie anzusehen. Er ging zur Tür. Vor Paul hielt er kurz inne. Er öffnete den Mund, um etwas zu sagen, und schloss ihn wieder. Dann öffnete er ihn ein zweites Mal. »Ich hoffe, wir sehen uns mal, mein Sohn«, brachte er hervor. Ohne eine Antwort abzuwarten, huschte er schnell zur Tür hinaus.

Die Wohnungstür fiel ins Schloss.

Der Vater war gegangen.

In Paul stieg plötzlich eine unbändige Wut hoch. Da er die Mutter jetzt mit Bill allein lassen konnte, zog er sich in sein Zimmer zurück.

In seinem Zimmer wusste Paul auch nicht, wohin mit seiner Wut, aber immerhin war er hier allein. Für seinen komischen Zustand konnte er keine Zeugen gebrauchen. Mit der Faust schlug er ein paar Male gegen die flache Hand. Er zuckte und zappelte mit den Extremitäten, boxte in die Luft, krallte sich die Finger in den Schädel, alles in der Hoffnung, ein bisschen Wut loszuwerden. Paul nahm die Lokführermütze und schleuderte sie in hohem Bogen zum Fenster hinaus. Als Nächstes riss er das Foto und die Zeichnung vom Vater von der Wand.

Als er gerade anfangen wollte, alles in kleine Schnipsel zu zerfetzen, hielt er inne. Etwas sagte ihm, dass er es irgendwann vielleicht bereuen würde.

Auf einmal fühlte sich Paul so rasend hilflos, dass er in wildes Schluchzen ausbrach. Er weinte lautlos. Bill und die Mutter sollten es nicht hören.

Nach einer gefühlten Ewigkeit hatte Paul sich endlich leer geweint. Er war wie betäubt. Nur an seinem Schienbein, wo er den Tritt abbekommen hatte, spürte er einen pochenden Schmerz.

Er hatte doch gewollt, dass der Vater ging. Warum freute er sich jetzt nicht oder war wenigstens zufrieden?

Paul saß lange auf dem Boden und stierte ins Nichts. Dann kletterte er aus dem Fenster und holte die Lokführermütze zurück. Zusammen mit dem Foto und der Zeichnung verstaute er sie im hintersten Winkel unter seinem Bett.

Paul lief in die Küche. Die Mutter saß auf Bills Schoß und wurde von ihm im Arm gehalten.

»Mutti, willst du nicht langsam mal den Braten machen?«

Die Mutter starrte Paul verwirrt an.

»Ich habe Hunger.«

Die Mutter starrte immer noch. Sie schien tief in sich selbst versunken zu sein.

Paul fiel ein Satz ein, den seine Mutter vor einiger Zeit zu ihm gesagt hatte. »Das Leben muss doch irgendwie weitergehen«, sagte er und legte ihr tröstend die Hand auf die Schulter. Damit erreichte er immerhin, dass der Ansatz eines Lächelns in ihrem Gesicht erschien.

Es war schon irgendwie seltsam. Wenn man beschlossen hatte, dass das Leben weiterging, dann ging es tatsächlich weiter. Paul war überrascht, dass er mit ordentlichem Appetit zulangte. Auch die Mutter aß Bissen für Bissen, mit ihren Gedanken schien sie jedoch immer noch weit weg zu sein.

So erleichtert Paul darüber war, dass der Vater fort war, so traurig war er auch. In seiner Brust klaffte eine Lücke, die er jetzt mit Kalbfleisch notdürftig stopfte, so kam es ihm vor.

Wo der Vater jetzt wohl sein mochte? Paul dachte an die Nachbarinnen. Das »patente Mannsbild« schoss ihm durch den Kopf. Man brauchte sich um den Vater keine allzu großen Sorgen zu machen, der würde nicht lange allein bleiben, dachte Paul, und auch das rief eigenartig gemischte Gefühle in ihm hervor.

Verachtung paarte sich mit Erleichterung.

Paul fing einen Blick von Bill auf. Man konnte dem Ami ansehen, dass er seine gute Laune nur mühsam zurückhielt. Und dass es ihn danach drängte, Paul und die Mutter damit anzustecken.

»He, Paul«, sagte Bill. »Tierestimmen. Wie macht der Kalb?«

Der Ami hatte vielleicht Nerven. Jetzt war ja wohl kaum die richtige Situation für so einen Quatsch.

»*Der Kalb* macht gar nichts mehr«, gab Paul patzig zurück. »*Der Kalb* liegt auf unseren Tellern und ist tot.«

Bill brach in schallendes Gelächter aus. »Du hast gute Humor«, sagte er.

Die Mutter hatte den Kopf gehoben. Sie sah amüsiert aus und das gefiel Paul.

»Du gute Humor, ich gute Tierestimmen«, sagte Bill. Er räusperte sich. Dann ließ er ein anschwellendes *»Muuuh«* aus seinem Rachen aufsteigen. Es erscholl so volltönend und gleichzeitig zart, dass man glauben konnte, ein Kälbchen stünde bei ihnen in der Küche.

Die Mutter hörte auf einmal ganz aufmerksam hin.

»Wie macht ein Esel?«, fragte Paul. Wenn man die Mutter damit aus ihrer Totenstarre locken konnte, spielte er das Spiel gerne mit.

Auch das »*I-AH*« gelang Bill perfekt. Kehlig, kräftig und zugleich ziemlich heiser.

»Wie macht eine Giraffe?«, fragte Paul verschmitzt.

Er war als kleiner Junge oft im Zoo gewesen, hatte jedoch nie gehört, dass eine Giraffe irgendwelche Laute von sich gegeben hätte.

Bill dachte kurz nach, dann reckte er seinen Hals nach vorne und machte *»Rtsch rm rm rm rrrmmm«*. Man konnte richtig hören, wie die »Giraffe« Blätter von den Bäumen riss und genüsslich kaute.

Die Mutter klatschte sanft in die Hände.

»Wie macht der Falke?«, fragte Paul.

Was Bill als Falkenruf präsentierte, fiel weitaus weniger bedrohlich und viel zwitschernder aus, als Paul erwartet hätte.

Bill sah Paul erwartungsvoll an. »Welche Tier jetzt?«, fragte er.

Doch Paul war mit seinen Gedanken abgeschweift. Falke, dachte er.

Paul überlegte kurz, sah von der Mutter zu Bill und wieder zurück, dann erhob er sich. »Ist es okay, wenn ich noch mal rausgehe?«, fragte er. »Ich muss was erledigen.«

Die Mutter nickte. »Komm nicht zu spät nach Hause.«

»Vielen Dank für das Essen«, sagte Paul und gab seiner

Mutter einen kleinen Kuss aufs Haar. Die Mutter tätschelte ihn kurz.

»Wie macht die Taube?«, fragte die Mutter.

Bill gurrte die Mutter zärtlich an.

Paul spürte, wie ganz automatisch Widerwille in ihm hochstieg. Er war froh, die Küche verlassen zu können. Aber das war überhaupt nicht Bills Schuld. Es war allein sein Problem. Und wenn es Pauls Problem war, dann würde er es mit der Zeit auch lösen können.

Paul, Henkelmann, Grille und Wally waren auf dem Weg zu Falke.

»Warte mal kurz.« Grille fasste Paul am Arm.

Paul hielt an. »Was denn?«

»Ich will nur, dass das geklärt ist. Falke wird nicht wieder unsere Anführerin«, sagte Grille in einem ungewohnt selbstsicheren Ton.

Daran hatte Paul gar nicht gedacht. Ihm war wichtig, dass Falke wieder in der Bande dabei war. Aber jetzt, da Grille es ansprach – »Warum denn nicht?«, fragte Paul.

»Wir sind eine demokratische Bande. Wir entscheiden gemeinsam.«

»Tja, vielleicht lässt sich das ja auch irgendwie verbinden.«

»Falke hat als Anführerin einen bestimmten Geist in die Bande gebracht, der war nicht immer gut«, fuhr Grille fort. »Erinnere dich mal: Damals, bei der Geschichte mit dem Messer, da hat Falke dich ganz schön angestachelt. Stell dir vor, du hättest ihn wirklich umgebracht!«

Beim Gedanken an das Attentat auf Bill, das er geplant und

beinahe durchgeführt hatte, gefror Paul innerlich. Irgendwann würde er sich damit auseinandersetzen müssen. Aber nicht jetzt.

»Ich will auch nicht, dass Falke wieder Anführerin wird«, sagte Henkelmann.

Paul nickte. »Okay. Keine Sorge«, sagte er.

»Wir sind jetzt alle Anführer!« Wally stampfte bekräftigend mit dem Fuß auf.

Bevor sie das Vorderhaus betraten, ging Paul an Bills Jeep vorbei und fischte eine Tafel Schokolade aus dem Handschuhfach. Er war sich sicher, dass das für Bill in Ordnung war.

Frau von Falkenstein öffnete die Tür und stutzte, als sie die Bande sah. »Tut mir leid«, sagte sie dann. »Ida will euch nicht sehen.«

»Uns tut's leid«, sagte Grille und marschierte mit einer Zielstrebigkeit, die Paul ihr gar nicht zugetraut hätte, einfach an Frau von Falkenstein vorbei.

Die anderen folgten. Wally zog die Schultern hoch und machte ein übertrieben bedauerndes Gesicht zu Frau von Falkenstein. Paul biss sich auf die Lippe, um sich das Lachen zu verkneifen.

Grille klopfte an Falkes Zimmertür und sie traten ein.

Falke lag auf der Tagesdecke auf ihrem Bett, die Augen an die Decke geheftet. Sie sah blass aus und irgendwie kränklich. Ihre Augen waren in dunklen Höhlen versunken und ihre breiten Wangenknochen traten scharf in Erscheinung.

»Was wollt ihr denn hier?«, stieß Falke hervor, ohne sie dabei richtig anzusehen.

»Dich zurückholen«, sagte Grille.

Falke schüttelte apathisch den Kopf.

»Wir vermissen dich«, erklärte Paul. »Und wir haben dir Schokolade mitgebracht. Das ist gut für die Nerven.« Paul hielt ihr die Schokoladentafel hin.

Falkes Gesicht nahm einen empörten Ausdruck an. Wie konnte Paul auch so frech sein, ihr amerikanische Schokolade anzubieten?

Doch als Paul die Tafel mit entschiedener Geste auf ihrem Nachttischchen ablegte, sagte Falke nichts dazu.

»Du musst mal wieder an die frische Luft«, sagte Henkelmann. »Wir haben jetzt auch ein Floß.«

Falke schien mit sich zu kämpfen. Doch dann drehte sie sich unwillig weg.

Grille setzte sich zu ihr aufs Bett. »Du brauchst dich nicht zu schämen. Keiner von uns hat den Krieg unbeschadet überstanden.«

Falke blieb stumm. Sie atmete heftig, ihr Brustkorb hob und senkte sich.

Grille sagte: »Aber wir haben alle die Chance auf einen Neuanfang!«

Im Treptower Park hatten sie das Floß zu Wasser gelassen. Jetzt schipperten sie gemächlich die Spree entlang. Paul saß vorne auf dem Floß und ließ das Wasser um seine Füße strömen. Henkelmann saß neben ihm. Die Angelrute klemmte zwischen seinen Schenkeln.

»Warum beißt denn keiner?«, beschwerte er sich.

»Du musst Geduld haben«, sagte Paul.

Er zog die Füße aus dem Wasser heraus und schüttelte sie

ab. Das Wasser war ganz schön kalt. Paul drehte sich zu den anderen um. Es war ungewohnt, dass Falke so still war.

Sie blickte ins Leere. Paul schnippte mit den Fingern. Grille legte ihren Arm um Falke. »Es wird leichter mit der Zeit, ich versprech's«, sagte sie.

»Ich weiß, wie wir unser Floß verbessern können«, meinte Paul. »Wir stellen in der Mitte einen Stock auf und hängen meinen Superman-Umhang als Segel dran.«

»Ein Segel, au ja«, sagte Grille. »Wir könnten uns auch aus Stoffresten unser eigenes Segel nähen. So ganz bunt! Und wir machen irgendwas drauf, was dann das Zeichen für unsere Bande sein wird. Hast du vielleicht eine Idee, Falke?«

Falke schüttelte müde den Kopf.

»Ick will eine Sonne!«, sagte Wally.

»Schöne Idee«, fand Grille.

Wally grinste stolz.

»Wir können auch einen Korb dranhängen als Ausguck«, sagte Henkelmann. »Da setz ick meine Puppe rein!«

Paul dachte an seinen Stoffhund. »Und ich Wotan«, sagte er.

Ein plötzlicher Schmerz durchfuhr Paul wie ein kaltes Messer. Wotan war ja ein Geschenk seines Vaters gewesen.

Irgendwann wird es weniger wehtun, sagte er sich.

Zum Glück sorgte Wally mal wieder für Ablenkung. Sie ließ ihren Kopf in die Spree hängen, saugte mit dem Mund Wasser ein und sprudelte es in hohem Bogen wieder raus.

»Wally, das ist dreckig«, sagte Grille und verzog angeekelt das Gesicht.

Wally ließ sich nicht beeindrucken. »Ick bin een Wasserspeier«, verkündete sie.

Sie tauchte erneut ihren Kopf ins Wasser. Als sie ihn wieder hochhob, zappelte ein kleiner Fisch zwischen ihren Zähnen.

Paul stand der Mund offen. Er stupste Henkelmann an. »Kiek mal, da!«

»Nicht loslassen«, rief Henkelmann aufgeregt.

Wally bekam einen Lachanfall und der Fisch flutschte ins Wasser zurück.

»Verdammt!« Henkelmann sah schwer enttäuscht aus.

Grille blickte von Wally, die sich vor Lachen kringelte, zu Henkelmann, der aussah, als hätte man ihm gerade Weihnachten gestrichen, und fing auch herzhaft zu lachen an. Paul ließ sich von Grille und Wally anstecken. Vor Lachen kippte er mit dem Oberkörper nach hinten und lachte im Liegen weiter. Henkelmann wechselte abrupt von seiner Trauermiene zu einem kopfschüttelnden Lachanfall. Selbst Falke blieb nicht ungerührt. Sie stieß ein paar halb erstickte Gluckser aus.

Sie lachten und lachten und lachten.

»Mir tut schon der Bauch weh«, kicherte Paul.

»Mir auch!« Henkelmann hielt sich den Wanst.

»Hilfe, es reicht«, stöhnte Grille, und aus irgendeinem Grund reizte das die anderen dazu, erst recht noch mal richtig loszuprusten.

Irgendwann wurde das Lachen dünner, die Lachsalven kamen nur noch vereinzelt, und schließlich hatten alle zu Ende gelacht.

Paul setzte sich auf und blickte auf die Spree. Ein glitzerndes Wellenband, dem sie folgen konnten, wohin sie wollten. In die Weite hinaus.

Was heute zu Hause passiert war, fühlte sich schon nicht

mehr ganz so schrecklich an. Es lag ja auch einige Spreewindungen zurück.

Paul setzte sich so hin, dass er die anderen ansehen konnte. Henkelmann. Grille. Falke. Wally. Seine Bande. »Ich muss euch etwas erzählen«, begann er.

ENDE

Glossar

Arier: Bezeichnung der Nazis für Angehörige einer angeblich geistig, politisch oder kulturell überlegenen nordischen Menschengruppe.

Deutsches Jungvolk: siehe Hitlerjugend

GI: Soldat der US-amerikanischen Streitkräfte

Hitlerjugend: Die Hitlerjugend war die Jugendorganisation der Nationalsozialisten, welche die jungen Menschen nach ihrem Geist formen und erziehen wollten. Ihr anzugehören war für alle »arischen« Jugendlichen Pflicht. Die Jugendlichen bekamen eine Uniform und wurden spielerisch durch Sport, Mutproben und Geländespiele an militärische Übungen herangeführt. In Heimabenden wurden sie im nationalsozialistischen Denken geschult. Die zehn- bis vierzehnjährigen Jungen bildeten das »Deutsche Jungvolk« und wurden »Pimpfe« genannt, die gleichaltrigen Mädchen bildeten den »Jungmädelbund«. Die Vierzehn- bis Achtzehnjährigen gehörten der eigentlichen »Hitlerjugend« beziehungsweise dem »Bund Deutscher Mädel« an.

Kinderlandverschickung: Während des Zweiten Weltkriegs wurden etwa zwei Millionen Kinder aus den Städten, die stark von Luftangriffen betroffen waren, in weniger gefährdete Gebiete evakuiert.

Konzentrationslager: In den Konzentrationslagern sperrten die Nazis zunächst Menschen ein, die eine abweichende politische Überzeugung vertraten. Dort mussten sie Zwangsarbeit verrichten, die so hart war, dass viele dabei starben. Später wurden Menschen, die in der menschenverachtenden nationalsozialistischen Ideologie als minderwertig galten, also vor allem Juden, aber auch Sinti und Roma, Behinderte und Homosexuelle, systematisch in den Gaskammern der Konzentrationslager umgebracht. Mehr als sechs Millionen Menschen fielen diesem Wahnsinn zum Opfer.

Lebensmittelmarken: Lebensmittel waren nach dem Krieg knapp und wurden streng rationiert. Die Bevölkerung bekam dafür Marken ausgeteilt. Je nachdem, ob man z. B. Schwerarbeiter, Angestellter oder Nichterwerbstätiger war, erhielt man eine andere Lebensmittelkarte. Mit der Lebensmittelkarte für Kinder, Rentner und Nichterwerbstätige hatte man so wenig Anspruch auf Nahrung, dass die Karte auch »Friedhofskarte« genannt wurde.

Lore: Schienentransportwagen, der im Bergbau verwendet wird und in der Nachkriegszeit für die Beseitigung von Schutt eingesetzt wurde

Patentes Mannsbild: tüchtiger, geschickter, kluger Mann

Polente: umgangssprachlicher Ausdruck für Polizei

Poussieren: schäkern, flirten

Schulspeisung: Wegen der allgemein herrschenden Hungersnot sorgten die Besatzungsmächte zum Teil dafür, dass in der Schule eine kostenlose warme Mahlzeit ausgeteilt wurde.

Schwarzmarkt: Da die Versorgung mit Lebensmitteln und wichtigen Gebrauchsgegenständen in der Nachkriegszeit sehr schlecht funktionierte, blühte der illegale Handel mit diesen Dingen. Geld war auf dem Schwarzmarkt wenig wert, die übliche »Währung« waren Zigaretten.

Sechser: Fünf-Pfennig-Münze

Trümmerfrau: Da viele Männer im Krieg gefallen waren oder sich in Gefangenschaft befanden, waren es zum großen Teil Frauen, die den Schutt und die Trümmer beseitigen mussten.

Untermensch: In der rassistischen Ideologie der Nazis galten Menschen, die nicht »arischer« Abstammung waren, als minderwertig und wurden als »Untermenschen« beschimpft.

Volkssturm: In der Endphase des Zweiten Weltkriegs, als Deutschland den Krieg praktisch schon verloren hatte, wurde als letztes verzweifeltes Großaufgebot der Wehrmacht der »Volkssturm« gebildet. Jungen von gerade mal sechzehn Jahren wurden ebenso zur Verteidigung des Vaterlands verpflichtet wie Männer von sechzig Jahren. Auch Frauen und Mädchen wurden aufgerufen, sich dem Volkssturm anzuschließen. 160.000 von ihnen waren als Flakhelferinnen unmittelbar am Kriegsgeschehen beteiligt.

Natürlich magellan©

FSC
www.fsc.org
MIX
Papier aus verantwortungsvollen Quellen
FSC® C083411

Wir pflanzen Bäume
Für unsere Umwelt
www.magellanverlag.de

FAIR
PRODUZIERT
www.magellanverlag.de

Hergestellt in Deutschland
Gedruckt auf FSC®-Papier
Lösungsmittelfreier Klebstoff
Drucklack auf Wasserbasis

2. Auflage 2020

Das Projekt wurde mit Unterstützung der *Akademie für Kindermedien*, einer Initiative des Fördervereins Deutscher Kinderfilm e. V., entwickelt.
Betreuender Mentor: Dr. Rüdiger Hillmer
Co-Mentorin: Theresia Dittrich
Umschlaggestaltung: Christian Keller
unter der Verwendung von Motiven von iStock / kevinruss / zim286 und akg-images / Bildnummer AKG55403
Druck: CPI, Leck
ISBN 978-3-7348-4723-3

www.magellanverlag.de